MW00681321

Jet

Biblioteca de

SARAH LACEY

PLAZA JANÉS

SARAH LACEY

Expediente:
INCENDIARIO

Traducción de
Sonia Murcia

PLAZA & JANÉS EDITORES, S.A.

Título original: *File Under: Arson*
Diseño de la portada: Depto. Artístico de Plaza & Janés
Fotografía de la portada: © Adrian Mott

Primera edición: junio, 1999

© 1994, Sarah Lacey
© de la traducción, Sonia Murcia
© 1999, Plaza & Janés Editores, S. A.
   Travessera de Gràcia, 47-49. 08021 Barcelona

Queda rigurosamente prohibida, sin la autorización escrita de los ti-
tulares del «Copyright», bajo las sanciones establecidas en las leyes, la
reproducción parcial o total de esta obra por cualquier medio o procedimiento, comprendidos la reprografía y el tratamiento informático, y la
distribución de ejemplares de ella mediante alquiler o préstamo públicos.

Printed in Spain – Impreso en España

ISBN: 84-01-46322-X (col. Jet)
ISBN: 84-01-47380-2 (vol. 322/4)
Depósito legal: B. 24.162 - 1999

Fotocomposición: Lozano Faisano, S. L.

Impreso en Litografia Rosés, S. A.
Progrés, 54-60. Gavà (Barcelona)

L 473802

Por la vieja pandilla…
a este lado y al otro.

charlo. Saqué un par de platos y sondeé las grasientas profundidades de la bolsa marrón. *Chow mein* con arroz frito, seguido de buñuelos de plátano. Nunca más podré saborear uno de esos dos platos sin acordarme de Rosie.

Nicholls se sentó a la mesa y comenzó a comer como si estuviese hambriento, lo cual significaba que había estado tan ocupado que no había probado bocado en todo el día. Opté por no hacer ninguna observación, lo que fue muy inteligente por mi parte. Los buñuelos eran ya un agradable recuerdo y casi habíamos vaciado la cafetera cuando me habló del incendio. Me alegré sinceramente de no haber sido la persona que había encontrado a Rosie.

Deseé que aquel día hubiese conseguido dinero suficiente para comprar tanto alcohol que no llegara a enterarse de lo que estaba sucediéndole.

Rosie había vagado por Bramfield desde que mi memoria alcanza a recordar, hurgando en la basura del mercado cuando los comerciantes habían marchado a casa, cogiendo hojas de col desechadas y manzanas demasiado maduras, deambulando distraídamente por las calles con un cochecito de bebé lleno de chatarra; sin hogar y sin maldad. Merecía algo mejor, como un techo sobre su cabeza y una cama donde dormir, pero la asistencia social sólo funciona para aquellos que saben cómo manejarla, y Rosie no había sido una persona demasiado lista.

Atrapar al incendiario era desde hacía tiempo una de las prioridades de la policía, y Nicholls, que prestaba servicios en el Departamento de Investigación Criminal, había sido elegido como el hombre con más posibilidades de éxito. Hasta entonces no había progresado demasiado. Como él decía, cada ciudad tiene sus propios pirómanos, individuos psicológicamente inestables que disfrutan viendo trabajar al cuerpo de bomberos. Cuando se produce un incendio intencionado, son los primeros a quienes se investiga, y según Nicholls, los de Bramfield habían sido investigados meticulosamente sin que se hubiera obtenido ningún resultado. Le había enojado realmente que todos ellos poseyeran una coartada, sobre todo porque eso significaba que compartían la diversión mientras un desconocido realizaba el trabajo. El índice de éxitos hacía llorar a muchas compañías de seguros.

Siendo las hogueras un pasatiempo nacional, los incendios premeditados no preocupan en exceso a los ciudadanos. Hasta la muerte de Rosie nadie había resultado herido excepto en los bolsillos, y al menos dos empresas locales tenían motivos para dar las gracias a san Judas por liquidar las existencias y destruir los libros de cuentas de una sola vez. Como entrometida inspectora de Hacienda, sabía que el fisco tenía una opinión muy distinta. Una de esas dos empresas había estado oliendo a chamusquina.

Dejé que Nicholls continuara desahogando su angustia y traté de no prestar demasiada atención a los detalles desagradables; no resultaba fácil, pero en ocasiones como ésa es lo único que se puede hacer.

Cuando hubo terminado, rodeé la mesa y le di un abrazo lleno de comprensión; una cosa llevó a otra de modo bastante natural, y el incendio premeditado se alejó de nuestras mentes por un rato. Se marchó alrededor de la medianoche mucho más animado.

Un par de semanas después de la muerte de Rosie, un adolescente del lugar, aficionado a las cerillas desde pequeño y con un largo expediente en el departamento de psicología infantil, fue acusado de incendio premeditado.

Es curioso cómo a veces, cuando crees que algo ha terminado, no ha hecho más que empezar.

Dos días después de que el pirómano hubiese sido encerrado en una unidad de seguridad en espera del juicio, Charlie Fagan telefoneó para pedirme que le visitara en su taller con el fin de charlar sobre un problema familiar en que tal vez podría ayudarle. Le dije que pasaría por allí antes de regresar a casa. Aquello habría de confirmarme que el camino del infierno sigue empedrado de buenas intenciones. Uno pensaría que a esas alturas yo ya habría aprendido a reconocer las trampas que me tiende la providencia.

Entré con mi coche en Reparación de Automóviles Charlie poco después de las cinco, describí un círculo perfecto y aparqué. Un viejo Capri de color bronce descansaba sobre el foso de reparación, y Charlie trabajaba debajo de él. Cuando me apeé del automóvil, Charlie lanzó una llave inglesa sobre el suelo de hormigón y se impulsó; gordinflón y de poca estatura, se había dejado crecer un flequillo de monje que se recogía en una cola de caballo para compensar la calvicie de la coronilla. Me dedicó una de sus características sonrisas, el sello inconfundible de Charlie, aunque esta vez faltaba algo; quizá era un indicio de que lo que tenía que decirme no le resultaba agradable. Me pregunté qué clase de problemas familiares tendría. Cogió un trapo impregnado en petróleo y se frotó las manos rápidamente.

—Hay agua hirviendo si te apetece una taza de té —dijo—. Pensé que podríamos charlar en la oficina.

Resulta difícil no abstenerse de probar su té; a veces está bien, pero otras procuro deshacerme de él cuando Charlie no mira. Lo seguí hasta el cuchitril a modo de cobertizo y pensé que «oficina» era una palabra sin duda demasiado espléndida para un espacio atestado que olía a grasa, sudor y tabaco, todo ello envuelto por un sutil aroma a moho. Limpié una silla y me senté.

—Bien, ¿cuál es el problema? —pregunté.

Charlie se ocupó de la tetera y se entretuvo con las bolsitas de té.

–¿Tan malo es, Charlie? –inquirí, suspirando.

–No puede ser peor. El hijo de mi hermana se ha metido en líos con la poli.

Tomé cautelosamente una taza desportillada de su mano y olí su contenido. La higiene no es precisamente el punto fuerte de Charlie, pero esta vez la infusión olía más a té que a petróleo.

–No creo que pueda ayudarte en eso –dije–. Los problemas con la justicia no son de mi competencia.

Me miró de reojo.

–Sigues con ese novio tuyo, ¿verdad?

–¿Qué novio? –pregunté prudentemente.

–Me alegro –dijo Charlie–; quiero que tengas una pequeña conversación con él.

–Charlie… si tu sobrino tiene problemas con la policía yo no puedo inmiscuirme.

–No sería la primera vez.

–Aquello fue diferente.

–Y esto también; Billy es un buen chico. Mira, cariño, me debes un par de favores; no me gusta recordártelo. No te costará mucho susurrar unas palabras al oído de tu amigo poli.

Así es Charlie; cuando tiene algo en la cabeza, va directo al grano.

–¿Unas palabras sobre qué?

–Los incendios provocados.

–Han detenido a alguien, Charlie. Ya ha terminado todo. Era un muchacho aficionado a jugar con cerillas. Ya no habrá más incendios.

¡En ocasiones soy tan estúpida!

–Sí, bueno, ya lo sé. ¿Quién puede saberlo mejor? Lo que ocurre es que el chico que han encerrado no lo hizo, y quiero que le susurres eso al oído.

Lo miré con asombro ¡Mierda! ¡Problemas familiares! Me rebullí incómoda.

–No resulta fácil convencer a Nicholls. Necesitaría

pruebas contundentes para convencerle de que podría estar equivocado. ¿Las tienes, Charlie?

–Vamos, encanto. Si las tuviera, no habrían encerrado a Billy, ¿no crees?

Tomé un largo trago de té y reflexioné sobre el asunto. Tratar de persuadir a Nicholls de que tal vez había cometido un error sería como escalar el Everest de espaldas. Tiene una especie de agujero negro en lo referente a la falibilidad de sus apreciaciones.

–Mira, admito que Billy es un estúpido cabrón –dijo Charlie–. No le falta ningún tornillo, no es retrasado; sencillamente tiene cierta inclinación por el fuego. Asegura que de mayor quiere ser bombero.

Charlie y yo nos miramos, y luego me contó el resto.

Hablar con Nicholls durante el almuerzo en un restaurante al día siguiente no resultó tan productivo como había esperado. Había supuesto que una buena comida me ayudaría a persuadirlo… una estupidez por mi parte. La sugerencia de que quizá Billy no fuera el pirómano no le gustó; de hecho detesta que se insinúe la posibilidad de que la policía se haya equivocado.

–Piromanía –exclamó enérgicamente–. Sabemos que ese chico siente una fascinación patológica y morbosa por provocar incendios, ¿y tú pretendes que lo saque del apuro? Vamos, Leah, Billy empezó con las cerillas cuando tenía cinco años; quemó un cobertizo. Lo pusieron en tratamiento psiquiátrico a los siete, después de que intentara prender fuego a la casa de sus abuelos. Un año más tarde, incendió su escuela. He leído su expediente, Leah; no habría sido acusado si yo hubiese albergado alguna duda.

–Charlie Fagan tampoco tiene dudas. Y ya me ha hablado de ese pequeño cúmulo de problemas. Billy tiene ahora quince años y no ha tratado de quemar ni un maldito papel desde que tenía ocho.

–Lo sabemos perfectamente –replicó Nicholls con

satisfacción–. Pero sin duda cuando hayamos examinado un poco más los archivos en busca de incendios inexplicados, se demostrará que no ha sido el buen chico que su tío Charlie cree.

–Estás buscando algo para cargárselo al muchacho, ¿verdad? –acusé.

Permaneció en silencio, con cara de decepción. Procuré aplacar mi mala conciencia. Mi abuela siempre decía que la verdad duele más que las mentiras. Nicholls consultó su reloj de pulsera, luego observó la elegancia con que la camarera sostenía la bandeja y por último sintió un vivo deseo de leer el dorso de la carta. Haciendo caso omiso de sus trucos, esperé a que se cansara de leer dónde se hallaba la oficina principal de la empresa y en cuántos restaurantes de la cadena podía comer. Tardó un par de minutos.

Nicholls me miró con el entrecejo fruncido.

–De acuerdo –dije–, me rindo. No te pediré que hurgues más en ello. En cualquier caso, ¡si te encuentras con algo desagradable, no me culpes a mí!

–Yo no he intentado cargar nada a Billy; no había ninguna necesidad –espetó–. ¿Qué sentido tendría cuando él mismo ha admitido que se encontraba en el lugar de los hechos?

–¿Y que había provocado los incendios? ¿Lo reconoció también?

–Ya lo hará. –Acodándose en la mesa, me dirigió una mirada severa–. Leah, hay testigos que le sitúan en las proximidades de al menos ocho incendios. ¿Cómo explicas eso?

–¿Cómo lo explica Billy?

–Cuentos chinos. Afirma que recibió mensajes telefónicos que le indicaban cuándo y dónde ir. No es muy distinto de la típica historia de las voces en la cabeza.

–No es un esquizofrénico –repliqué con brusquedad.

–De acuerdo. No creo que lo sea. Pero tal vez le

convendría si con ello pudiera evitar el castigo. Un hospital psiquiátrico es mejor que veinte años en la cárcel.

–Billy es un menor.

–Así es, Leah, gracias por recordármelo.

Eché una ojeada a mi reloj y admiré la habilidad con que la camarera sostenía la bandeja. Cuando me disponía a leer el dorso de la carta, Nicholls me la arrebató de repente y gruñó:

–¡Muy bien! Volveré a examinarlo, pero no encontraré nada nuevo.

–¿Ya lo has decidido? Eso es estupendo –dije suavemente–. Diré a Charlie que no se preocupe, que, además de cumplir bien con tu trabajo, ¡eres adivino!

–Leah…

–Ningún problema –atajé poniéndome el abrigo–. Sólo avísame si averiguas algo interesante. A propósito, la piromanía probada se considera un atenuante, de modo que olvídate de los veinte años. –Le devolví la misma mirada de satisfacción que él había utilizado conmigo.

Dividimos la cuenta y salimos a la calle. Me subí el cuello del abrigo para protegerme del viento y escuché los enérgicos reproches de Nicholls por haber accedido a inmiscuirme en el asunto y su discurso sobre la necesidad de que la familia de Billy reconociera la culpabilidad del muchacho. No discutí; es muy bonito albergar ilusiones. Además, no me apetecía involucrarme más de lo que ya había hecho. Al fin y al cabo, Charlie sólo me había pedido que susurrara a Nicholls unas palabras al oído.

Decidí olvidar a Billy y sus problemas para concentrarme en la inspección de impuestos. Sin embargo, alrededor de las cuatro y media, cuando me había puesto al día con el papeleo, se abrió paso de nuevo en mis pensamientos.

Charlie debía enterarse de que Nicholls había cerrado el caso, y no quería ser yo quien se lo comunicara. No deseaba decirle que quizá el problema de Billy no se había resuelto cuando tenía ocho años, que simplemente había aprendido a ser astuto, como demostraba su historia de las llamadas telefónicas.

A Charlie no le gustaría oír eso. Y yo no quería que me pidiera que intercediera por el chico.

El aguanieve recorría oblicuamente los cristales de las ventanas de la oficina y blanqueaba los alféizares. Abril es el mes más crudo, y no veía por ninguna parte lilas que lo suavizaran.

Sabía que Charlie esperaría que hiciese algo más que limitarme a repetir como un loro el veredicto de Nicholls, pero eso significaría hablar con Billy, escuchar su versión para poder decidir sobre él. Tendría que involucrarme activamente, y me resistía a ello. Juzgué más correcto dejar que por esta vez Nicholls se ocupara del asunto.

Archivé los informes en que había trabajado, recogí mis bártulos y me dirigí a casa.

Entrar en mi nido suele animarme, pero no ese día; la depresión se cernía sobre mi cabeza como una nube de tormenta. Encendí las luces y la estufa de gas, me preparé un emparedado de queso condimentado con salsa picante, tomé café y vi la televisión hasta las diez.

Los malos presentimientos no desaparecieron.

A la una menos diez me acosté con la estúpida esperanza de que cuando despertara a la mañana siguiente todos mis problemas se habrían solucionado.

Evidentemente no fue así. La vida nunca es tan sencilla.

2

Durante el fin de semana el viento había cambiado y soplaba de nordeste a sudoeste, todavía intenso, pero mucho menos frío. El súbito descenso de temperatura había animado a los pájaros del vecindario, que cantaban lo bastante alto para despertar a los rezagados. Bajé a la calle y respiré hondo.

Casi todas las mañanas salgo a correr, y ese día no fue una excepción. El viernes había llegado a casa con Billy y sus problemas atrincherados en mi mente, y cuando desperté el lunes por la mañana permanecían allí. Patear las calles se me antojó un buen sistema para liberarme de ellos, pero no funcionó demasiado. No se me ocurrieron soluciones, y la única decisión que tomé fue que no podía aplazar por más tiempo mi conversación con Charlie. Quizá cuando le comunicara lo que Nicholls había dicho, me convencería de que sólo el cariño familiar impulsaba a Charlie a mostrarse tan seguro de que su sobrino no había vuelto a jugar con cerillas. De esa forma podría desentenderme del asunto con la conciencia tranquila.

Regresé a casa sin aliento poco antes de las siete, tomé una ducha rápida, desayuné y media hora más tarde me encaminé presurosa hacia la casa de Dora para recoger mi coche. Dora es una buena amiga mía, una maestra jubilada que vive en mi misma calle, una docena de casas más abajo. Ronda los setenta, algo que ni ella ni su cuerpo han llegado a admitir. Dora renunció hace un par de años a conducir porque, según ella, si iba a todas partes en automóvil, engordaría y se volvería vaga. Ahora va en bicicleta o andando. Me alquila el garaje por un poco de dinero que le sirve para los pequeños gastos y se mantiene delgada como una vara.

Mi vehículo es único… uno de los híbridos de Charlie Fagan; la carrocería de un Morris Minos esconde un motor BMW acoplado a una caja de cambios de marchas muy cortas que hace que alcance mayor velocidad y potencia.

Charlie siempre abre el negocio antes de las ocho, de

modo que comencé a inquietarme cuando a las ocho y cuarto las puertas permanecían completamente cerradas. Quince minutos después el nerviosismo se convirtió en preocupación, que continuó aumentando hasta poco antes de las nueve, cuando tuve que desistir y poner rumbo a la oficina. Aún estaba preocupada cuando Nicholls me visitó a media mañana. La expresión tensa de su cara me advirtió que no portaba buenas noticias.

Lo que Billy había hecho no era excepcional. Otra media docena de delincuentes juveniles encerrados en espera de juicio habían elegido la misma alternativa en los últimos meses, circunstancia que había suscitado toda clase de cuestiones sobre el cómo y el porqué. Los periódicos habían calificado el hecho de «epidemia de desesperación». El caso es que Billy se había ahorcado el domingo por la noche. Ya no importaba si yo quería hablar con él, pues había tomado su decisión sin contar conmigo. Quince años es una edad demasiado temprana para morir. Me embargó una gran tristeza, y la rabia afloró con fuerza.

–Mierda, Nicholls –espeté bruscamente–, ¿qué pasa en esos malditos lugares? ¿Qué hay de la supervisión? ¿Acaso contratan a algún psicópata para que vaya y les proporcione una soga? ¡Por el amor de Dios, Billy tenía quince años y quizá no había cometido el crimen por el que lo encerraste!

–Se abrirá una investigación –anunció con rigidez.

–¡Como siempre! ¿Y ahora qué? ¿Caso cerrado y todo el mundo a casita?

–Leah, sé razonable. Las pruebas de que disponíamos apuntaban a Billy, y sigue siendo así; su suicidio no cambia nada. Ya no habrá más incendios.

¡Qué estupendo tener tanta seguridad!

–Debo continuar con mi trabajo –dije, fría como un témpano–. Es un mes de mucho ajetreo. Gracias por contarme lo de Billy.

Nicholls arrastró los pies y sacudió la cabeza con aire desdichado. Le acompañé hasta la puerta, y ya en el pasillo, se volvió para mirarme, como si estuviera a punto de añadir algo más. Cerré la puerta suavemente, sin darle la oportunidad de hacerlo.

—No tienes por qué sentirte mal —dijo Charlie, evitando mirarme a los ojos—. Te pedí que hablaras a tu novio, y lo hiciste. La que tiene el problema es la madre de Billy… podía haber pagado la fianza, pero pensó que pasar unos días encerrado le serviría de lección. —Posó la vista en sus manos mientras se limpiaba los dedos con un trapo grasiento—. Eso es lo malo de los chicos, ¿verdad? Nunca sabes con qué te saldrán, pero puedes estar seguro de que, sea lo que sea, te hará sufrir. Si entrara ahora mismo por esa puerta, lo mataría.

No se me dan bien esa clase de situaciones; no sé cómo enfrentarme al dolor de otras personas. Moví la cabeza.

—No sé qué decir, Charlie.

—No es culpa tuya; te lo repito. —Dio un último repaso a sus manos y arrojó el trapo—. Debo seguir con mi trabajo, querida, me he atrasado un poco.

Lo observé mientras se colocaba de nuevo debajo del coche que estaba reparando y me dispuse a marcharme.

—Hasta la vista, encanto.

—Hasta la vista, Charlie.

Regresé al híbrido y arranqué el motor, preguntándome cuánto tiempo tardaría en apartar a Billy de mis pensamientos. La culpabilidad es una carga demasiado pesada. No podía dejar de pensar que quizá si hubiese hablado con el muchacho para demostrarle que alguien le apoyaba, las cosas habrían sido distintas.

Aun así, si el destino no hubiese intervenido probablemente habría dado por zanjado ese triste asunto.

La intervención se produjo cuando a la mañana siguiente, al llegar al trabajo, vi que la mesa de Arnold estaba vacía. No me inquieté por ello; me gusta tan poco como una espina clavada en el dedo, de modo que cuando está ausente el día se ilumina. Alrededor de las diez, Pete, mi jefe, salió de su despacho de paredes de cristal, puso una mano rosada sobre mi hombro y dejó caer una llave sobre mi mesa. Cuando inclinó la cabeza advertí que había comido caramelos mentolados. Me pidió amablemente que echara un vistazo a los informes que Arnold guardaba en el cajón de su escritorio para comprobar si había algo urgente.

—¡Claro! —repliqué alegremente—. Ahora mismo. ¿Qué le ocurre a mi chico preferido?

—Varicela —respondió.

—¿Varicela? —Mis labios dibujaron una sonrisa poco caritativa, y al alzar la mirada vislumbré un reflejo de mi sentimiento en los ojos saltones de Pete—. Entonces ¿estará ausente durante un tiempo?

—Eso parece. Supondrá más trabajo para todos, pero no hay más remedio. Le alegrará saber que te has entristecido tanto.

—Estoy destrozada. ¿Quieres que empiece a hacer una colecta con el fin de enviarle flores y una tarjeta para desearle que se mejore? ¿O preferirías otra cosa? ¿Un rascador de espalda, por ejemplo?

Los dedos de Pete se crisparon. Movió la cabeza, tensó los labios y regresó a su despacho.

Cogí la llave y me dispuse a echar un vistazo en los cajones de Arnold. Encontré un par de informes por evaluar; ninguno de los cuales parecía difícil de resolver. Un tercer expediente marcado con la palabra «ojo» prometía ser mucho más interesante. Me llevé los tres a mi mesa mientras me tildaba de estúpida por pensar que el destino había hecho que Arnold contrajera la varicela sólo para que yo pudiera acceder a los informes de la

Empresa de Alfombras Venta Rápida. Me procuré una taza de café y procedí a examinar el informe.

Venta Rápida había operado en Bramfield durante sólo dieciocho meses. El local en que se instaló había pertenecido antes a otra empresa de alfombras que se había visto obligada a hacer liquidación, lo cual había resultado estupendo para los recién llegados de Venta Rápida, que adquirieron gran cantidad de material a bajo precio. No había nada ilegal en ello; se trata de una práctica comercial corriente y aceptada. Comprobé qué cantidad de existencias tenía la empresa antes de que el almacén se incendiara y me extrañó su volumen. Gracias al seguro, Venta Rápida recibiría una importante suma de dinero.

Eso no me habría sorprendido tanto si un par de días antes del incendio no me hubiese dado una vuelta por allí, decidida a cambiar la moqueta del salón, que había heredado al ocupar el ático hacía tres años. La expedición a Venta Rápida fue un fracaso, pues los productos que exponían eran de muy baja calidad. Mi pequeño y atareado cerebro me dijo que el acrílico con espuma y las copias de Axminster importadas a bajo precio no cuadraban con la clase de pérdidas por daños que constaba en el expediente.

Me apoyé sobre los codos y examiné detenidamente las cuentas. Decidir exactamente el valor de la mercancía que se encontraba allí no era asunto mío, sino de los peritos de la compañía de seguros. A mí tan sólo me correspondía asegurarme de que Venta Rápida pagaba sus impuestos.

Quizá se me había pasado algo por alto cuando había visitado el lugar. ¿Toda una planta, por ejemplo?

¡Y tal vez la luna era una gran bola de queso!

Repasé el informe una vez más, leí las notas de Arnold, comprobé las cifras de compras y ventas y regresé al volumen de existencias. Concordaba perfectamente con la mercancía que debía haber albergado el local, pero no cuadraba con lo que yo recordaba.

Mordisqueé la punta del bolígrafo, con la sensación de que algo no encajaba. Una vez más, había reparado en un molesto detalle que debería haber ignorado. Por supuesto, no lo hice.

3

Me tomé un largo descanso para almorzar, algo que permite el horario flexible, y decidí comprobar qué quedaba del almacén de alfombras. La mayor parte de la estructura exterior del edificio se mantenía en pie; con sus gruesos muros de piedra de tres pisos de altura. Las ventanas aparecían rotas por el calor y ennegrecidas por el humo; tapiar las más bajas parecía una precaución sensata, pues un acceso fácil podía haber convertido el lugar en un campo de juegos. Pasé por delante de las puertas dobles fijadas con clavos y recorrí el estrecho callejón trasero que separaba Venta Rápida del mercado de alimentación. Allí no había ventanas, sólo una pared completamente lisa y una puerta para el personal que suponía encontraría cerrada… o quizá sólo deseaba que lo estuviera. Tratar de adivinar qué nos depara el destino es un gran error.

Cuando giré el pomo, la puerta, cuya madera estaba chamuscada, emitió un crujido y se abrió fácilmente. Me adentré en el interior. La mayor parte del material que se había almacenado allí había quedado reducido a cenizas. El fuego había ascendido como a través de un embudo hacia los pisos superiores. Parte del tejado había desaparecido, y las vigas de madera, al descubierto, brillaban húmedas a causa de la lluvia de abril. Entré con cautela, sorteando los escombros que desde los pisos superiores habían caído al suelo de hormigón.

Los olores a madera quemada, hollín y sustancias químicas procedentes de los tejidos aún flotaban en el aire. Apenas quedaba nada reconocible, excepto las estructuras metálicas de los expositores de alfombras. Me acordé de Rosie y me pregunté si se habría colado del mismo modo que yo. Prefería no pensar en ello, pues las imágenes que desfilaban por mi mente no resultaban agradables. Di un puntapié a un cascote y observé cómo se deslizaba por el suelo hasta chocar contra un montón de escombros. ¿Qué hacía yo allí? ¿Qué podía averiguar en un almacén de alfombras quemado? ¿Acaso esperaba que el fantasma de Rosie surgiera de pronto para revelarme quién había incendiado el lugar y por qué? Entonces volví a preguntarme por qué habían dejado abierta la maldita puerta para que yo pudiera entrar sin más.

De repente percibí un movimiento. Una silueta femenina emergió con parsimonia de un agujero oscuro situado a mi derecha, donde habían estado los servicios. Sobresaltada, retrocedí, hasta que la luz la iluminó y vi que era tan real como yo… Se trataba de una mujer de unos treinta años, pelirroja, con pecas y ataviada con una gabardina Burberry. Tenía una de esas voces graves que los hombres encuentran tan sensuales.

—Maldita sea —masculló—, he dejado la puerta abierta.

Permanecimos inmóviles, mirándonos mutuamente.

—No debería estar aquí, ¿sabe? —dijo—. Sin duda alguna es peligroso.

—Sí… lo sé —contesté—. ¡Bueno! Tengo cierto interés personal por el lugar. Y usted, ¿qué hace aquí?

Extrajo una tarjeta de plástico que la identificaba como Bethany Mills, de Asociados Saxby, tasadores autorizados de pérdidas, lo cual significaba que, a diferencia de mí, tenía todo el derecho de estar allí. Hurgué en mi bolso y le mostré mi tarjeta.

—Vaya, Hacienda —comentó—. ¿Qué le interesa entonces? ¿Acaso la empresa no pagaba sus impuestos?

—No era necesario; sólo tenía devoluciones. Estoy curioseando de manera extraoficial. ¿Y usted?

Se encogió de hombros.

—Deformación profesional —contestó—. Ya había visitado el lugar un par de veces. Además el jefe de bomberos ya ha entregado el informe. Debí suponer que no encontraría nada nuevo.

—¿Por qué se toma tantas molestias?

—Tal vez los aseguradores decidan pedir una segunda opinión. No me gustaría nada que otro tasador de pérdidas descubriese algo en que yo no hubiese reparado. ¿Por qué no me explica qué asunto extraoficial la ha traído aquí?

—Empecé a preguntarme cómo y dónde se inició el incendio —respondí—. Me entraron ganas de echar un vistazo… aunque no sé qué busco —añadí.

—¿Quiere una visita con guía?

—Por supuesto.

La seguí y me enteré de algunas cosas, como por ejemplo que quienquiera que hubiese prendido fuego al lugar había utilizado trementina y ácido nítrico. Además se había asegurado de cumplir bien su cometido al crear tres focos separados, uno cerca de la puerta delantera, otro en las oficinas, y el tercero en el centro del local.

Cogí un fragmento de alfombra de nailon de unos cinco centímetros de ancho, con los bordes chamuscados, y mientras lo hacía girar entre mis dedos, pensé en Billy.

—Ignoro si el chico que arrestaron quemó este lugar —comentó ella—, pero quienquiera que fuese sabía cuál era su objetivo. Realizó un trabajo perfecto; apenas queda nada… un par de docenas de pedazos de alfombra no más grande que el que sostiene en la mano. Muy profesional. Me han explicado que el chico ha provocado incendios desde que tenía cinco años.

—Yo también lo he oído. Por desgracia, ya no podrán demostrar nada.

—¿Por qué no?

—El chico se ahorcó.

—¡Caramba! —exclamó—. Qué pena.

—Sí. —Arrojé el trozo de tejido y me sacudí el polvo de los dedos—. Ha dicho «muy profesional»… ¿hasta qué punto? ¿Podría haber hecho esto un chico normal de quince años?

—No lo sé. ¿Qué es normal en estos días? Cualquiera que lea los periódicos sabe que el único crimen que no cometen los menores es el de meterse en política. —Se subió un poco la manga y consultó su reloj—. Ésta es mi tercera visita a este lugar y no he descubierto nada nuevo. Así pues, a menos que usted quiera ver algo en concreto… —Alzó las cejas con expresión interrogante.

Negué con la cabeza.

—Como ya he dicho, no sabría por dónde empezar. No soy investigadora de incendios; sólo quería echar un vistazo. —Giré lentamente para contemplar una vez más el recinto—. Ese supuesto pirómano juvenil empezó una terapia a los ocho años —dije—. ¿Lo sabía? Desde entonces no se había visto implicado en más incendios.

—Si eso resultara cierto, me sorprendería. Quizá jugaba con cerillas que no prendían. Lo único que sé es que ha habido una serie de incendios por los alrededores y que los informes que he leído aportan pruebas que demuestran que el mismo muchacho se hallaba siempre cerca del lugar de los hechos.

—Yo también lo he oído.

—Difícil de explicar.

Nos encaminamos hacia la puerta.

—También he oído que el chico recibía llamadas telefónicas que le indicaban adónde podía ir para presenciar un buen fuego —expliqué.

Mi compañera se detuvo un instante y luego siguió

andando más deprisa. Aquella información había desconcertado a Bethany Mills, probablemente porque nadie más se había molestado en facilitársela. Al preguntarle sobre el tema no obtuve nada más que una tarjeta de la empresa en que constaba su nombre y número de extensión.

—Si se entera de algo que pueda serme de utilidad, me gustaría que me lo comunicara. Me temo que no he encontrado mucha información en este lugar.

—Yo también agradecería cualquier dato que pudiera proporcionarme. —Le entregué una pequeña tarjeta blanca con mis datos... Parecía un buen intercambio.

—Lo tendré en cuenta.

Cerró con llave, dio un buen empujón a la puerta para asegurarse de que ningún entrometido como yo pudiera entrar y echó a andar por el callejón a paso ligero. La seguí sin apresurarme demasiado. Al llegar al final, se volvió. Nos despedimos agitando la mano, y desapareció de mi vista.

Comí en el bar del mercado y pasé el resto de la tarde ganándome el sueldo honradamente. A las cinco me fui a casa, me lavé el pelo, calenté una pizza congelada y cené.

Era martes, de modo que debería haber ido al gimnasio para practicar mis ejercicios. Me remordía la conciencia por no haberlo hecho. Tragándome el exceso de culpabilidad, me tendí en el sofá. Muy bien, había descuidado demasiadas cosas desde que una bala me envió al hospital, pero no tardaría en recuperar mi ritmo normal.

Claro que lo haría.

Hacía ya mucho tiempo que me decía lo mismo, y nadie sabe mejor que yo lo bien que se me da mentir.

4

Según Charlie, la investigación sobre la muerte de Billy se resolvió de forma rutinaria y rápida. Al parecer, el juez que instruyó el sumario es aficionado al golf, por lo que probablemente preferirá esa clase de casos. El veredicto declaraba que Billy se había quitado la vida mientras se hallaba en un estado de trastorno mental. Una conclusión interesante, pues yo no recordaba que nadie se hubiese preocupado por el estado mental del muchacho en esos momentos.

El funeral se celebraría el jueves por la mañana y sentí la obligación moral de asistir. Pedí permiso a Pete para tomarme el día libre, encargué unas flores en una tienda de la calle Market y me preparé para enfrentarme a las lágrimas y la angustia que sin duda encontraría.

El miércoles por la noche me sentía tan tensa y nerviosa que me quedé levantada hasta altas horas, bebiendo café mientras veía una estúpida película en la televisión. No era la mejor forma de prepararme para algo que habría preferido evitar, pero acostarse temprano no garantiza el sueño.

Alrededor de las dos apagué el televisor, fregué la cafetera y me dejé caer pesadamente en la cama. Permanecí un par de horas allí tumbada, despierta, asaltada por un sinfín de preguntas y suposiciones. A la mañana siguiente me levanté tarde, malhumorada, como si alguien hubiese vertido un cargamento de arena en mi cabeza. Pensé en ponerme el chándal y correr un poco, ya que el ejercicio es un buen método para alejar preocupaciones. Finalmente deseché la idea y me dirigí a la cocina para tomar un desayuno rico en calorías.

A las diez y media me vestí con un traje sastre gris, me calcé unos zapatos negros de tacón bajo, subí a mi coche y partí hacia la iglesia de San Adrián. Los miembros cercanos de la familia ya estaban allí, mientras los amigos iban llegando. Tomé asiento en la parte posterior.

El féretro de Billy se hallaba solitario frente al altar. Lo miré fijamente, sentí que unos hilos invisibles de responsabilidad se enredaban alrededor de mí y supe que ya no podría dar marcha atrás. Pensándolo bien, quizá la vida no sea más que eso; ser empujado por un destino oculto sin tener realmente ni voz ni voto en el asunto.

Cantamos algunos himnos y rezamos un poco, Charlie leyó un pasaje de la Biblia y el párroco habló en su homilía sobre cómo Dios recoge las flores más hermosas antes de que alcancen la plenitud. Se explayó un poco en esa idea y luego se centró en la tragedia que representaba que Billy se hubiese quitado la vida; un pecado que, por supuesto, le sería perdonado.

Eché un vistazo a los presentes. Uno de los miembros más distinguidos del Departamento de Investigación Criminal de Bramfield se encontraba sentado en un banco situado al otro lado del pasillo. Me pregunté si había acudido impulsado por un sentimiento de culpabilidad o movido por la curiosidad. Su mirada revoloteaba inquieta por el recinto, posándose disimuladamente en cada uno de los asistentes al funeral. Decididamente se trataba de curiosidad. Satisfecha, me guardé la información para fastidiar a Nicholls más tarde.

Cuando la ceremonia hubo concluido, los presentes abandonamos la iglesia precedidos por el ataúd de Billy. Charlie me vio junto al hoyo recién excavado y me saludó con un leve movimiento de la cabeza. La madre de Billy y sus dos hijos pequeños no apartaban la vista del féretro de madera.

¡Mierda!

Me escocieron los ojos, llenos de arena, y me apresuré a desviar la mirada.

El cielo amenazaba lluvia, y la humedad comenzaba a envolvernos sigilosamente. Miré hacia arriba con los ojos entornados y observé cómo el azul perdía terreno rápidamente ante un gris uniforme. Deseé que aguantara hasta que el entierro terminase. El párroco pareció compartir el mismo pensamiento, pues, tras echar un vistazo a un oscuro nubarrón que se formaba en el oeste, se apresuró a concluir la ceremonia. Me alegré. Ver un ataúd flotando en una sepultura no es una imagen demasiado agradable para los parientes y amigos del difunto.

Supongo que el buen ángel del párroco estaba de servicio ese día, pues éste se adelantó a la lluvia unos cinco minutos, lo cual permitió que la mayoría de los asistentes regresara a sus coches sin mojarse. Presenté mis condolencias a la madre de Billy, quien asintió con la cabeza, pues ya había oído la misma frase antes, y luego rechacé la invitación de Charlie para comer algo en la reunión del funeral, pues sabía que no podría tragar absolutamente nada. El pastor, en cambio, no mostró tales escrúpulos. El cielo rugió. Llegué a tiempo al lugar donde había aparcado.

La lluvia hizo su aparición en forma de tímidas gotas y arreció en el instante en que entraba en el coche y apoyaba los brazos sobre el volante, tan abatida y cansada que sólo tenía ánimos para arrastrarme hasta un agujero y dormir durante un mes. Observé cómo el resto de los automóviles se alejaba. La intensa lluvia golpeaba el techo, produciendo un ruido metálico. Quizá alguien colocara una lona impermeable sobre la sepultura.

Puse en marcha el motor y conduje hasta casa.

A veces subir por los tres tramos de escaleras hasta mi ático me resulta tan penoso como escalar una montaña, y aquél era uno de esos días. La culpabilidad no es buena compañera; primero me mantiene despierta por las noches y luego me incita a hacer cosas que he estado tratando de evitar. Durante todo el funeral de Billy se había posado sobre mi hombro y me había susurrado cruelmente al oído. A pesar de todos mis intentos de exorcismo mental, la sensación de que quedaban cosas por hacer no me había abandonado. Ya en casa, me dirigí a la ducha, me desnudé y dejé que el agua lavase mis pecados; salí con los pies mojados y anduve con pasos silenciosos hasta la cocina para preparar un poco de café. Ya era suficiente.

Me sequé con la toalla y me vestí con un conjunto compuesto por pantalón y chaqueta holgada de color verde pardo, que combinaba perfectamente con mi estado de ánimo, y alegré el traje con una camiseta blanca de seda. Me sudaban las manos. ¡Maldita sea! ¿Qué demonios me ocurría? ¡No pretendía pelearme con nadie, sino sólo formular unas preguntas!

Tras tomar dos tazas de café y comer un plátano, cerré con llave y descendí de nuevo la montaña.

El edificio con forma de caja de zapatos y construido con ladrillo marrón que alberga el parque de bomberos no es el más elegante de la ciudad; de todos modos lo que importa es la eficacia de las brigadas, y las de Bramfield tienen un tiempo de respuesta difícil de mejorar. Aparqué el híbrido en una fila de coches situada a un lado del edificio y fui en busca del jefe de bomberos, despertando las miradas apreciativas de un par de tipos muy varoniles que estaban ocupados enrollando mangueras. Admiré sus músculos y les devolví las miradas de reconocimiento. A veces pienso que me he equivocado de trabajo.

Por fin encontré al hombre que me interesaba; metro sesenta, cuarenta y tantos años, ligeramente grueso, y con una placa que indicaba su nombre, «John Redding». Le mostré mi tarjeta de identidad y me presenté. Arqueó las cejas y me invitó a pasar a un despacho confortablemente espartano y diseñado para no fomentar las visitas. La silla de plástico duro tenía un asiento que se inclinaba elegantemente hacia atrás, de modo que la parte delantera actuaba como torniquete. Me senté con cautela y le pregunté por el almacén de Venta Rápida. Pareció aliviado al saber que yo sólo quería hablar de eso.

–El lugar se quemó a causa de un incendio provocado y hubo una víctima –respondió–. Eso lo sabe todo el mundo; ¿qué desea averiguar?

–Simplemente trato de encontrar la solución a un problema. ¿Hubo algo que diferenciara el incendio de Venta Rápida de los demás ataques incendiarios recientes contra propiedades comerciales, o todos seguían el mismo patrón?

–¿El mismo método en todas las ocasiones? No. ¿El mismo pirómano? Tal vez. –Examinó su bolígrafo atentamente–. Confiemos en que, ahora que se ha producido un arresto, todo haya terminado, ¿no?

–¿Alberga alguna duda al respecto?

–Siempre cabe alguna duda.

–La policía se muestra más segura que usted.

Tendió las manos y se encogió de hombros.

–Yo no puedo hacer nada –dijo.

–Me resultaría de gran ayuda disponer de una lista de los incendios provocados por los alrededores.

–¿Para qué la quiere?

–Tal vez estén relacionados con un asunto de evasión de impuestos. –Me miró con escepticismo–. A veces sucede –añadí–. Un incendio premeditado no preocupa únicamente a las compañías aseguradoras, aunque sin duda sus investigadores ya han estado aquí. Bethany Mills, por ejemplo. –Probé con ese nombre llena de optimismo y obtuve una respuesta positiva.

–Una mujer astuta; sabe tanto de incendios premeditados como yo. Me he entrevistado con ella un par de veces.

Arqueé las cejas.

–¿Sólo un par? Creí que al tratarse de la única empresa local de valoración de pérdidas, la compañía a que ella representa estaría mucho más involucrada en todo esto.

–Muchas compañías de seguros utilizan empresas de Leeds; una práctica establecida hace mucho tiempo. Y creía que sólo hablábamos del último incendio en concreto.

–Al principio sí, pero, ya sabe, una cosa lleva a otra. Por eso precisamente necesito una lista completa, para cotejarla con nuestros informes.

–¿Oficial o directamente de mi cabeza?

–Su cabeza servirá perfectamente –respondí.

Sacó una hoja de papel y comenzó a escribir. Observé cómo la lista aumentaba.

–Supongo que conoce al muchacho de quince años que fue arrestado –dije–. He oído que las brigadas de bomberos lo habían visto rondar por las cercanías de los incendios.

Dejó de escribir y depositó el bolígrafo sobre la mesa.

–¿El pequeño Billy? Pero ¿qué puede interesar a Hacienda acerca de Billy? Explíquemelo.

–Estoy mezclando el trabajo con asuntos personales. Conozco a la familia del muchacho, que ha quedado destrozada tras su muerte. Ellos no creen que él provocara los incendios. ¿Qué opina usted?

–Mucha gente sigue a los coches de bomberos, y eso no los convierte en incendiarios.

–No ha contestado usted a mi pregunta.

–¿Confidencialmente?

–Entre usted, esta preciosa y cómoda silla, y yo.

–Me sorprendió que el muchacho supiera tanto de aceleradores químicos.

–¿Comentó eso a la policía?

–Se lo dije, pero no pude explicar cómo el chico se había enterado de dónde se declararían los incendios. –Cogió el bolígrafo de nuevo–. Resulta muy difícil atribuir ese hecho a la casualidad.

Eso mismo había dicho Nicholls.

—Por el modo en que habla de él, deduzco que usted conocía bien al chico.

—Todos lo conocíamos. Vino aquí durante años para ver los camiones y charlar con los hombres. Tanto era así que le dejábamos echar una mano; limpiar, enrollar, cosas por el estilo. Eso le hacía feliz.

—¿Conocía usted su pasado?

—¿Los tres incendios que provocó cuando era pequeño? Sí, él nos lo contó desde el principio y afirmó que lo había superado; lo único que quería era ser lo bastante mayor para ayudar a apagar incendios.

—Entonces ¿ninguna de las brigadas informó oficialmente de que lo habían visto merodear durante las intervenciones?

Reflexionó unos instantes.

—Lo vieron —admitió—, para qué negarlo, pero no se informó del hecho de manera oficial. Me lo comunicaron a mí, y yo le hice venir para hablar con él.

—¿Lo mencionó usted a la policía?

—No. Y confío en que usted tampoco lo haga; mi puesto peligraría.

—¿Tan seguro estaba usted de que Billy no estaba implicado?

—Todos podemos equivocarnos —respondió.

Desde luego, tenía razón. Me pregunté qué sería peor afrontar, la culpabilidad de Billy o su inocencia.

—¿Comentó el chico haber recibido llamadas telefónicas?

—Él suponía que uno de nuestros muchachos le avisaba. Eché a mis hombres una buena bronca y ordené a Billy que se quedara en casa. En las tres salidas siguientes, nadie lo vio por los alrededores. La última fue Venta Rápida.

—¿Y él se encontraba allí?

—Llorando como un bebé.

—¿Por qué…?

—La carne quemada produce un olor muy peculiar, y Billy tenía el viento de cara. —Añadió un último nombre a la lista de incendios intencionados y me la entregó—. Creo que eso es todo.

Aparté de mi mente la imagen de Rosie que se había formado y recorrí con la mirada la lista de edificios siniestrados. La relación era más aleatoria de lo que había sospechado; empresas, comercios, propiedades abandonadas y un almacén de equipamiento municipal. Levanté la vista del papel.

—¿Unos servicios públicos?

Redding se encogió de hombros.

—Un incendio es un incendio para un pirómano que se divierte con las cerillas —afirmó—. Sólo desea ver desplegar las mangueras.

—A menos que le interese el dinero de un seguro.

—En tal caso —dijo Redding cuidadosamente—, dudo de que Billy fuera el responsable.

Doblé la hoja y la guardé. Redding y yo nos estrechamos la mano, y regresé al coche.

Oír pronunciar una idea en voz alta no contribuye a que sea más fácil de soportar, especialmente ésa, pues, a decir verdad, yo tampoco creía que Billy hubiera sido el responsable.

5

Ya en el coche, señalé en un mapa, a partir de la lista de Redding, los lugares en que se habían declarado los incendios. En ocasiones esa clase de ejercicios resulta inútil. Cuando hube terminado, contemplé el dibujo formado por dieciocho crucecitas distribuidas al azar. Pensé que sólo un mono chiflado sería capaz de establecer una relación entre ellas.

Tracé un círculo alrededor de la casa de Billy y traté de descubrir alguna conexión lógica; carriles de bicicletas, rutas de autobús, atajos. No se me ocurrió nada. Entonces imaginé al muchacho, de pie, con el viento en la cara, llorando al percibir el olor del cadáver carbonizado de Rosie, y supe que, si él hubiese provocado el incendio, el sentimiento de culpabilidad por su muerte podría haber sido motivo más que suficiente para que quisiera quitarse la vida.

¿Y si él hubiese prendido el fuego? ¿Por qué, si no, había de llorar? ¡Maldita sea! Aquello era un círculo vicioso. Si el muchacho había provocado el incendio, la posibilidad de un fraude a la compañía de seguros quedaba descartada; si se trataba de un fraude a la compañía aseguradora, Billy no había sido el responsable; si no había sido el responsable, ¿por qué se había suicidado?

No había motivo… pero lo había hecho.

Impaciente, puse el coche en marcha dispuesta a recorrer los lugares siniestrados. Cuando iba por la mitad de la lista, caí en la cuenta de que los incendios no habían obtenido un éxito uniforme. Algunos establecimientos más pequeños, como el puesto de *kebabs* de la calle Pilkington, funcionaba de nuevo con toda normalidad, mientras que en un par de casas abandonadas el fuego apenas parecía haber prendido. La misma pauta de aciertos y fallos continuó hasta que hube concluido mi recorrido.

¡Qué interesante! Cuatro de los grandes edificios habían ardido por completo, y el resto oscilaba entre ligera o seriamente chamuscado. De acuerdo, un par de locales pequeños también habían resultado carbonizados, lo que no modificaba el balance general. Doblé el mapa y lo guardé junto con la lista en la guantera. Me sentía bastante confusa, pues no acababa de comprender lo que había descubierto, y la curiosidad comenzó a apoderarse de mí. Mi mente se afanaba en busca de retazos de información que encajaran hasta formar una explicación lógica.

Permanecí un par de minutos sentada en el coche, observando los charcos de la carretera. La lluvia había cesado hacía más de una hora, y el cielo estaba despejándose, abriendo algunos claros que dejaban pasar rayos dorados. La idea de que un crimen más grave se escondía tras los incendios provocados empezó a cobrar fuerza, seguida de la escalofriante certeza de que, si así era, el suicidio de Billy resultaba de repente más incomprensible. A partir de ahí me asaltaron pensamientos más desagradables que prefería evitar.

Empezaron a sudarme las manos. ¡Maldita sea! No debía intervenir en el asunto si no lo deseaba. ¿Qué me ocurría, por el amor de Dios?

Muy fácil; estaba asustada.

Esa asombrosa revelación me dejó perpleja.

Arranqué el coche, tomé un giro equivocado a la izquierda y me encontré de nuevo en San Adrián. Las manecillas doradas del reloj de la iglesia marcaban las cuatro y media, y el único automóvil que había por allí era el mío. Lo estacioné junto al bordillo y crucé la verja principal, haciendo crujir la grava bajo mis pies. Las puertas de roble estaban cerradas, y el lugar desierto. Avancé hacia el montón de coronas de flores, zigzagueando entre las lápidas, convencida de que, culpable o no, Billy también debía de haber estado asustado.

De pie sobre el barro, enderecé un par de coronas, acaricié algunos pétalos y, sin reflexionar, proclamé mi intención de descubrir la verdad. Tales promesas acarrean un sinfín de problemas. Así lo demostraban mis experiencias pasadas, pero me sentí mucho mejor tras haberla formulado. Cuando regresé al vehículo, parte de la culpabilidad que había arrastrado hasta entonces quedó atrás, en el cementerio.

Conduje de vuelta a casa, me enfundé unas mallas y

una camiseta blanca muy holgada y eché un vistazo en la nevera. Arrojé a la basura una loncha de jamón que se había retorcido antes de morir y me dispuse a preparar un plato de pasta. Alrededor de las siete fui al gimnasio. Jeff, el pedazo de carne que dirige el lugar, no se hallaba allí, y su sustituto estaba ocupado poniendo a prueba a una chica nueva.

La tabla de ejercicios que debía realizar era sencilla. Había holgazaneado durante demasiado tiempo, y cuando empecé a practicar con las máquinas de pesas, mis músculos gritaron en señal de protesta. Supongo que después de casi seis meses de inactividad habían olvidado para qué servían. Aligeré el peso y aun así lo encontré duro. Bien, ¿y qué importaba? ¡Después de un par de semanas, sin duda volvería a hacerlo sin esfuerzo alguno!

A las diez y media me acurruqué bajo el edredón y dormí profundamente hasta la mañana. Si había soñado, no lo recordaba, y eso me alegró, pues últimamente me habían asediado demasiados sueños desagradables.

En ocasiones ser inspector fiscal resulta útil, sobre todo porque te permite meter las narices en los asuntos del prójimo. Tras dedicar un par de horas al trabajo honrado, decidí realizar unas averiguaciones por mi cuenta, lo que no me provocó remordimientos. El hecho de que ciertas personas hubiesen efectuado reclamaciones por incendio fraudulentas afectaba a Hacienda de algún modo, de manera que nadie me golpearía en los nudillos por denunciar una fuga en la recaudación. Por otro lado, si la epidemia de incendios había sido realmente fortuita, no diría a nadie que había estado perdiendo el tiempo.

Curioseé en los estantes de archivos, agradecida por formar parte de una familia grande y feliz dedicada a impedir que hábiles estafadores se embolsaran la pasta. Por una vez el fisgoneo no me llevó a ninguna parte. Se habían producido cuatro incendios importantes, incluyendo el de Venta Rápida, y el hecho de que una empresa hubiese olido a chamusquina lo bastante para ser investigada poco importaba cuando las cuentas se habían convertido en papel quemado. De las otras tres, dos habían presentado impecables estados de cuentas, certificados por contables acreditados, lo que, por supuesto, no probaba gran cosa, pues éstos trabajaban con las cifras que les facilitan sus clientes, quienes pueden ser muy hábiles falsificando libros de cuentas. Lo cierto es que, por lo que a fraudes se refiere, existe uno para burlar cada norma.

De hecho no había encontrado ninguna evidencia de fraude. Sólo me animaban a seguir adelante la seguridad de Charlie de que el incendiario continuaba en libertad y el recuerdo de un intento fracasado de comprar una alfombra.

Regresé a mi escritorio y busqué la tarjeta que Bethany Mills me había entregado. Cuando la telefoneé y dije quién era, se mostró sorprendida.

—¿Está relacionado con la reclamación del seguro? Espero que no, porque el informe está prácticamente listo para pasarlo a la compañía.

—No; no tiene que ver con la reclamación, o al menos no directamente. Necesito aclarar un par de datos de la declaración de impuestos y actualizar cierta información. Por ejemplo, Venta Rápida está archivada como una sociedad limitada privada con un solo director. ¿Es correcto? El nombre que consta es Mark Drury.

—Adquirió el local a un precio muy bajo hace dieciocho meses y, por lo que sé, el negocio funcionaba muy bien —explicó—. Es una lástima que sucediera eso.

—Si le iba tan bien, recogerá los pedazos y empezará de nuevo. ¿Estás segura de que estaba solo? He oído rumores de que él era simplemente una fachada.

Se tomó un tiempo para reflexionar.

–Lo ignoro –dijo por fin–. En el seguro figura como único propietario. Quizá debería hablar con mi jefe y ver si él puede averiguar algo.

–Es sólo un rumor; ya sabes, los comentarios circulan…

–Lo consultaré y te llamaré. ¿Me das tu número de teléfono y tu extensión? Me ahorrará buscar la tarjeta que me entregaste.

Dicté los números amablemente.

–Tal vez no sea hoy –añadió–. Colin no se encuentra en la oficina ahora mismo, y no sé cuánto tardará en llegar. En cualquier caso, haré lo que pueda.

–Infórmame de lo que descubras –pedí–, de cualquier novedad acerca de Drury. Por cierto, ¿puedes facilitarme su dirección? Sé que es en Lime Walk, pero desconozco el piso.

–Número 20 B. Es ese enorme tugurio victoriano que un empresario emprendedor transformó en un bloque de apartamentos. Creo que los alquileres son excesivos, pero los apartamentos son bonitos y espaciosos.

–¿Has estado allí?

–Debía hablar con él acerca del incendio. El tipo está bien; unos cuarenta años, calva incipiente, aspecto de vendedor de alfombras.

–No me digas.

Ella rió.

–Bueno, supongo que algunas personas están hechas para su trabajo, y él es una de ellas.

–Yo habría jurado que para triunfar en ese negocio había que ser algo más que un vendedor charlatán.

–Visto de ese modo, sí. Quizá las apariencias no significan nada después de todo. ¿Querías consultar algo más?

–No, eso es todo –dije–. Gracias, Bethany.

–De nada. Te comunicaré cuanto Colin averigüe.

Nos despedimos, y antes de colgar escuché durante

un par de segundos los sonidos metálicos de la línea telefónica. No tenía otra elección; debía dirigirme a Lime Walk.

6

El edificio Wilberforce ofrecía mucho mejor aspecto después de su restauración. A principios de siglo un pez gordo de la ciudad había dejado que un parecido entre nombres se le subiera a la cabeza y, haciendo gala de un espíritu filantrópico, había construido y fundado un orfanato. La idea era buena, por supuesto, pero fue una lástima que no hubiera elegido un arquitecto mejor. Aparqué el vehículo y decidí que el lugar presentaba mejor aspecto porque la piedra limpiada con chorro de arena resulta más atractiva que la mugre.

Subí por cinco escalones semicirculares y observé que en la entrada principal, con forma de arco, habían instalado una alarma y ocho timbres. Pulsé el número 20 B y esperé con optimismo. Por el panel del altavoz se escuchó:

—Sí, ¿quién es?

—Leah Hunter, inspectora fiscal. Necesito robarle unos minutos para resolver un par de dudas.

Aguardé unos minutos. Evidentemente debía reflexionar un poco antes de tomar una decisión. Quizá creía que era una ladrona que había inventado un nuevo método para entrar en las casas. Pulsé el botón de nuevo.

—Está bien —concedió bruscamente—, deje que me ponga los pantalones.

—Tómese el tiempo que necesite —dije, y especulé un poco sobre por qué no los llevaba puestos.

Finalmente se oyó un zumbido y la puerta principal se abrió. En el segundo tramo de escaleras me topé con una mujer morena que bajaba; debía de contar treinta años y vestía mallas grises y un jersey ancho de lana azul celeste que armonizaba con sus ojos. Nos observamos con curiosidad, y ella se ruborizó un poco.

—Un día caluroso —dije con tono desenfadado.

Me miró y continuó descendiendo.

La puerta de Drury estaba abierta, de modo que podía ver la sala de estar. Llamé educadamente y esperé a que me concediera permiso para entrar. Avanzó por el pasillo alisándose el cabello mojado hacia atrás y me dedicó una sonrisa de vendedor. Tenía la cara ancha, y unos ojos que podían distinguir a un primo a un kilómetro de distancia.

—Siento haberla hecho esperar. Ya sabe, decides tomar una ducha, y todo el mundo empieza a llamar. Pase y prepárese algo de beber. ¿Café, o algo más fuerte?

—Preferiría pasar directamente a la información —dije—. No quisiera robarle demasiado tiempo.

—Ahora mismo el tiempo me sobra, es decir, hasta que el seguro me pague. Entonces me dedicaré de nuevo al negocio. En realidad estoy aprovechando este descanso para pensar en nuevas ideas.

—Así pues, ¿volverá a trabajar en Bramfield?

—¿Por qué no? Es una ciudad pequeña y agradable, el negocio va bie… iba bien, mejor dicho, y supongo que también funcionará en el futuro.

Me encogí de hombros.

—Empezar de cero en un local nuevo debe representar un riesgo mayor que adquirir una empresa ya creada.

—Tal vez, tal vez. Prefiero no pensar en ello hasta que haya obtenido el dinero. Siéntese y explíqueme qué necesita saber Hacienda.

Eché un vistazo a la sala. El mobiliario se reducía a unos módulos bajos adosados a las paredes, un sofá y unos sillones de cuero marrón, una mesa pequeña de cristal y una piel de cabra sobre una moqueta de rayas de color crema y marrón claro. Me acomodé en un sillón, y el cuero emitió ruidos ligeramente groseros.

—Bonito —mentí.

—Un amigo que trabaja en el negocio —dijo, ansioso por convencerme de que no había gastado beneficios no declarados—. Si quisiera usted comprar un apartamento, podría conseguirle uno a muy buen precio.

—Es muy amable, pero no me interesa. He venido, señor Drury, porque no he logrado encontrar ninguna carta suya para informarnos del incendio.

—¡Ah! Ése es el problema. Mire, lo siento, fue un descuido; no se me ocurrió. Ya sabe, con los nervios…

—Es comprensible —dije, asintiendo con la cabeza—. Ya sospechaba que ésa sería la razón.

—Si usted necesita que comunique lo sucedido de manera oficial…

Saqué mi cuaderno de notas y garabateé afanosamente.

—No, ya está todo en orden, gracias. Supongo que tanto la compañía de seguros como sus contables tendrán copias del inventario.

—Así es.

Hice otra pequeña anotación.

—Muy bien. ¿Y podemos confirmar el nombre de sus aseguradores?

Por un momento pensé que se disponía a protestar. Al parecer cambió de idea y se conformó con una pequeña queja.

—Northern Alliance —respondió—. No entiendo qué relación tiene eso con los impuestos.

—Quizá debamos confirmar la cifra del pago para efectuar una valoración final. —Lo miré con compasión—. Debió ser un golpe muy duro que todo se quemara de ese modo. ¿Se hallaba usted en casa la noche del incendio?

Se removió inquieto.

—No. Estaba con mi novia.

–¿Esa morena tan guapa con quien me crucé al subir?

–Desde luego, eso no tiene nada que ver con los impuestos.

–Lo siento, me he dejado llevar por la curiosidad personal. ¿Sabe algo acerca de las reclamaciones del seguro? Tengo entendido que todo marcha sin problemas.

Agitó las manos.

–Estos trámites llevan tiempo. Cualquiera pensaría que yo no tenía acreedores. Ayer hablé con un agente de Alliance. El pago debería realizarse dentro de un par de días. Será agradable acabar de una vez; el asunto se ha prolongado demasiado.

–Apuesto a que sí. Debe de haber estado realmente preocupado, sobre todo porque todo el mundo sabía desde el principio que se trataba de un incendio provocado. Una cosa así puede causar muchos retrasos.

–Por suerte Venta Rápida no fue la única empresa incendiada; de lo contrario, habríamos tenido problemas. Por fortuna finalmente atraparon al pirómano; ahora todo el mundo puede cerrar la tienda y marcharse a casa tranquilo.

–Así es. Eso nos evita mucho trabajo. –Pasé las páginas rápidamente y leí una vieja lista de compra, adoptando un semblante de preocupación–. Señor Drury, sin duda sabe cómo se difunden los rumores y que muchos de ellos llegan a Hacienda. Es cierto que la mayoría resultan falsos; no obstante, deben ser investigados. Lo comprende, ¿verdad?

–Continúe –dijo, impasible.

–¿Era usted el único propietario de Venta Rápida?

–Así consta en las declaraciones de cuentas.

–Disponemos de información que contradice ese dato, señor Drury. Tal vez sea falsa, pero debemos cerciorarnos de ello. Espero que sea usted sincero conmigo.

–Ya lo he sido. Único propietario; compruebe los archivos.

–Ya lo he hecho. La cuestión es que usted podría tener una estrecha relación con... otra empresa de alfombras, sin que las dos estuvieran asociadas financieramente; por lo menos no de forma evidente.

–Por lo general un empresario establece contactos con otros del mismo ramo.

–No me refiero a contactos, sino a una relación.

–Tendrá que explicarme la diferencia.

–Una relación significaría que otra empresa ejercía cierta influencia sobre Venta Rápida. También podría significar que se producía un intercambio de existencias entre las dos. Si usted no vendía algo, se lo pasaba a ellos; si ellos no conseguían vender algo, Venta Rápida se hacía cargo de ese material. Tales arreglos comerciales pisan sobre terreno muy delicado en lo que a Hacienda se refiere.

–Me gustaría saber quién ha estado tratando de causar problemas.

–Si los nombres de nuestros confidentes no se mantuvieran en secreto, no obtendríamos ninguna información.

–Bien, la que les han facilitado es falsa. Yo hago negocios ahí, compro algo barato allá; todas las operaciones figuran en los libros. Una empresa que no funciona bien suele liquidar algunos productos aunque salga perdiendo para lograr un poco de movimiento del capital efectivo. No me dirá que eso es ilegal.

–Por supuesto. En cambio, sí sería ilegal exagerar las compras y no declarar todas las ventas; sin duda usted lo sabe tan bien como yo. Por desgracia se trata de una práctica habitual para mucha gente que cree que nunca los descubrirán, hasta que acaban atrapándolos. De todas formas, estoy segura de que usted no sería tan tonto.

–No lo sería y no lo he sido. Si está acusándome, creo que debería llamar a mi abogado y mi contable.

–No lo acuso, señor Drury. No es más que una

charla amistosa para aclarar algunos aspectos. Si se tratara de una acusación, procedería de manera más formal. Así pues, si ha tenido usted contacto con un empresa en particular, le agradecería que lo dijera ahora para zanjar el asunto. –Contuve la respiración.

Se mesó el cabello, que empezaba a secarse, y algunos mechones se le quedaron levantados en la coronilla. Su aparente calma comenzaba a resquebrajarse, aunque él ni siquiera se había dado cuenta.

–Esto es estúpido –masculló.

Con el entrecejo fruncido, trató de adivinar qué sabía yo. La respuesta, por supuesto, era «nada»; siempre es mejor que algunas cosas, por insignificantes que sean, continúen siendo un misterio. Se escarbó la uña del dedo pulgar.

–Esa empresa de alfombras con la que se supone que yo establecía relaciones… ¿Le facilitó el nombre ese informador tan amable?

–Sí. –Sonreí afablemente–. Las normas me impiden mencionarlo ahora.

–Pero ¿se trata de una empresa local?

–¿Lo es?

–No lo sé; dígamelo usted. Así pues, ¿cuál es el siguiente paso? ¿Qué hará si yo insisto en afirmar que no sé de qué me habla?

–Entonces otro funcionario y yo nos veremos obligados a visitar dicha empresa para examinar todos los datos y revisar con mucha atención las cuentas y los movimientos de capital.

Profirió un par de palabras groseras, me miró de reojo y, al observar que no me mostraba escandalizada, optó por no disculparse. Por último se levantó para servirse un whisky, alzó el vaso y dijo:

–¿Seguro que no le apetece uno?

Negué con la cabeza y me percaté de su repentina indecisión.

–Alfombras QTO –informó–, propiedad de un amigo mío. Muy bien, me gusta discutir algunas cuestiones con él, temas de negocios, dónde comprar… ¿Qué hay de malo en ello?

–Nada, si ustedes sólo se limitan a conversar. ¿QTO pertenece también a un único propietario?

–Sí.

–¿Cómo se llama?

–Ed Bailey. –Anoté el nombre–. Mire –añadió irritado–, no hay nada raro. Si él o yo encontramos una partida a muy buen precio, pero demasiado grande para uno solo, nos la repartimos. En definitiva, nos ayudamos mutuamente.

–Así pues, comparten el negocio. –Tomé más notas.

–No. Simplemente compramos y vendemos, por separado.

–Transacciones que no figuran en los libros de cuentas.

–No es necesario. Dividimos la mercancía desde el principio. Mi mitad consta en mis libros, y su mitad en los de él. No hay nada ilegal en eso.

Cerré mi cuaderno y lo guardé.

–Le agradezco su sinceridad, señor Drury. Muchas gracias.

Me levanté y me dirigí a la puerta. Él me acompañó.

–Entonces ¿ya está todo solucionado?

–No del todo. Necesitaré que la otra parte confirme sus palabras. En principio no debería surgir ningún problema. ¿Dónde se hallan las oficinas de Alfombras QTO?

–En Sheffield, fuera de su distrito –se apresuró a precisar.

–De acuerdo, tiene razón. De modo que, o pido a alguien de la delegación de Hacienda de Sheffield que me acompañe, o visito a su amigo de forma extraoficial. –Me volví al llegar a la puerta y dejé que él decidiera. No tardó más de un segundo.

–Le haré saber que irá a verlo –se ofreció.

Fijé la fecha.

–Mañana por la mañana. –Arqueó las cejas–. Aparte de los informes de Venta Rápida, debo ocuparme de otros asuntos de manera que debería alegrarse de que intente aclararlo cuanto antes.

No se mostró muy contento.

Bajé por las escaleras a toda prisa, compré un bocadillo en el camino de vuelta a la oficina y lo comí ante mi escritorio. Cabía la posibilidad de que husmeando en asuntos que no me incumbían, hubiera descubierto algo que sí me interesaba. Todo aquello me parecía una variante de un viejo fraude, y si no me equivocaba, Pete se enorgullecería de mí. Por supuesto, para demostrar que tenía razón debía capturar a un pirómano cuya existencia era negada por los altos mandos de la policía de Bramfield.

Al pensar en eso, empezaron a sudarme las manos otra vez.

7

No había esperado que Drury contraatacara. A media tarde Pete me llamó a su despacho. Me recibió con semblante malhumorado, y su tono de voz y su mirada evasiva me advirtieron que me convendría inventar una buena explicación para justificar el error que hubiese cometido.

–¿Tienes algo que decir sobre los informes de Arnold?

–A mí me parece que está bien –dije alegremente–. Actualizados, sin borrones de tinta; en definitiva, como a ti te gusta. –Hizo un par de garabatos en una hoja de papel secante–. ¿Cuál es el problema? ¿Se me ha pasado algo?

–No lo sé, Leah. Dímelo tú.

–Mira, no sé a qué viene esto. En cualquier caso, los

repasaré otra vez. Si descubro algo nuevo, te lo comunicaré.

Garrapateó un poco más.

—¿Por qué no me traes el expediente de Venta Rápida y lo revisamos juntos?

Una luz de alarma parpadeó en mi cabeza.

—De acuerdo, Pete, muy bien. Es curioso que elijas ese informe. Precisamente estaba planteándome investigar más detenidamente esa empresa. —Me dirigí hacia la puerta—. ¿Hay alguna novedad?

—Limítate a traer el expediente, ¿quieres?

Frío, hostil, no se parecía en nada al Pete de siempre. Con el rostro encendido, regresé a mi escritorio y saqué la carpeta, la coloqué bruscamente sobre la mesa y hojeé rápidamente su contenido. Cuando levanté la vista, Pete me observaba a través del cristal con expresión glacial. Cerré la carpeta de golpe, la llevé a su despacho y la arrojé sobre la mesa.

—Ahí está —dije—, tal y como Arnold la dejó. ¿Ahora qué?

—Ahora explícame en qué se diferencia este expediente del resto.

—No estoy segura de poder hacerlo. A simple vista todo cuadra, las cuentas están en regla, las devoluciones al día, pero hay algo que no puedo señalar sobre el papel. Es sólo un presentimiento.

—¿Y por eso le has prestado una atención especial?

Lo miré reflexiva, preguntándome cómo se había enterado. Desde luego, no por mí. Levantó la vista de sus garabatos y la clavó en mí. Sus ojos reflejaban decepción.

—Hoy te has tomado mucho rato para comer. ¿Por qué motivo?

—Debía visitar a un cliente. Vamos, Pete. ¿Qué he hecho mal, por el amor de Dios?

—¿Cómo se llama ese cliente?

Enrojecí de irritación.

—¿Qué ocurre, Pete? —pregunté bruscamente—. ¿Estoy bajo investigación?

—¿El cliente?

Al ver a Pete tan agraviado y distante, mi preocupación fue en aumento.

—Visité a un hombre llamado Mark Drury, propietario de Venta Rápida, para formularle unas preguntas. —Por la cara de Pete deduje que su siguiente intervención, llena de confianza, sería: «¿qué preguntas?». Decidí ahorrarle la molestia—. El hecho es que no estoy convencida de que las existencias que Venta Rápida tenía en el momento del incendio concuerden con el inventario que Drury facilitó a los aseguradores.

—Le dijiste eso, ¿verdad?

¡Mierda! No; no había dicho eso a Drury, pues no quería que, asustado, ideara alguna argucia antes de que yo hubiera conseguido las pruebas.

—No exactamente —respondí.

—En lugar de eso inventaste la patraña de que disponías de información que haría que sus aseguradores no le pagaran si tú se la pasabas —afirmó con seguridad.

—No —protesté—. No hice eso en absoluto.

—¿No mencionaste a un confidente?

—Sí, lo hice, pero…

—¿Dijiste a Drury que por una cantidad adecuada mantendrías la información en secreto?

—¿Que yo qué? ¡Maldita sea, tú me conoces, Pete!

—Drury ha presentado una demanda formal, y no he tenido más remedio que tramitarla. —Se me revolvió el estómago. Visiblemente molesto, Pete agregó—: Se investigará tu actuación en los casos en que has trabajado; entretanto estás suspendida, de modo que vacía tu escritorio y márchate a casa.

—¿Crees que voy por ahí pidiendo dinero bajo mano, Pete? ¿Por qué había de hacerlo? Sólo un idiota cometería esa estupidez.

–El asunto debe examinarse.

–Bien, gracias por tu voto de confianza –repliqué furiosa–. ¡Soy una buena inspectora fiscal y todo este asunto es basura!

Se acercó a mí para apoyar la mano sobre mi hombro. Por primera vez recibí ese gesto con gratitud.

Como no suelo acumular demasiadas cosas, en mi escritorio no había muchos objetos personales que recoger. Todo junto formaba un pequeño y lastimoso montón sobre la mesa. Lo guardé en un gran sobre marrón y doblé la parte superior. El silencio reinaba en las oficinas, y todo el mundo trataba de adivinar qué estaba sucediendo. Me pregunté qué explicación ofrecería Pete cuando me hubiese marchado. Me resultó embarazoso que me acompañara hasta la salida del edificio, pero Pete siempre cumple las reglas a rajatabla.

Saberme burlada me produjo una sensación realmente desagradable. Me senté en el híbrido, pensando en cómo el astuto truco de Drury de dar la vuelta a la tortilla le había proporcionado el tiempo suficiente para coger el dinero y huir. Debía sentirse muy satisfecho de sí mismo, pues había conseguido que yo no pudiera intervenir en sus negocios oficialmente. Tras echar un último vistazo a mi ventana del cuarto piso, me fui a casa. No era lo que más me apetecía hacer, pero estampar un objeto contundente en la cabeza de Drury no ayudaría a convencer a nadie de mi inocencia.

En cuanto llegué a mi piso, me puse un pantalón de deporte y una camiseta ancha y me encaminé de nuevo hacia la calle, dispuesta a desfogarme un poco; tal vez exista un sistema mejor para hacer frente a las pequeñas bofetadas de la vida, pero no lo conozco. Cuando hube quemado suficiente adrenalina, regresé a casa. En ocasiones, como ese día, permanecer de pie en la ducha bajo un abundante chorro de agua ejerce efectos sedantes. Me tomé mi tiempo, esperé a que la tensión que aún me dominaba desapareciera por completo y luego me sequé con una toalla, me puse unas braguitas limpias y una camiseta larga y decidí prepararme un bocadillo y un café.

Alrededor de las cinco telefoneé a Nicholls para proponerle que cenáramos fuera, consciente de que se mostraría entusiasmado cuando le anunciara que yo pagaría la cuenta. Tanteó un poco para descubrir el motivo de mi invitación, pero yo juego muy bien a la defensiva.

A las siete y media se presentó perfectamente lavado y arreglado, y yo di unas vueltas por la sala para que observase lo bien que me había acicalado por él. Lo bueno de Nicholls es que siempre se muestra agradecido.

—Entonces —dijo, ofreciéndome un ramo no demasiado generoso—, ¿qué celebramos?

Coloqué las flores en un jarrón y observé cómo caían hacia los lados.

—¿Dije que celebrábamos algo? Primero comamos; después ya hablaremos.

—¿Te han cambiado de puesto?

—Tal vez.

—¿Un ascenso?

—¡No! Limítate a bajar al coche, Nicholls, y deja de interrogarme.

—¿Tu hermana ha tenido gemelos?

—¡Muévete! —ordené dándole un empujón.

—¡De acuerdo! ¡Muy bien! La próxima vez que yo tenga una buena noticia, tendrás que sacármela con sacacorchos.

—¿Ah, sí? ¿Qué te hace pensar que la noticia es buena?

Se detuvo en seco, y casi choqué contra él.

—¿Se trata de algo malo?

—Horrible.

Pasé junto a él y salí por la puerta. Me encanta que nunca me crea cuando digo la verdad.

8

No dije a Nicholls que había cenado con una inspectora fiscal supuestamente corrupta hasta que regresamos a mi hogar. Cuando lo hice, tardé un rato en convencerlo de que no mentía. Su lentitud en comprender las cosas puede resultar realmente irritante. Cuando por fin hubo asimilado las noticias captó unas implicaciones que le enfurecieron. Los hombres inocentes no van por ahí formulando falsas acusaciones, y si yo era inocente, estaba claro que Drury sólo se proponía ganar tiempo. Lo observé mientras sopesaba las posibilidades.

–Digamos que esto destruye los fundamentos de tu teoría sobre los incendios premeditados, ¿verdad? –dije, sonriendo dulcemente–. A menos que sugieras la idea de que Billy se había vuelto profesional.

–Escapa a toda lógica –repuso con brusquedad.

–¿Qué?

–Mira, el hecho de que Drury sea un oportunista y hubiera incendiado su propio almacén no probaría la inocencia de Billy en el resto de los casos.

–¡Oh, vamos! ¡Utiliza el sentido común!

–¡Hazlo tú!

Nos miramos con expresión airada.

–De acuerdo –concedí–. Escucharé qué piensas hacer al respecto.

–¿Dónde están las pruebas?

Ésa es otra cosa que no me gusta de Nicholls; siempre necesita pruebas.

–Nicholls, yo sólo soy una ciudadana agraviada; tú eres el detective. Quizá deberías tratar de conseguirlas.

–O sea, que no hay ninguna –concluyó–. Maldita sea, Leah, ¿por qué no dejas de entrometerte en asuntos que no te incumben?

–Porque si lo hiciera tú dejarías escapar a la mitad de los criminales de por aquí –repliqué groseramente.

–Gracias –dijo, ofendido.

–De acuerdo. No hay de qué. –Encendí el televisor. Él lo apagó de inmediato–. Mira –proseguí–, ¿cómo esperas que obtenga pruebas? Precisamente era lo que me proponía cuando me suspendieron de empleo.

Apuró su café y apartó la taza. Luego se acercó a mí, me rodeó con el brazo y manifestó cuánto lamentaba que Pete no me hubiese apoyado. Tras afirmar que Pete no había tenido otra opción, me levanté del sofá para sentarme en la alfombra. No necesito que me consuelen.

Encendí de nuevo el televisor para ver *Las Noticias de las Diez*. Al cabo de un rato Nicholls se acomodó junto a mí.

–Lo siento de verdad –dijo–. No se saldrá con la suya.

–¿Quién?

–Drury.

–¿Estás seguro? –No respondió–. Espero que así sea, porque si uno de nosotros no demuestra que estoy completamente limpia, iré directa a la cola del paro. Quizá podría conseguir un trabajo de camarera.

–No llegará el caso –sentenció.

¡Desde luego que no!

Transcurrieron un par de minutos.

–Debes confiar en mí –dijo Nicholls.

Ya lo hacía y decidí que no me costaba nada decírselo. Es estúpido negarse a conceder pequeños placeres.

–Confío en ti –aseguré.

Su rostro reflejó satisfacción.

Permanecimos allí sentados durante un rato, en amigable silencio, viendo desfilar en la pantalla asesinatos y mutilaciones. Entonces reparé en lo bien que olía su loción para después del afeitado y me arrimé a él. Nicholls me cobijó bajo su brazo, y me sentí muy a gusto, mientras mi mente vagaba de una cosa a otra. Deslicé furtivamente los dedos por su camisa y desabroché algunos botones.

–¿Qué haces? –preguntó.

–Digamos que estoy registrando a un sospechoso en busca de armas ocultas.

–No encontrarás ninguna.

–¿Ah, no? –Mi mano descendió deprisa, y él dio una sacudida y soltó una especie de gruñido–. Esto me parece un arma –le susurré al oído.

Ninguno de los dos habló demasiado durante un buen rato. Ésa es una de las virtudes de Nicholls; cuando acomete una tarea, se entrega totalmente a ella.

El sábado por la mañana me desperté temprano, animada, consideré la posibilidad de correr un poco por el parque. En lugar de eso tomé un largo baño, oyendo cómo Nicholls preparaba el desayuno. A veces un poco de indolencia conviene al espíritu… o al menos eso me susurraba mi ángel malo, en tanto su colega bueno saltaba enloquecido.

Al percibir el aroma a tostadas y café me apresuré a secarme y vestirme. En ocasiones me extraña que nadie haya cazado aún a Nicholls. Trato de convencerme de que cuando eso suceda no lo sentiré, aun siendo consciente de que me miento. Lo cierto es que no me apetece dar ese paso; quizá un día lo haga. Hay muchas clases de relaciones, algunas tan estrechas que pueden llegar a estrangular, otras tan débiles que no cuentan. Nicholls y yo nos hallábamos en la etapa de diversión; nada de ataduras, peleas, promesas que pudieran terminar rompiéndose, como me había ocurrido con Will, a quien había amado lo bastante para sentirme profundamente herida al descubrir que ya tenía una esposa. Experiencias tan dolorosas no se olvidan fácilmente, y supongo que, por muy a gusto que me sienta con Nicholls, no he recuperado la costumbre de ser confiada.

Alabé el café y los huevos revueltos, compartí con él

el periódico de la mañana y luego dejé amablemente que exhibiera sus perfectos hábitos de limpieza fregando los platos mientras yo trataba de sentirme virtuosa secando los malditos cacharros.

Nos despedimos con un beso fraternal. Algunas tareas deben realizarse en solitario, y ese día estaría lleno de ellas.

La única persona que podía ayudarme a averiguar más cosas sobre Drury y sus mentiras era Bethany Mills. Confiaba en que me creyese y no pensara que yo sólo trataba de crear problemas para vengarme de él. Busqué su tarjeta y marqué el número de su oficina; entonces caí en la cuenta de que probablemente no trabajaría los sábados. ¡Estupendo!

Conté las llamadas; a la sexta alguien respondió, y pregunté por Bethany.

—Bueno, digamos que está pero no está, ¿me entiende?

—Explíquese —pedí.

—Quiero decir que está en el edificio redactando un informe, pero oficialmente esta mañana no trabaja. No estoy seguro de que acepte ninguna llamada de trabajo.

—No es de trabajo, sino personal —indiqué—. Le agradecería enormemente que me pasara con ella.

—Lo intentaré —afirmó la mujer—. ¿De parte de quién?

—De Leah Hunter. Dígale que si no se tratara de algo urgente no la habría telefoneado hasta el lunes.

—Espere, por favor.

Se oyó un «clic» y comenzó a sonar un fragmento de Vivaldi; esos artilugios consiguen destrozar la buena música.

Por fin oí la voz de Bethany.

—¿Leah? Me han dicho que es personal.

—En efecto. ¿Podemos vernos para hablar?

—¿Ahora?

—Cuando te vaya bien.

—Terminaré dentro de una hora. Hay un pub a la vuelta de la esquina, el Wheatsheaf. ¿Lo conoces?

—Sí —respondí—. ¿Quedamos dentro?

—De acuerdo. Espero poder ayudarte.

En cuanto colgué el auricular comencé a reflexionar sobre el favor que pensaba pedirle. Era un abuso de confianza, teniendo en cuenta que apenas nos conocíamos, y no la culparía en absoluto si se negaba a ayudarme. En tal caso, me vería en un grave apuro y por una vez en mi vida no conseguía atisbar una salida clara.

A menos que la suerte favoreciera a Nicholls.

¡Tonterías! ¿A quién quería engañar? Contando tan sólo con la opinión de una inspectora fiscal sospechosa sobre la calidad de cierto surtido de alfombras y moquetas que había desaparecido hacía tiempo, se precisaría un milagro.

Llevaba unos diez minutos sentada en el Wheatsheaf, tomando una cerveza, cuando Bethany entró. Le hice una señal con la mano y ella se acercó. Le pregunté amablemente qué le apetecía tomar. Tras echar un vistazo a mi vaso, respondió que sólo un café. Llamé a la camarera para comunicarle los deseos de mi acompañante. Después de quitarse la gabardina y colgarla en el respaldo de la silla, Bethany se acodó en la mesa y dijo:

—Bien, ¿qué ocurre? Traté de volver a hablar contigo ayer, pero una mujer llamada Val me informó de que te habías tomado un permiso indefinido.

—Eso suena mucho mejor que decir que estoy suspendida de empleo y sueldo, que es mi situación actual.

Parpadeó sorprendida.

—Entonces quizá no debería estar aquí.

—Tal vez. En cualquier caso, te he citado porque creo que las dos nos hallamos en el mismo bando. Tú no quieres dejar que un fraude al seguro pase inadvertido, y yo no quiero que me despidan por una falta que no he cometido.

Le sirvieron el café, y Bethany añadió el pequeño tarrito de crema de leche, lo removió e inquirió con cautela:

—¿Despedirte por qué?

He aprendido que, ante una pregunta directa, lo mejor es contestar con una respuesta directa. Me escuchó con atención mientras le refería la pequeña charla que había mantenido el día anterior con Drury y los problemas que me habían surgido a raíz de dicha entrevista. Cuando hube concluido, reflexionó durante unos minutos y me preguntó qué quería de ella.

—Procura retrasar el pago de Drury con el fin de que yo disponga de tiempo para investigar. Eso no perjudicará a nadie; y desde luego, no a la compañía de seguros.

—¿Eso es todo? —inquirió secamente.

—Tal vez podrías atosigarle un poco. La gente preocupada tiende a dejarse dominar por el pánico, y podría resultar útil comprobar cómo reacciona Drury. —La miré y decidí arriesgarme—. Una fotocopia del inventario de Venta Rápida o cualquier otra información que puedas conseguir sobre el pasado comercial de Drury también me ayudaría mucho.

—Tendré que meditarlo —dijo, levantándose y poniéndose la gabardina—. De momento, prefiero no comprometerme a nada. —Ladeó la cabeza y me observó, analizándome—. Si aceptara colaborar contigo, podría terminar con tantos problemas como tú, y a mí tampoco me entusiasma la idea de acabar en el paro.

—Drury no utilizaría el mismo truco dos veces —afirmé con seguridad mientras pagaba la cuenta—. Nadie es tan idiota.

—¡Esperemos que así sea! —exclamó cuando salimos a la calle—. Pero me temo que los ardides que dan resultado suelen emplearse más de una vez. —Tras un rápido apretón de manos, se encaminó hacia el edificio de oficinas donde trabajaba. La observé alejarse, pensando cuán útil resultaba contar con buenos contactos.

9

El sábado no suele ser el mejor día para encontrar a la gente trabajando, pero, como había tenido suerte con Bethany, esperaba que la fortuna me sonriera otra vez. Giré a la izquierda por la calle Bank y atajé por un callejón que me condujo a la calle Goodwin y la Oficina de Libertad Condicional, donde confiaba en hallar una cara amable. Había llegado a conocer bien a algunos empleados a raíz de un desagradable hecho acaecido un año atrás, cuando un funcionario se involucró en asuntos criminales. Compartía con ellos sesiones de quejas ante un café en el edificio del juzgado cuando Hacienda demandaba a defraudadores. Acudí allí con la esperanza de que pudieran facilitarme alguna información.

Me fastidiaba que un gusano como Drury hubiera conseguido que me suspendieran tan rápidamente, lo que, sin embargo, podría resultar la mayor estupidez que había cometido en su vida, ya que yo podía dedicar todo mi tiempo a hurgar en sus asuntos sucios. Por supuesto en ese momento yo desconocía en qué clase de fraude estaba metido, aparte de haber incendiado su propio almacén. De nuestra única entrevista había deducido que él carecía del valor y los conocimientos para realizar ese pequeño trabajo, lo que significaba que había contratado a alguien. Estaba convencida de que ese alguien no había sido Billy. Por tanto, el incendiario seguía en libertad, buscando trabajo. No era un pensamiento demasiado consolador.

Abrí la pesada puerta del edificio y me dirigí a recepción con la esperanza de encontrar a alguien que conociera el percal lo bastante bien para hablarme de la unidad de seguridad en que habían retenido a Billy. Los funcionarios de libertad vigilada no se entregan normalmente a esa clase de cháchara, pero ya que me debían un par de favores, parecía una buena ocasión para cobrármelos.

Me topé con el primer obstáculo cuando, en lugar de la cara siempre amable de Beverly, encontré tras el alto mostrador de recepción a una mujer con el pelo cano que me miró como si estuviese realmente harta de toda la chusma que pasaba por allí. Procuré mostrarme simpática.

—Hola —saludé—. Me gustaría ver a Stuart Fraser.

—Vuelva el lunes.

Ni más ni menos. Cáustica, terminante y a prueba de encantos.

—¿Significa eso que no está aquí? —pregunté.

Me miró de arriba abajo.

—No se reciben clientes los sábados por la mañana.

—¿No se reciben clientes?

Introduje la mano en mi bolso, y su dedo planeó sobre el botón de alarma como si yo pudiera ser la parte femenina de Bonnie and Clyde. Arrojé airada sobre el mostrador una tarjeta de visita.

—Comuníquele que estoy aquí —ordené con tono tajante— y deje que decida por sí mismo, ¿de acuerdo?

Echó un vistazo a la tarjeta.

—El señor Fraser no está esta mañana.

¡Mala pécora! ¿Por qué no lo había dicho antes? Desde luego, algunas personas vienen a este mundo sólo para fastidiar.

—Si Fraser no está aquí —espeté—, ¿quién está entonces?

—Andrew Baker.

Estupendo, el hombre que necesitaba; con su malhumor y su resentimiento, me sería de gran ayuda. Ella esbozó una afectada sonrisa de satisfacción. Por fortuna, el destino decidió favorecerme, pues Fraser entró de la calle en ese mismo instante. Nos observó unos minutos, y comprendió que aquella mujer y yo habíamos congeniado. Me alegré de que lo encontrara divertido.

Fraser, el jefe de departamento, pasa de los cuarenta, y es huesudo, de pelo rubio rojizo y notablemente apetecible. Cuando me estrechó la mano amistosamente y dijo que esperaba que alguien me hubiese atendido, mi simpática compañera no se mostró muy contenta.

—Oh, desde luego, me han atendido maravillosamente –repliqué, irónica–. Ha sido una experiencia muy interesante. Necesito hablar contigo, si tienes tiempo.

Afirmó que sólo disponía de veinte minutos, y aseguré que era más que suficiente.

Tendió la mano hacia el otro lado del alto mostrador para coger un par de cartas del escritorio de doña Escarcha y, con tono zalamero, pidió:

—Valerie, preciosa, te agradecería que nos sirvieses dos tazas de café.

Observé cómo un tinte rosado se extendía por el rostro de la mujer y admiré la táctica de Fraser.

Subimos a su despacho del primer piso, y me invitó a tomar asiento en una cómoda silla para que le explicara tranquilamente el lío en que me había metido. En cuanto hube concluido mi relato, Valerie entró con los cafés. Fraser no es precisamente un hombre de movimientos rápidos. Con toda parsimonia remojó una galleta en la bebida y, tras haberla perdido, se entretuvo recuperándola con la cucharilla mientras yo sorbía delicadamente mi café, reprimiendo el impulso de azuzarle.

Finalmente colocó los pies sobre la mesa.

—Parece un problema serio, Leah. En cualquier caso, Billy no se encontraba en libertad condicional. Me temo que no puedo hacer gran cosa, aparte de apoyarte moralmente.

—Fraser, no habría venido si creyera que no podías ayudarme. Necesito averiguar un par de cosas respecto a Billy, y tú tienes acceso a la información.

—Que, como ya sabrás, es confidencial –precisó.

—¿Quién protestará? Billy no, desde luego. Asistí a su funeral hace un par de días. Me interesa conocer qué sucede en esa unidad de seguridad, pues me desconcierta que a los muchachos les resulte tan fácil ahorcarse ahí dentro.

Fraser se inclinó.

—Desconcierta a mucha gente, Leah. Con una investigación en marcha, el asunto no es objeto de discusión, de modo que no me preguntes.

—No pretendía hacerlo, Fraser. Sólo quería que descubrieras si Billy conoció a alguien allí dentro con quien se hubiese sincerado para hablar con esa persona.

—Quizá eso no te proporcionaría las respuestas que buscas.

—Cualquier respuesta es mejor que el silencio. Si Billy reveló a alguien que él era el incendiario, me ahorraré el trabajo de buscar otro culpable.

—¿Y qué otro favor pensabas pedirme haciendo uso de tus encantos?

—Confiaba en que te prestaras a hablar con el psicólogo de Billy para preguntarle si esperaba que el muchacho reincidiera.

Se recostó en la silla, y cuando habló su acento escocés se hizo más intenso:

—¿Y no deseas que además eche un vistazo a los archivos de la policía?

Sonriendo, garabateé el número de teléfono de mi casa y se lo entregué.

—Gracias, Fraser. Sabes que no te lo pediría si existiese otra salida. —Apuré el café y me marché para que pudiera ocuparse del correo.

Sheffield se halla a unos cuarenta kilómetros de Bramfield. A pesar de la dificultad para encontrar aparcamiento, finalmente dejé el coche en un edificio de varias plantas y fui en busca de Alfombras QTO. Evaluar su mercancía no me serviría de nada, ya que una alfombra se parece mucho a cualquier otra, excepto por el precio. Me interesaba descubrir el volumen de sus operaciones.

Cuanto más caminaba, más me percataba de que la recesión había afectado gravemente a la ciudad. Comercios vacíos miraban inexpresivos a través de cristales con carteles pegados furtivamente, y las calles mostraban señales de pobreza y abandono. Quizá se trataba tan sólo de que la ciudad no podía permitirse pagar a suficientes barrenderos.

Grande, descarada y vistosa, QTO contrastaba con el ambiente general. Un centelleante rótulo de neón verde y amarillo exhibía con ostentación su nombre, y un sinfín de carteles que anunciaban ofertas especiales destacaba en los escaparates. Daba la impresión de que aquel establecimiento desconocía el significado de la palabra «recesión». Entré en el local para echar un vistazo. El lugar no andaba escaso de clientes, y era lógico, ya que se ofrecían generosos descuentos, demasiado quizá teniendo en cuenta la buena calidad de las alfombras. Tal vez la empresa recibía un trato especial por parte de los fabricantes, o quizá, apuntó mi mente suspicaz, el material se adquiría de forma clandestina.

Abordé a un vendedor con cara de roedor ansioso.

–Estos precios son realmente buenos… ¿Me garantiza que toda la mercancía está en perfecto estado?

–Por supuesto. Los artículos de segunda clase se hallan en el sótano, y todos ellos están marcados como tales. ¿Qué alfombra le gusta? ¿Ésta? Quizá pueda rebajar el precio aún más.

–Parece una oferta excelente. Daré otra vuelta antes de decidirme. ¿Cómo se las arreglan para ofrecer esta clase de descuentos?

–La mayor parte es mercancía comprada a empresas en quiebra. Pero el material es de buena calidad.

–La pérdida para un hombre representa el provecho para otro –afirmé–. Por lo visto QTO sobrelleva la recesión estupendamente. ¿Es ésta la única tienda, o forma parte de una cadena?

Encogiéndose de hombros, fijó la mirada en una pareja que parecía decidida a comprar.

—Yo sólo vendo alfombras —respondió—. Si desea saber algo acerca del negocio, tendrá que hablar con el jefe.

—¿Está por aquí?

—En alguna parte. Quizá abajo, en la oficina o... No, es aquel de allí, el hombre del traje gris, junto a las alfombras chinas.

Me giré y observé a aquel individuo calvo, fornido, de unos cincuenta años, que lucía una sonrisa de anuncio de dentífrico semejante a la de Drury.

—Bien, muchas gracias —dije—. Echaré otro vistazo y, cuando me haya decidido, le avisaré.

—Será un placer. Me llamo Eric, y la entrega es gratuita.

Me dedicó una sonrisa para ganarse mi confianza, y me alejé esperando que no se sintiera demasiado decepcionado cuando se percatara de que yo no había vuelto a aparecer de nuevo. Contemplé durante unos minutos cómo Bailey hechizaba a los clientes y reprimí el impulso de acercarme a él para preguntarle si tenía un buen seguro contra incendios. Estaba tan segura de que lo tenía como de que ganaba demasiado dinero con aquel negocio para desear deshacerse de él.

Me encaminé hacia el aparcamiento y me detuve en el camino para tomar una ensalada de atún, un trozo de tarta de nata y un café.

A veces los fines de semana se convierten en una especie de maldición. Quizá miss Marple tenía ánimos suficientes para ir por ahí desempeñando el papel de detective cuando todo el mundo trataba de descansar. A mí, en cambio, me fastidiaba, aunque pensándolo bien, miss Marple tenía una gran desventaja; era una criatura demasiado respetuosa de la ley.

10

Mientras conducía de regreso a casa, mi parte malvada me susurró al oído que resultaría muy divertido registrar el apartamento de Drury aprovechando su ausencia. Reflexioné sobre ello. Cabía suponer que Drury dedicaba la noche de los sábados a una actividad más excitante que holgazanear delante del televisor.

Me avergüenza que ideas tan censurables como ésa surjan de mi mente.

Me detuve en el centro comercial para comprar algunos comestibles que luego arrastré escaleras arriba, rechazando todo pensamiento relacionado con el allanamiento de morada o cualquier otra acción ilegal. Sólo me faltaba que me pillaran con mi pequeño equipo de robo tratando de entrar en el apartamento de Drury.

Guardé la compra, tomé un largo baño, me serví una ensalada y vi las noticias de la tarde. Los cuatro jinetes continuaban preparándose afanosamente para el Armagedón; no deja de asombrarme que algunas personas se diviertan destrozando a sus congéneres. Me preocupé durante un rato por el estado del mundo.

A las siete y media, ataviada con un vestido ceñido de color ciruela, salí a dar una vuelta por el expositor de carne con un par de amigas. Bailé, bebí un poco, abofeteé a algún pulpo y terminé alrededor de la medianoche cenando en el Dragón Dorado, un restaurante chino. Las tres, mujeres hechas y derechas, nos reímos tontamente del culo del camarero, como unas colegialas. Bueno, a veces, uno se lo pasa en grande con esa clase de estupideces. Caí rendida en la cama alrededor de las dos, sintiéndome mucho mejor de lo que me había sentido durante meses.

El domingo por la mañana corrí unos cuantos kilómetros para aclararme las ideas y analicé la conversación que había mantenido con Drury, tratando de encontrar algo que pudiera haberle impulsado a pronunciar la palabra «corrupción» ante Pete. Algún comentario mío le había inquietado. Había pensado que yo podía estar acercándome a la verdad y, asustado, había decidido actuar. Aceleré un poco la marcha. ¡Estaba claro que temía que yo revisase las cuentas de QTO!

¿Debería hablar con algún empleado de Hacienda en Sheffield? No tardé en desechar la idea. La cola del paro es larga y cada vez crece más. El riesgo a unirse a ella disuadiría a cualquiera de ayudar a una colega suspendida.

Regresé a casa trotando cansinamente, me puse una camiseta de Amnistía y unas mallas de rayas y preparé pastelillos de patatas y champiñones que comí con el periódico de la mañana extendido frente a mí. Tras tomar un café, me animé a fregar los platos y realizar otras tareas domésticas. Esos ocasionales arrebatos de virtud siempre enojan a la puerca que hay en mí, de modo que, después de pasar el resto del día haraganeando, me acosté temprano y dormí como un bebé hasta que, alrededor de las seis y media de la mañana siguiente, una intensa lluvia me despertó.

El único aspecto positivo de no tener trabajo es que no hay necesidad de salir a la calle en un día de perros y calarse hasta los huesos.

A las diez bajé por las escaleras hasta la puerta de Marcie para tomar un café y cotillear un poco. Mi vecina acababa de atravesar una mala racha, y me alegraba de que por fin la hubiera superado y no se hubiese mudado. Madre soltera de un niño de tres años, Marcie se gana la vida realizando ilustraciones en su casa; su trabajo artístico, de una delicadeza magnífica, está muy solicitado. Me encanta el modo en que raciona estrictamente el tiempo que dedica a su trabajo para disfrutar del pequeño Ben. Los lujos, afirma, tendrán que esperar. Conversamos un rato y jugamos con Ben hasta casi las once, cuando la lluvia cesó y regresé a mi piso. La holgazanería, que puede crear adicción, todavía me dominaba cuando Stuart Fraser telefoneó a las doce y media para hablarme de Jaz.

Jaz, bautizado como Jason Duncombe, había estado en la unidad de seguridad con Billy, y según Fraser los dos muchachos habían congeniado desde el primer momento.

–Si Billy se sinceró con alguien, tuvo que ser con Jaz –aseguró Fraser–. Nadie más pudo sonsacarle nada.

–¿Te refieres al personal?

–Y a los asistentes sociales.

–Creía que todo el personal estaba compuesto por asistentes sociales.

–No sería rentable –sentenció Fraser secamente–. La mayor parte del personal está formada por trabajadores a sueldo, pues resulta mucho más barato. Quizá haya tres personas cualificadas en el centro durante el día y una de guardia durante la noche.

–¿De guardia?

–Duerme en el edificio.

–¿Avisó alguien a quien efectuaba la guardia la noche en que Billy murió?

–Después de que sucediera. Y no diré nada más.

–De acuerdo. No quisiera que rompieras la regla de la confidencialidad, pero burlarla un poco no perjudicará a nadie. ¿Cómo puedo ver a Jaz? ¿Puedes conseguirme un pase?

–Salió en libertad condicional hace unos cinco días y regresó al domicilio familiar, en el número 38 de Coronation Close, Westmoor.

–Muy bien pensado –dije–. El lugar ideal para mantenerlo alejado de los problemas

–Díselo al gobierno –aconsejó Fraser–. La Seguridad Social no protege a los muchachos de edades comprendidas entre los dieciséis y los dieciocho años.

–¿Qué tal un programa de formación?

—No hay suficientes plazas.

—¿Albergues?

—No sin un trabajo.

—O sea, que tendrá que buscarse la vida —confirmé.

—No le queda otra solución.

Le pregunté si había tenido ocasión de hablar con el psicólogo de Billy. Me informó de que era una mujer llamada Amanda Crane. La señorita Crane no había esperado que Billy reincidiera y todavía no lograba entender cómo había podido equivocarse. Archivé el dato en mi memoria como munición para disparar contra Nicholls. Agradecí sinceramente a Fraser la ayuda que me prestaba, y él me recordó que no había regalos desinteresados; a cambio del esfuerzo que había dedicado, le debía un favor. Le dije que no dudara en pedírmelo en cuanto lo necesitara, y nos despedimos.

Tras comer un bocadillo de queso, me puse unos vaqueros, una camiseta azul marino y un par de zapatillas Nike. Alrededor de la una y media atravesaba en mi coche la ciudad en dirección a Westmoor.

El barrio había sido construido por el ayuntamiento en los años cincuenta; elegantes casas adosadas con jardines lo bastante grandes para cultivar todas las verduras que la familia pudiera consumir. Durante mucho tiempo fue el símbolo de la urbanización de ensueño, hasta que, a mediados de los sesenta, todo empezó a desmoronarse, la política social cambió y familias problemáticas fueron instaladas entre las casas bien cuidadas con la intención de que una vivienda mejor y un buen ejemplo influyeran positivamente en el incómodo pelotón. Por supuesto no fue así. ¿Desde cuándo acertaban los burócratas? Lo que sucedió fue que los vecinos se mudaron a otro lado y las calles se llenaron de frigoríficos y cochecitos de bebé medio oxidados.

Coronation Close era una de ellas.

Localicé el número 38 y aparqué detrás de un Capri

morado bastante viejo que en el cristal trasero lucía una pegatina que rezaba: «Si quieres adrenalina, toca la bocina.» Era fácil resistirse a tal invitación. Me apeé de mi automóvil y, precavida, lo cerré con llave, ante la atenta mirada de media docena de niños. Supuse que, como eran preescolares, mis ruedas estaban a salvo.

Crucé la acera y golpeé enérgicamente la puerta de entrada.

Transcurrió un par de minutos, y nada sucedió, excepto que creí oír un arrastrar de pies en el interior. Miré de reojo a los diminutos terroristas, que con mucha cautela se habían acercado a los vehículos. Uno de ellos sostenía medio ladrillo en la mano. Llamé de nuevo, y la puerta se abrió de golpe. Vi una camiseta morada y unos pantalones negros y decidí que ése debía ser el tipo que conducía el Capri. Medía algo más de metro setenta y tenía el pelo negro, largo y pegajoso. De no ser por los hombros caídos, quizá habría parecido más alto.

–Hola –saludé amablemente–. Busco a Jaz.

–Entonces tendrá que buscar en otra parte –replicó–, porque se ha ido.

–¿Adónde?

Hizo una mueca de desprecio.

–¿A quién le importa?

La puerta empezó a cerrarse. Levanté una mano.

–¿Puedo hablar con la señora Duncombe?

–¿Quién?

–La madre de Jaz.

El tipo volvió la cabeza y exclamó:

–Julie.

Me sorprendí un poco al ver a la mujer que avanzó hasta la puerta, pues no cuadraba en absoluto con la imagen que yo tenía de la madre de un adolescente. Era una rubia menuda de mirada severa, que vestía mallas negras y una camiseta negra con la leyenda «Elvis vive» escrita en rosa fluorescente con estrellas amarillas. Calculé que contaría poco más de treinta años.

–¿Sí? –dijo, apoyándose en la camiseta morada–. ¿Qué quiere?

–Quizá me he equivocado de casa. Estoy buscando a Jaz.

–No se ha equivocado de casa. ¿Para qué lo quiere?

–Un asunto relacionado con su libertad condicional –mentí.

La cara de la mujer se retorció.

–¡Largo de aquí ahora mismo! –ordenó. Retrocedí un paso, y ella salió de la casa como un torpedo en dirección a la calle–. ¡Si tiras eso te arranco el jodido pescuezo! –vociferó.

Me giré. Los niñitos se habían aproximado furtivamente a los coches. El que empuñaba el trozo de ladrillo la miró parpadeando y, sin vacilar, alzó la mano para arrojar el misil, que describió un arco diminuto antes de golpear el metal. Los críos se dispersaron como guerrilleros bien entrenados. Jamás pensé que criaturas menores de cinco años pudieran correr tan deprisa. La mujer regresó a la casa mascullando qué haría al pequeño bastardo cabrón cuando lo agarrara, y yo reprimí el impulso de acercarme para averiguar cuál de los dos automóviles necesitaba una mano de pintura.

–¡Malditos niños! –exclamó con el entrecejo fruncido–. Deberían estrangularlos a todos en cuanto nacen.

–¿Es usted la madre de Jaz? –pregunté.

–¿Y a usted qué le importa?

–Necesito localizarlo.

–Eddie lo echó. –Abrazó la camiseta morada y levantó la vista para dedicar una mirada cariñosa al tipo–. No soportas las impertinencias, ¿verdad cariño?

–No de él.

–¿Adónde ha ido?

–No lo sé –contestó ella–. ¿Y qué más da?

–Lo vi ayer con esa putilla flaca con la que sale –informó Eddie.

–¿Se da usted cuenta? –dijo Julie, mirándome al tiempo que tendía las manos–. No nos tiene ningún respeto.

La miré fijamente a los ojos, y al cabo de un par de segundos apartó la vista.

–¿Significa eso que vive en casa de su novia? –pregunté–. Si es así, quizá pueda darme su dirección.

Julie se encogió de hombros.

–Ocupan ilegalmente un tugurio de la calle Turpin.

¿La calle Turpin? Hacía casi un año que los vecinos habían abandonado aquel lugar y los bichos y sabandijas se habían mudado a él. Observé a la pareja, pensando que tal vez a Jaz le resultaba más difícil vivir con ciertos elementos que con las ratas.

Miré a Julie.

–Está previsto derribar todos los edificios de esa calle.

–¡Mala suerte! –intervino Eddie.

Ignorando su comentario y con la vista clavada en la madre de Jaz, proseguí:

–¿Eso no le preocupa? Al fin y al cabo es su hijo, y no tiene hogar. ¿Por qué no puede vivir aquí hasta que encuentre un trabajo o empiece un programa de formación?

–Escuche –dijo la mujer bruscamente–, le he dado de comer durante dieciséis años. Ya he hecho bastante. Tengo derecho a vivir mi vida y no quiero que él esté por medio. ¿De acuerdo? –Se sonrojó–. Y deje de mirarme de esa manera. No soy la única que no le quiere por aquí, ¿verdad, Eddie? –Levantó la vista hacia el hombre.

Éste le pasó la mano por el trasero y la estrechó contra sí.

–Lárguese –dijo–. Está molestándola.

–Me acordaré de decírselo a Jaz cuando lo vea. Y no

se preocupen demasiado por él; sin subsidio de vivienda no conseguirá encontrar un buen lugar donde alojarse.

—Sobrevivirá —replicó Eddie, dedicándome otra de sus muecas de desprecio—. Su chica cuidará de él, ¿no? —Enlazando a Julie con más fuerza, la hizo girar y cerró de un portazo.

Llena de rabia e impotencia, caminé furiosa hasta la carretera y rodeé mi híbrido. ¡Perfecto! El pedazo de ladrillo del niño había abollado la parte trasera del Capri y arrancado una buena franja de pintura. Abrí mi coche, entré en él y puse en marcha el motor. Parece que después de todo hay algo de justicia en el mundo.

11

Conduje despacio a lo largo de la calle Turpin y volví a recorrerla en la otra dirección, observando las hileras de casas ennegrecidas, con ladrillos caídos, ventanas rotas y puertas cubiertas de pintadas. Medios arcos al nivel de la acera dejaban pasar una luz mínima hacia el interior de húmedos sótanos. La calle entera parecía entristecida, cabizbaja por la vergüenza, y la pena se me contagió un poco. Parecía imposible que alguna de las casas estuviera en condiciones de ser habitada; de todas formas, concluí, para una persona sin hogar, un techo y cuatro paredes eran mejor que una caja de cartón y un par de periódicos.

Enfilé hacia una calle lateral, donde se extendía una fila de coches cuyos dueños preferían dar un paseo más largo a pagar las tarifas de aparcamiento. Dudé si arriesgarme a imitarlos; ninguno de los automóviles parecía lo bastante nuevo para tentar a los ladrones ni lo bastante rápido para atraer a quienes disfrutaban de paseos sin permiso en vehículos ajenos. Un par de perros vagaba por allí, con las colas en alto, husmeando afanosamente, restregándose como hacen los enamorados. Se detuvieron un poco más allá de mi escondite para juguetear y luego se alejaron por un callejón.

La calle Turpin no es demasiado larga. Una treintena de estrechas casas tapiadas contemplaba su imagen en los espejos producidos por un sinfín de baches. A medio camino, Prospect Road, donde terminaba el territorio que me interesaba, dividía la calle en dos.

Desde mi posición divisaba toda la calle Turpin, un espectáculo realmente cautivador; tanto que al cabo de media hora me invadió el aburrimiento. Los edificios abandonados y ruinosos proporcionaban un entretenimiento muy limitado.

Me puse cómoda, colocando los pies sobre el salpicadero, y me pregunté si Eddie me habría engañado.

A las cuatro conduje hasta el centro comercial para hacer pis, compré una lata de Pepsi y un bocadillo de queso y me dirigí de nuevo a mi puesto de vigilancia. Las cinco llegaron y se fueron. Sintonicé una emisora de radio y escuché la información. ¿Por qué los resúmenes de las noticias resultan siempre tan deprimentes? A las seis y media dos muchachos que esperé fuesen Jaz y su novia aparecieron en la calle Turpin y entraron en una casa. Les concedí un par de minutos para que se instalaran antes de cerrar el coche con llave.

Me acerqué a la puerta y giré el pomo mugriento. Cuando se abrió, me apresuré a entrar, pues me parecía un poco ridículo llamar. La puerta conducía directamente a una habitación con el suelo cubierto de linóleo que se adivinaba de color verde en los escasos trozos donde la mugre era menos espesa. Oí voces procedentes de la parte posterior y avancé de puntillas en esa dirección. De pronto me topé con la chica, que demostró tener un oído asombrosamente fino.

Nos miramos fijamente.

–¿Qué quieres? –preguntó con hostilidad–. Aquí no hay nada que te interese.

–Busco a Jaz… Jason Duncombe –dije, exhibiendo una sonrisa que esperé fuera amigable y tranquilizadora–. ¿Está aquí?

La chica aparentaba unos catorce años, y tenía el aspecto de estar desnutrida, con los pequeños pechos inmaduros que apuntaban bajo el tejido de una camiseta demasiado fina, el pelo claro, lacio y sin vida, y granos alrededor de la boca y la nariz. Cuando pronuncié el nombre de Jaz, se recostó contra la pared y se apoyó en una pierna en actitud agresiva.

–Depende de para qué lo quieras. Si eres una asistente social, no va a volver a casa… no después de que su madre lo echara. Ya has hablado con ella, ¿verdad? Es una maldita foca asquerosa. –Esperé que se refiriese a la madre de Jaz, no a mí.

–Pasé por allí. Dijo que no le importaba demasiado dónde estuviera Jaz. Lo cierto es que no hablamos mucho, pues Eddie y ella tienen una manera encantadora de cerrarte la puerta en las narices. –Una chispa casi imperceptible iluminó sus ojos por un instante. ¿Cómo podía una niña como ella terminar en la calle? Nos observamos en silencio–. ¿Es tu novio? –inquirí.

–¿Y a ti qué te importa? La cuestión es que no necesita más asistentes sociales, ¿de acuerdo? Ya le han jodido bastante, ¿no? Ellos y su madre. Vamos, lárgate. Él no está aquí. –Se apartó de la pared y ganó un par de centímetros de altura. Ahora casi podía mirarme directamente a los ojos.

–Escucha; necesito hablar con Jaz, y no soy asistente social –expliqué–. Te lo prometo. He visto una cafetería a la vuelta de la esquina, en la carretera principal. ¿Qué tal si os invito a comer y hablamos un rato? –El destello regresó a sus ojos, y esta vez no desapareció.

–¿Por qué quieres hacer eso?

—Ya te lo he dicho. Necesito hablar con él; además tengo hambre. —Por una vez, adornar la verdad con una pequeña mentira no me hizo sentir mal–. Es acerca de un chico llamado Billy. Jaz coincidió con él en la unidad de seguridad. He oído la versión oficial sobre lo que allí ocurrió y ahora me gustaría escuchar la de verdad.

La muchacha se puso en guardia de repente, y sus pies se dispusieron a correr. Negó con la cabeza. Alcé la mano.

—Soy una amiga, no una amenaza. De verdad.

—Le consultaré –dijo–, ¿de acuerdo? Ve tú a la cafetería y si él quiere hablar contigo nos pasaremos por allí.

La propuesta no me convencía, pues dudaba de que acudieran al local. Consideré las alternativas; podía empujarla y pasar, arriesgándome a que Jaz saliera por la puerta trasera como una flecha, o dirigirme a la cafetería donde preparaban exquisita comida grasienta y exponerme a que no se presentaran.

—Aguardaré quince minutos –anuncié–, luego me iré.

—De acuerdo, se lo diré.

Cruzó sus escuálidos brazos y esperó a que me marchara. La dejé con la humedad, el yeso desconchado y el olor a madera podrida que se mezclaba con el hedor a orín. Pensé que Bramfield no tenía un problema tan grave con la gente sin hogar, y por lo que acababa de ver era algo de lo que alegrarse.

Quizá.

Ese «quizá» surgió en mi mente cuando caí en la cuenta de que en Bramfield no había albergues, excepto el dirigido por el Ejército de Salvación, al que sólo acudía gente como Rosie, no jóvenes como Jaz y su novia.

Estacioné mi coche cerca del café Rainbow. El olor a grasa me golpeó en cuanto entré en el establecimiento. Pedí una taza de café y me senté ante una mesa situada en un rincón. Al cabo de un rato acabé por acostumbrarme al olor. Transcurrieron quince minutos. Cinco más, y me levanté para marcharme. En ese instante Jaz y la chica atravesaron la puerta y se detuvieron para inspeccionar a la clientela. Cuatro jovenzuelos que comían hamburguesas y judías les lanzaron rápidas miradas, y el empleado de la barra les dedicó una sonrisa de bienvenida. Consulté mi reloj. Tras intercambiar una mirada, Jaz y su novia avanzaron hacia mí.

—Encantada de conocerte, Jaz. Soy Leah Hunter —me presenté, tendiéndole la mano, que él observó como si le hubiese ofrecido una granada antes de estrecharla y sentarse. Me instalé en mi asiento, y la muchacha, aún recelosa, se sentó al lado de Jaz—. Todavía no sé tu nombre.

—Es verdad —repuso ella—, no te lo he dicho. —Jaz le propinó un codazo—. Me llamo Jude —masculló.

—Muy bien, pues ahora que nos conocemos todos, ¿qué os apetece comer? —Intercambiaron otra mirada—. Yo invito —aseguré.

—Nos vendrían bien unas hamburguesas —respondió Jaz.

Pedí otro café en la barra y pagué por adelantado las hamburguesas, una norma de la casa que juzgué lógica. Cuando me reuní con los dos jóvenes, los encontré cuchicheando, planeando su estrategia. Confié en que contestaran sinceramente a mis preguntas. Jaz habló:

—Jude me ha dicho que quieres hablar de Billy. ¿Es así? —Se inclinó sobre la mesa, tratando de leer mis pensamientos.

—Exacto —respondí. El camarero sirvió dos cafés, y yo acerqué el azúcar a los muchachos—. Quiero saber si habló contigo de los incendios. Algunas personas no creen que él los provocara.

—¿Como quién?

—Como su familia. Como yo.

—Sí, bueno, ahora ya no importa mucho, ¿verdad? Eso ya no le afecta.

—Sí importa —repliqué—. Importa si el verdadero culpable permanece impune, y le importa a su familia. —Llegaron las hamburguesas, una sencilla para mí y con patatas fritas y judías para ellos–. Jaz, no puedo obligarte a decirme nada si no quieres, pero me interesa descubrir por qué Billy hizo lo que hizo. La policía asegura que se quitó la vida porque era culpable y le remordía la conciencia. Yo no lo creo. ¿Y tú?

Se encogió de hombros y empezó a comer.

—Me contó que solía ir a verlos –dijo al cabo de unos minutos–, ya sabes, los incendios grandes. No lo sé… sonaba un poco espeluznante.

—¿Qué sonaba espeluznante? ¿Billy?

Jaz tragó demasiado deprisa y casi se atragantó. Jude le dio unos golpes en la espalda, y los ojos del chico se humedecieron.

—Tonto –dijo ella.

—Quizá sea mejor que comamos primero y hablemos después –propuse.

—Esto demuestra lo mucho que le gusta la cena –explicó Jude, y me ruboricé. Yo ni siquiera había pensado en eso.

—La parte espeluznante era que recibía llamadas telefónicas –aclaró Jaz–. Si él hubiese sido un poco más despabilado habría adivinado que se trataba de una trampa, ¿no? Él era… no estúpido, pero… no lo sé. En cualquier caso, pensó que era uno de sus colegas del parque de bomberos que le avisaba.

—¿Le avisaba de qué? ¿De dónde estaban los incendios?

—Sí.

Permanecí en silencio durante unos segundos, pensando en Billy; el pobre chico había creído que tenía un amigo entre los bomberos que le pasaba la información. Redding ya me lo había comentado. Y Jaz afirmaba que Billy no había sido muy despabilado. De todos modos, ¿no podía haber inventado toda la historia? Miré los platos vacíos de los chicos, tan limpios que parecía que ya habían sido lavados, y agité la mano para llamar la atención del camarero.

—El café es estupendo —dije cuando se acercó—. ¿Qué tal tres más, y tarta de manzana para acompañarlos?

Hizo unos cálculos rápidos.

—Cuatro libras con ochenta —dijo, y no se alejó hasta que le hube entregado el dinero.

—No tienes que... —dijo Jaz.

—No me gusta comer sola —interrumpí—, ¿de acuerdo?

Jude bajó la vista, frunciendo el entrecejo.

—Todavía no sé por qué te interesa todo esto —intervino la muchacha—. No eres su hermana ni nada.

—No, no lo soy —dije—. Ni siquiera lo conocí, pero el tío de Billy es un buen amigo mío, y nos ayudamos mutuamente. Como tú y Jaz.

—¿Es tu novio? —preguntó con incredulidad.

—Bueno, no exactamente —aclaré—. Sólo somos buenos amigos, nada más. —El camarero nos sirvió el postre, y la atención de los muchachos se desvió. Arranqué una página de mi agenda, garabateé mi dirección y número de teléfono y dejé el papel sobre la mesa. Jude lo cogió—. Así sabréis dónde encontrarme —dije—. Y mientras comes trata de recordar si Billy te explicó algo más... Tal vez te resulte más fácil si crees que así le ayudarás.

—Billy no me contó nada más —aseguró Jaz—. Mira, nos hicimos amigos, él me caía bien, pero ahora no puedo cambiar lo que pasó, ¿verdad? Tampoco pude hacer nada entonces.

Suspirando, recorrí el local con la vista. Yo les llevaba dos cafés de ventaja y tenía la vejiga a punto de reventar. Localicé la puerta que buscaba y me levanté de mi asiento.

—Esperadme un par de minutos; debo ir a un sitio.

—Tómate el tiempo que necesites —dijo Jude.

Cuando regresé del servicio, se habían marchado.

12

Salí de la cafetería a las ocho y cuarto llena de irritación, furiosa con los chicos y conmigo misma por haber confiado en que se quedarían sentaditos como un par de ángeles a la espera de que los sometieran a un severo interrogatorio. Y sin duda no aparecerían por la calle Turpin hasta que pensaran que yo había desistido y marchado a casa.

Contemplé la calle con el entrecejo fruncido, intentando encontrar una buena razón que justificase su huida… o quizá no necesitaba una. La vida no les había tratado precisamente bien, de modo que ¿por qué habían de confiar en mí?

La zona alrededor de la calle Turpin y el café Rainbow ofrecía un aspecto sórdido y deprimente. Los pocos comercios que quedaban, como la farmacia y el quiosco, tenían los escaparates cubiertos de una espesa capa de suciedad. A esa hora de la noche el tráfico era escaso, pero por la mañana los coches avanzarían pegados los unos a los otros. Un poco más arriba, los jugadores de la zona se adentraban en una tasca decadente de cuya puerta colgaba un anuncio luminoso que representaba un dominó. El ambiente en aquel local era tan canallesco que ni la policía se aventuraba a rondar por los alrededores y nadie medianamente inteligente se acercaba al lugar. Consideré que dos muchachitos menores de edad como Jaz y Jude no podían haberse colado allí.

¿O sí?

Después de reflexionar rechacé la idea de entrar para echar una ojeada… ni siquiera tendrían suficiente dinero para pagar la entrada.

Me sentía fastidiada y enojada. Necesitaba descargar algo de agresividad, pero, aparte de propinar una paliza al gorila de la puerta del Double-Six, no tenía ningún otro modo de hacerlo. Miré a aquel tipo de metro setenta de estatura, ochenta y cinco kilos de peso y cara de bulldog. El hombre se percató de que lo observaban y miró en mi dirección. Trató de sonreír, me guiñó un ojo y ladeó la cabeza de ese modo tan encantador en que lo hacen los hombres que se creen irresistibles. A continuación la sacudió hacia un lado, invitándome a lanzarme.

¡Uf! ¿Acaso parecía tan estúpida?

Giré sobre mis talones y me encaminé hacia el híbrido con paso decidido. El hecho de que los dos chiquillos se hubieran escabullido me enfurecía de verdad.

Mientras conducía hacia la calle Palmer, me irrité aún más al pensar que había vuelto a perderme una clase de kárate. Últimamente había descuidado mis actividades deportivas y me arrepentía de ello. Nadie sabe mejor que yo lo útil que el ejercicio puede resultar a veces.

Aparqué el coche en el garaje, salvé la corta distancia entre la casa de Dora y la mía corriendo y subí por las escaleras al mismo paso rápido para demostrar mi excelente forma física. Con semejante tontería sólo conseguí un dolor en el costado y pasé el resto de la noche tendida en el sofá, viendo la televisión.

Me acosté con la esperanza de que el día siguiente fuera mejor. Sin embargo, el comienzo resultó bastante desalentador. Cuando me levanté, observé que caía lluvia intensa y que no había ni un solo claro en el cielo. Tomé una ducha caliente y me preparé el desayuno, contemplando cómo una pequeña cascada caía del tubo del desagüe. Coloqué otro par de rebanadas de pan en la tostadora y me entretuve con ellas, untándolas generosamente con mantequilla y mermelada de naranja amarga. ¿Calorías? ¡A quién le importaban! A mí, por supuesto, lo que sin embargo no me impidió zampármelas. Quizá actuaba así para compensar la tristeza de aquel día gris; de hecho tenía que ser así, porque no estaba dispuesta a admitir que se trataba de una depresión.

Fregué los cacharros sucios como una buena ama de

casa y limpié y ordené las habitaciones. Por fortuna esa vena doméstica tan sólo aparece de vez en cuando. Estaba planteándome enfrascarme en otra actividad igual de divertida cuando el teléfono sonó. Jubilosa descolgué el auricular. En ese momento incluso un mensaje lleno de jadeos y palabras obscenas me habría alegrado el día.

–Hola –dije.

La voz que me respondió era suave, melosa. No la reconocí y tampoco el nombre que mencionó. Cuando mi interlocutor aludió a Bethany, recordé que el nombre de Colin pertenecía a su jefe. El apellido Stanton era nuevo para mí.

–Bethany me habló de usted –dije, y añadí educadamente–: ¿En qué puedo servirle, señor Stanton?

–Bethany me transmitió las dudas que usted alberga respecto a la reclamación por incendio en que hemos actuado como tasadores de pérdidas, señorita Hunter. Me interesaría escuchar sus ideas acerca de ello, si no le importa.

–En absoluto, ¿quiere que me pase por su despacho?

–Tengo la agenda completa hasta el jueves, pero hoy dispongo de un hueco a la hora del almuerzo. Podríamos citarnos si no está usted ocupada.

–Me parece bien. ¿Dónde y cuándo?

–¿En el mismo lugar en que quedó con Bethany? –sugirió–. Sirven buena comida. ¿Qué tal a la una en punto?

–Estupendo, a la una en el Wheatsheaf. Me conforta saber que alguien está dispuesto a colaborar para aclarar este asunto.

–No estoy seguro de que eso sea lo que yo tenía pensado –replicó–. Sin embargo, hablaremos de ello.

Podía apostar la cabeza a que lo haría, pensé cuando hube colgado.

Saqué la aspiradora y me enzarcé en una pelea contra el polvo. Me inquietaba pensar que Nicholls podía aparecer de repente y suponer que estaba enmendándome.

A la una menos cinco ya estaba sentada en el Wheatsheaf, pulcra y formal, preguntándome qué aspecto tendría el jefe de Bethany. Quizá deberíamos haber acordado hacer algo estúpido, como llevar un ejemplar del *Sun*. Eché un vistazo alrededor. Concluí que esa estupidez parecía mucho más corriente de lo que había pensado. Tomé un sorbo de cerveza y esperé pacientemente. A la una y diez él entró sacudiéndose la lluvia de una gabardina Burberry y se dirigió directamente a mí. Era evidente que Bethany le había facilitado una buena descripción de mí. Observé al hombre con quien me había citado. Por teléfono no me había impresionado –no me dejo seducir por el encanto de su voz–, y en carne y hueso Stanton parecía decididamente demasiado seguro de sí mismo. Tras estrecharnos la mano, lo examiné detenidamente. Cuarentón, cabello oscuro, ralo en la coronilla, ojos marrones con expresión seria, frente ancha y barbilla estrecha, era la clase de hombre del cual prevendría a mi madre. Mirando la cerveza, se excusó por haberme hecho esperar y propuso que pasáramos directamente al almuerzo.

–De acuerdo –dije–, pero parece que el local está muy concurrido hoy. Si tiene prisa, quizá sería mejor que tomásemos un tentempié en la barra.

–Reservé una mesa para la una y cuarto –anunció.

¡Qué amable por su parte haberme citado un cuarto de hora antes para que no le hiciera esperar! Cogí la cerveza; un pequeño detalle con intención de molestar. Me condujo hasta una mesa situada junto a la ventana y retiró galantemente una silla para que me acomodara.

Por lo general desconfío de las personas que exhiben modales tan caballerosos; para empezar, todo eso me resulta un poco degradante. En realidad actúan así para manifestar que no estás ni siquiera cerca de su alto nivel socioeconómico y que te consideran tonta perdida. En otras palabras, constituye un aspecto más del juego del poder. Miré la silla que él sujetaba y me senté en la de enfrente. Su boca se tensó un poco. Supongo que le molestó que yo no me mostrase tan sumisa como él había esperado.

Tomó asiento, y el camarero nos entregó un par de menús. Tras echar una ojeada, pedí tortilla y ensalada verde. Stanton eligió pastel de carne. Mientras aguardábamos, él comentó:

—Bethany me ha explicado que usted duda de que el incendio de Venta Rápida esté relacionado con los otros. Me gustaría conocer sus razones, sobre todo porque la policía no comparte sus dudas.

—No resulta sencillo. Las únicas pruebas sólidas de que dispongo son confidenciales para Hacienda, y no puedo hablar de ellas. Lo entiende, ¿verdad? —Asintió con la cabeza—. Muy bien. El asunto se reduce a lo siguiente; sospecho que Drury se propone cobrar el seguro de forma fraudulenta, y si es así, usted estará tan interesado como yo en impedirlo.

—Con pruebas verificables, lo estaría —admitió.

—Precisamente pedí a Bethany que me ayudara a conseguirlas. Supongo que se lo habrá comentado.

—Señorita Hunter, tengo entendido que la han suspendido, ¿por qué había de confiar en usted?

—Drury presentó esa denuncia contra mí para evitar que investigara sus negocios. No habría actuado así si no tuviera algo que esconder.

El camarero se acercó, y permanecimos en silencio mientras descargaba la bandeja. Alcancé la pimienta y Stanton preguntó:

—¿Cómo demostrará usted que Drury mintió? Será su palabra contra la de él.

¡Mierda! Ese tipo me irritaba.

—Si cree que le engaño, ¿por qué pierde el tiempo

conmigo? –inquirí con calma–. Bien, siga adelante y permita que los aseguradores le paguen la indemnización. Si ése es su modo de ver las cosas, me encantaría saber por qué ha concertado esta entrevista.

Se llevó un pedazo de pastel de carne a la boca, lo masticó y tragó, asintiendo complacido con la cabeza.

–Las mujeres como usted suelen mostrarse menos histéricas delante de una buena comida que en un despacho.

Ofendida por su vejatorio comentario, me recliné en la silla y lo miré, considerando la idea de volcar ese maldito plato sobre sus pantalones.

–¿Qué clase de mujeres le molestan, señor Stanton? ¿Aquellas a quienes usted olvida dar las gracias antes de volver a ponerse los pantalones? Aclaremos una cosa; ¡hemos venido aquí para hablar de un fraude al seguro, no de sus prejuicios personales! ¿De acuerdo?

Ruborizado, echó un rápido vistazo alrededor para cerciorarse de que nadie me había escuchado, a pesar de que yo no había levantado la voz. Me sentí satisfecha al verlo tan preocupado. Unas gotas de sudor habían aparecido en su frente. Me centré en mi tortilla, pues carecía de sentido desperdiciar una buena comida. Un par de segundos después, Stanton dijo:

–Muy bien, señorita Hunter. Le perdono ese pequeño arrebato. Abordemos ahora la cuestión de por qué, según usted, nosotros, como tasadores de pérdidas, deberíamos tratar de retrasar el pago de la indemnización.

Realmente no soportaba a ese hombre.

–Comamos primero –propuse– y luego, si usted enfoca el tema como es debido, quizá lo discutamos.

Frunció el entrecejo y después empezó a rebañar su plato, sospecho que más por economía que por amor a la buena mesa.

Terminé mi comida, hice una señal al camarero y, cuando se acercó con parsimonia, pedí un café exprés y mi parte de la cuenta. Stanton dijo que él tomaría otro y que lo cargara todo a su cuenta. Hice objeciones, discutimos, y entretanto el camarero desapareció. Miré a través de la ventana mientras Stanton examinaba la complejidad de las volutas de la cornisa. Por fin el camarero nos sirvió los cafés y, tras dejar la cuenta frente a Stanton, deseó que la comida hubiese resultado satisfactoria.

—Entonces, supongo que ordenará a Bethany que no coopere conmigo –dije.

—Dada la situación, sí, señorita Hunter. Si usted se niega a contarme lo que sabe y ser sincera, no me queda otra alternativa. He de pensar en la reputación de Asociados Saxby.

—De acuerdo, olvidémoslo. Iré directamente a Northern Alliance. Apuesto a que ellos se mostrarán muy interesados por conocer sus esfuerzos por ahorrarles dinero.

—Señorita Hunter, estoy dispuesto a escuchar cualquier cosa que tenga que decirme. Es usted quien se obstina en no compartir la información. Déme hechos, y yo veré qué puedo hacer con ellos.

—Bien, me gusta oír eso, pero me da la sensación de que usted no piensa hacer nada. ¿Qué quiere saber?

Observé cómo su empeño por aparentar indiferencia luchaba contra su necesidad de saber. En su trabajo, los errores se pagan caros.

Stanton se tragó su arrogante y amargo orgullo.

—Empiece desde el principio. Hechos, no cuentos chinos.

Consideré qué era más importante; bajarle los humos o conseguir ayuda. Ganó la segunda opción. Expuse los hechos desde el principio, omitiendo algunos datos sin importancia, como por ejemplo, que Nicholls no había creído nada de lo que yo le había contado, excepto que Drury mentía descaradamente; la experiencia me dictaba que era mejor no referir esos pequeños detalles.

—¿Eso es todo? –preguntó cuando hube concluido.

—¿Qué esperaba?

—Pruebas concretas, no suposiciones parciales. –Me miró sacudiendo la cabeza, con una expresión de felicidad en el rostro–. Lo lamento, señorita Hunter. Comprendo su postura, pero sólo me comprometo a repasar de nuevo los informes del incendio. Estoy casi seguro de que estarán en regla.

—¿Eso cree?

Comprobé los precios del menú, cogí mi monedero dispuesta a abonar mi parte de la cuenta.

—Guárdeselo –dijo él–, podría estar mucho tiempo sin trabajo.

Rechiné los dientes y me levanté de la mesa.

—Le diré algo –espeté con brusquedad–. ¡Si este fraude se le escapa de las manos, estará en paro mucho más tiempo que yo, compañero! –Arrojé el dinero sobre la mesa y salí del local para evitar hacer algo impropio de una dama. En esos momentos compadecía sinceramente a Bethany. Con un jefe como ése, sin duda necesitaba un amante muy dulce con que consolarse; lo cual me recordó a Nicholls.

Por supuesto, no lo encontré en su despacho cuando fui a buscarlo. Apostaría el cuello a que, si no lo hubiese necesitado, allí habría estado.

13

Regresé a casa bufando de cólera y me quité la ropa formal para ponerme algo cómodo. Tras dos días de sobrecarga de adrenalina me sentía a punto de estallar. Mi tensión tuvo un aspecto positivo; me impulsó a buscar mi equipo de deporte y salir de nuevo. Me sentí mucho mejor en cuanto pisé el gimnasio, hasta que entré en el vestuario y observé que alguien había pasado un fin de semana muy atareado; contemplé las paredes recién pintadas de un lindo color rosa. ¿Quién habría elegido ese color? Esperé que hubiesen escogido un precioso azul celeste para el vestuario de los «niñitos». Me apresuré a cambiarme y guardé la ropa en la taquilla, intrigada por la identidad de la trabajadora abejita de la brocha. Me encaminé hacia las máquinas de musculación. Allí estaba Jeff, enseñando a una rubia pequeñita cómo realizar un estiramiento. Saludé alegremente y elegí las pesas de siempre. Jeff abandonó a la rubia y se acercó.

–Olvídalo, Leah –dijo, levantándome del asiento de un tirón–. Un cuerpo necesita tiempo para volver a ponerse en forma lenta. Si empiezas con el programa de ejercicios de antes, corres el riesgo de sufrir una lesión.

Sentí cómo los músculos de mis hombros se tensaban en señal de frustración. Comenzaba a hartarme de que los hombres me presionaran y degradaran.

–Olvídalo tú, Jeff. Me las arreglé perfectamente el jueves, cuando tú no estabas, de modo que no te metas. Necesito entrenar.

Me apuntó con un dedo.

–De acuerdo, hazlo, pero no en este gimnasio; no sin un chequeo previo y un programa nuevo. Hablo en serio, Leah. Yo dicto las normas, y tú no las respetas.

–¡Estupendo! –exclamé–. ¡Muy bien! ¡A la mierda el gimnasio! –La rubia nos observaba con interés. Girando sobre mis talones, me alejé, irritada. Me senté en el vestuario, pensando cuán fácil resultaba adquirir tendencias antisociales. Después de un par de minutos volví a salir. Jeff estaba apoyado contra la pared.

–De acuerdo –dije bruscamente–. Empecemos a trabajar y no creas que una disculpa lo arreglará todo.

Él se enderezó.

–Ni siquiera se me había ocurrido disculparme. –Me dedicó esa sonrisa suya, indolente y sensual, que hace latir el corazón de todas las principiantes–. En cualquier caso, me alegro de que nos hayamos reconciliado.

Ambos sonreímos, y luego me conecté al monitor de pulsaciones y comencé a caminar sobre la cinta con paso ligero y enérgico.

–No te alejes demasiado –dije–. Disfrutaré viendo cómo te tragas tus palabras. –Semejante confianza raras veces está justificada.

En cuanto llegué a casa, alrededor de las seis y media, tomé un largo baño caliente, hasta que me sentí relajada. Después cené espaguetis con salsa italiana y champiñones fritos con mantequilla, amontoné los cacharros y holgazaneé un rato antes de acostarme.

En el oscuro abismo del sueño sonó una alarma contra incendios; abrí los ojos sobresaltada y descubrí que sólo era una pesadilla en parte. Un filo de luz anaranjada procedente de la calle se filtraba por entre las cortinas del dormitorio. Las manecillas luminosas del reloj señalaban las tres y media, y alguien se había quedado pegado al timbre de mi piso. Probablemente ya se habría despertado todo el edificio. Me puse una bata de algodón y avancé tambaleándome hasta la ventana. No sirvió de nada, pues sólo acerté a distinguir una figura oscura. Refunfuñando, bajé por las escaleras. Marcie asomó la cabeza cuando pasé ante su puerta.

–¿Sabes quién es? –Aflojé un poco el paso y negué con la cabeza–. Entonces me quedaré aquí, por si acaso –agregó.

Al parecer Marcie y yo hemos adquirido la costumbre de protegernos mutuamente. Llegué a la planta baja y deseché los cerrojos. La criatura abandonada de la calle Turpin me miró como una niña extraviada, tiritando y castañeteando los dientes. Percibí el olor a tabaco que despedía su boca. Eché un rápido vistazo a ambos lados de la calle y la hice entrar antes de que se desmayara en el portal.

—Hay tres tramos de escaleras –informé–. ¿Crees que podrás subirlas?

Ella asintió con la cabeza y avanzó tambaleándose hacia el primer escalón. Le rodeé los hombros con un brazo para ayudarla a mantener el equilibrio. Marcie, al vernos, me preguntó si todo iba bien y, cuando respondí que sí, entró en su casa. Conseguimos llegar al ático, acomodé a la muchacha, vertí un centímetro de whisky en un vaso y se lo ofrecí. Ella lo apuró de un trago, tosió, y sus mejillas cobraron un poco de color.

—No tenía otro sitio adonde ir –explicó, con la vista clavada en sus manos y el vaso vacío–. La casa que ocupábamos se ha quemado.

—¿Y Jaz? –Empezó a temblar otra vez–. ¿Estaba allí dentro?

—Sí. –La palabra salió tan débilmente de sus labios que apenas la oí. La rodeé con el brazo, sintiendo cómo los temblores sacudían su cuerpo–. ¿Puedo quedarme aquí? –preguntó–. Será sólo esta noche. No tengo adónde ir.

Para chiquillos como Jude la vida puede ser un verdadero suplicio.

Busqué una bata de algodón y le mostré dónde estaba el cuarto de baño.

—Un baño caliente te sentará bien –aconsejé, y añadí temerariamente–: Utiliza todo el jabón de burbujas y los potingues que quieras.

Observó los frascos y se animó un poco. La dejé sola. Un par de minutos después oír correr el agua y un aroma perfumado llenó el ambiente.

Busqué un saco de dormir y un par de mantas que había heredado de la abuela para preparar una cama en el sofá… ¿Qué otra cosa podía hacer? ¿Dejarla tirada en la calle? En realidad debería haber avisado a la policía o llevado a la muchacha a la comisaría, pues sin duda querrían interrogarla. Yo no podía hacer eso, no en ese momento, cuando Jude parecía un pajarito exhausto, desgarrado y herido. Sus ojos se habían convertido en dos círculos hinchados y enrojecidos por el llanto.

Calenté un poco de leche y añadí una cucharada de miel. Cuando por fin salió del baño con el aspecto de una niña escuálida recién lavada, le tendí la bebida. Saltaba a la vista que estaba muerta de hambre. Observé cómo vaciaba el vaso con un par de tragos y decidí preparar algunos emparedados de queso y tomate, lo único que podía ofrecerle. Se los zampó casi con la misma celeridad con que había tomado la leche caliente.

A veces la tristeza te invade con tal rapidez que te pilla desprevenida; a mí me ocurrió en ese momento. Obligando a mi mente a recuperar el pensamiento lógico, pregunté qué había sucedido con Jaz y la casa. Jude se deslizó en el nido que había dispuesto para ella y me miró.

—¿Cómo sé que puedo confiar en ti? —inquirió.

—Míralo de otra forma; ¿qué otra alternativa te queda? —Se incorporó, dispuesta a levantarse—. ¿Qué ocurre ahora? —pregunté.

—Soy estúpida, ¿verdad? Todo nos iba bien a Jaz y a mí hasta que tú llegaste. No debí haberte escuchado. Fui yo quien le aconsejó que hablara contigo, quien le vendió por una maldita hamburguesa. Tú te chivaste, ¿verdad? Les dijiste dónde nos escondíamos Jaz y yo.

— Yo nunca haría eso. Piensa en ello. Si yo quisiera verte muerta, ¿te ofrecería un baño de espuma? —El puño que había apretado se relajó, y Jude se encogió de hombros—. Vuelve a meterte en la cama. Estás a salvo, te lo prometo —la tranquilicé—, pero, antes de dormir, cuéntame qué sucedió.

—No lo sé… yo había salido a buscar algo de dinero para comer; sí… eso es —dijo, leyéndome el pensamiento—, haciendo la calle. ¿De dónde si no quieres que lo saque? ¿De la asistencia social? Cuando volví, Jaz se

91

mostraba muy nervioso… ya sabes… no paraba de moverse, miraba por la ventana cada cinco minutos. Se negaba a decirme qué le pasaba. Entonces esos dos tipos se acercaron por la calle, y él, con cara de asustado, me empujó. «Vamos, esfúmate, que no te vean», me dijo. Y eso hice. Salí por la tapia de atrás y me fui a la estación de autobuses. Entonces pensé que esos dos tíos estaban con él y me cagué de miedo, de modo que volví con Jaz. –Con el rostro desencajado, la muchacha comenzó a mecerse–. Hace tiempo que nadie vive por allí, ¿sabes? Estaba ardiendo, la casa que nosotros ocupábamos y todo, y nadie lo sabía. Tuve que ir corriendo hasta el supermercado para encontrar un teléfono que funcionara.

–¿Y no viste a Jaz? –Negó con la cabeza–. ¿Qué aspecto tenían esos hombres?

–No lo sé, apenas los vi. Uno de ellos llevaba el pelo largo.

–¿Y el otro?

–No lo sé. Era más bajo y barrigudo.

–¿Cómo vestían?

–El gordo llevaba una chaqueta de cuero. –Cerró los ojos y reflexionó–. Como de motorista. El otro llevaba una bolsa de plástico.

–¿De qué color tenían el pelo?

–Castaño.

–¿Los dos?

–Sí.

–¿Y los pantalones…? ¿Llevaban vaqueros?

–Negro. No había ningún otro color. Sólo negro. Todo.

–Quizá Jaz logró escapar –aventuré, tratando de animarla.

Negó con la cabeza.

–Él se habría quedado por allí, no se habría marchado dejándome a mí preocupada. Éramos una pareja de verdad, no tonteábamos. –Me miró fijamente–. ¿Tú tienes un compañero? –Asentí en silencio–. Bien, entonces, ¿él lo haría? Quiero decir, ¿se marcharía y dejaría que tú creyeras que había muerto?

–Depende de si pudiera elegir. Quizá esos tipos le obligaron a acompañarlos.

Ella reflexionó un poco sobre esa posibilidad y finalmente recuperó un resquicio de optimismo.

–Sí –confirmó–. Se lo llevaron a algún sitio, eso es. De modo que sólo tengo que encontrarlo, ¿no?

Tras darle las buenas noches, apagué la luz y me fui a la cama con otra ración de culpabilidad. Había muchas más posibilidades de que Jaz hubiese perecido en el incendio que de que lo hubiesen secuestrado. Sin embargo, carecía de sentido admitirlo delante de Jude. Dormir le sentaría mucho mejor que escuchar la verdad.

Programé el despertador para que sonara a las siete y media, con la intención de convencer a la muchacha mientras desayunábamos de que hablara a la policía de los hombres que había visto merodear por la casa. Quizá si echaba un vistazo al archivo de fotografías de la policía reconocería a alguno de ellos, o a los dos.

Era una buena idea, pero las cosas casi nunca salen como uno espera. Cuando entré en la sala de estar, encontré el sofá vacío, las mantas y el saco doblados y un pedazo de papel con un escueto «gracias» escrito. ¡Estupendo! Debía intentar localizarla otra vez.

Tomé un desayuno solitario y salí para echar una ojeada a la casa de la calle Turpin. Los edificios arrasados por el fuego tienen algo que, aunque el lugar ya estuviese abandonado, resulta inexplicablemente triste. Quizá se deba a que las ventanas semejan cuencas de ojos vacías, o tal vez a que incitan a pensar en cuántos sueños se habrán convertido en humo junto con el edificio.

Estacioné el híbrido en la carretera principal, cerca

de la cafetería, y recorrí el resto del camino a pie. Muy sensato por mi parte, pues la calle Turpin estaba acordonada con cinta amarilla, y adiviné que el ayuntamiento decidiría acelerar el proyecto de demolición. Tanto la casa que Jaz había habitado ilegalmente como las dos contiguas habían quedado destruidas; sólo se veían estructuras desnudas y maderas quemadas. Me agaché para pasar por debajo de la cinta, pensando que quizá Jaz no yacía entre los cascotes, pues de lo contrario habrían hecho falta dos o tres poderosos héroes de azul para mantener alejados a los curiosos. Tal posibilidad me animó un poco.

No había mucho que ver, sólo paredes renegridas y techos derrumbados. La puerta de entrada, medio carbonizada, colgaba de la bisagra. Avancé por debajo del arco de un pasaje entre dos casas intactas y me abrí camino hasta la parte trasera del número 9. Un hombre con un casco protector y una chaqueta de trabajo con bandas amarillas andaba por allí con una carpeta. En cuanto me vio dejó de escribir y me dirigió una mirada poco amistosa con el entrecejo fruncido.

—¿Busca algo?

—No exactamente. Yo…

—Entonces no puede estar aquí. La zona está acordonada. ¿Es que no tiene ojos en la cara?

Me encanta la gente grosera.

—Sí, tengo ojos. También tengo motivos para estar aquí. ¿Quién está al mando?

—¿Por qué?

—Porque es el hombre que quiero ver.

—Sí, bueno, está ocupado. Inténtelo conmigo.

—Acabo de hacerlo —repliqué educadamente—, y no me ha gustado demasiado.

—¿Ah, no? Hable o márchese. —Centró de nuevo su atención en los papeles, y me encaminé hacia la parte trasera de la casa—. Oiga, no puede hacer eso —exclamó.

–Ya lo he hecho –repuse–. Preferiría hablar con el tipo que está al mando. –La parte posterior del edificio se hallaba en mejor estado que la delantera. Asomé la cabeza por la puerta abierta y vociferé–: ¿Hay alguien aquí?

Un trozo de tabla cayó al suelo y unos pasos cautelosos avanzaron hacia las escaleras chamuscadas. El sujeto que apareció llevaba un casco de protección y una chaqueta idéntica a la del encantador tipo de fuera. Comenzó a bajar, muy pegado a la pared. Le ofrecí una sonrisa de aliento.

–¿Es usted quien está al mando de la investigación?

En lugar de responder, me cogió del brazo para arrastrarme fuera del lugar. Clavé los pies en el suelo y me liberé de un tirón.

–Muy bien –dijo–, ¿cuál es la excusa? ¿Su tía Mabel vivió aquí hace veinte años o la ha enviado el periódico local?

–Ni una cosa ni otra. Esperaba obtener respuestas inteligentes a un par de preguntas. Supongo que su actitud demuestra cuánto me equivocaba.

Mi comentario le desagradó. Retrocedió y me observó detenidamente.

–¿Qué preguntas?

–¿Cómo se inició el incendio?

–¿Y a usted qué le importa?

–Conozco a alguien que ayer vivía aquí.

–Este edificio ha estado desocupado desde hace dos años.

–¿De verdad? Crea en mi palabra; ayer no estaba vacío. Dos chicos lo ocupaban ilegalmente, y ahora falta uno de ellos.

–¡Diablos! –exclamó–. ¿Está absolutamente segura de eso?

–No habría venido si no lo estuviera. ¿Existe la posibilidad de que alguien muriera aquí dentro?

—¿Ha hablado con la policía?

—Todavía no. Si el lugar está limpio, no quiero mezclar a los muchachos en el asunto. Esos dos adolescentes tienen ya bastantes problemas.

—Sí, bueno, parece provocado. Quizá el chico se haya escondido.

—Si insinúa que él podría haber provocado el incendio, la respuesta es «no».

Vaciló un poco y se volvió para echar otro vistazo a la parte superior de la casa. Se mostraba mucho más inquieto que antes.

—¿Pertenece usted al cuerpo de bomberos? —pregunté. Asintió con la cabeza—. Bien, me consta que son bastante minuciosos, de modo que supongo que, si no han encontrado huesos, puedo dejar de preocuparme. —Él movió la cabeza en silencio—. Mire, si sospecha que los chicos lo provocaron, le demostraré que se equivoca. Presumo que para que esto ardiera así tendrían que haber utilizado algún combustible, pues había demasiada humedad para que el fuego prendiese sin emplear ninguno… Si eso es así, le aseguro que los chicos ni siquiera tenían dinero suficiente para comprar comida, menos aún para adquirir algo con que quemar este lugar.

—Señora, no sé quién es usted, pero me temo que acaba de estropearme el día.

Lo lamentaba mucho, pero yo tampoco estaba disfrutando. Mientras él llamaba para pedir ayuda, regresé al coche. Mi marcha no le complació demasiado, pero no podía detenerme. Ya tendría tiempo de hablar con los muchachos de azul si en el lugar aparecía algo más que escombros.

Traté de pensar adónde iría yo si contase catorce años y no tuviese hogar. Rastreé el mercado y el reluciente centro comercial, vi algunas chicas parecidas, pero no a la que buscaba. Recordé a qué se dedicaba Jude para ganar un poco de dinero. ¿Adónde iría yo para eso?

Había terribles lagunas en mis conocimientos, y lo lamenté profundamente. Recorrí las calles lentamente, patrullando en el asfalto, y alrededor de las dos y media, cuando estaba a punto de rendirme, la vi; calcetines de rayas blancas y azules, zapatos de cordones negros, mallas del mismo color, falda corta con volantes floreados, chaqueta vaquera y pelo rubio pálido. Llegué un segundo demasiado tarde.

Jude subió a un Orion rojo, que arrancó a toda velocidad. Aceleré y lo seguí de cerca hasta una rotonda, donde el Orion se abrió paso entre un cortejo fúnebre, mientras yo me veía obligada a frenar, colérica. Cuando por fin conseguí avanzar, el automóvil rojo había desaparecido de mi vista, y aunque conduje a toda velocidad no logré alcanzarlo de nuevo. Regresé al punto donde el tipo había recogido a Jude y estacioné mi vehículo. Quizá la muchacha pedía a sus clientes que la dejaran allí. Al pensar que Jude se veía forzada a hacer esa clase de cosas me sentí triste y furiosa a la vez. ¡Mierda! No era más que una niña, no sabía nada. Pensamientos sobre psicópatas y pervertidores se mezclaban con la certeza de que podía contagiarse del sida y morir antes de llegar a adulta.

A las cuatro me marché a casa y me preparé algo de comer, confiando en que ella volviera a llamar a mi timbre. Por supuesto, no lo hizo.

14

La mañana después de haber despertado con cierta preocupación sobre el incendio de la calle Turpin, telefoneé a John Redding para preguntarle si se había producido alguna novedad. Tras un silencio bastante largo, contestó:

—¿Es usted la mujer misteriosa que sospechaba que alguien podía haber perecido en el incendio?

–¿Estaba en lo cierto?

–Hay alguien aquí a quien le gustaría hablar con usted sobre el asunto.

–¿Quién es ese «alguien»?

–Uno de nuestros investigadores, Martín Barlow. Usted lo conoció ayer.

–¿Quiere hablar por teléfono o en persona?

Tras una breve discusión, una voz que yo recordaba sustituyó a la de Redding en la línea.

–Me alegró de que haya llamado, señorita Hunter, creo que deberíamos entrevistarnos.

–No tengo ningún inconveniente. ¿Desea que me acerque al parque de bomberos?

–Lo antes posible. ¿Cuánto tardará en llegar aquí?

Respondí que unos quince minutos y él, tras lanzar un gruñido dijo que me esperaba y colgó.

Presentía que las preguntas que querría formularme girarían en torno a cómo me había enterado de que Jaz andaba por allí; una cuestión delicada, pues no tenía intención de decírselo… No podía revelarle toda la verdad, no hasta que hubiese localizado a Jude. Me cambié los vaqueros que llevaba por otros menos raídos y me puse una camiseta blanca y una chaqueta azul marino, y reflexionando sobre qué media verdad le contaría. No había supuesto que uno de los colegas de Nicholls compartiría nuestra pequeña charla. Allí estaba, ocupando una silla y comportándose de la misma forma que en el funeral de Billy.

Sin el casco, Barlow aparentaba un par de años menos que cuando había bajado por las escaleras medio quemadas el día anterior. De todos modos, no contaría menos de cuarenta; llevaba el pelo cortado casi al rape y tenía las orejas un poco inclinadas hacia adelante en la parte superior. Tras invitarme a tomar asiento, Redding vociferó desde la puerta que quería cuatro cafés y por último se reunió con nosotros.

–Bien, señorita Hunter –dijo Barlow–, me alegro de que haya podido venir. Vayamos directamente al asunto. Me interesaría saber por qué pensó usted que había un cadáver en la casa de la calle Turpin.

–A mí me interesaría saber por qué hay aquí un representante del Departamento de Investigación Criminal.

–¿Eso la preocupa?

–No –contesté–, tan sólo siento curiosidad. –Me volví para mirar al tercer hombre con los ojos entornados–. Detective Fry, ¿verdad? –Él asintió con la cabeza–. ¿Le importaría decirme por qué está usted aquí?

–Cualquier cuestión relacionada con un incendio provocado tiende a caer sobre mi escritorio –dijo.

–¿Por eso asistió usted al funeral de Billy?

Él se removió un poco en su silla.

–Así es –respondió.

El lenguaje del cuerpo es estupendo para descubrir a los mentirosos.

–En ese caso, hablemos del incendio. ¿Había alguien allí? –pregunté.

Barlow dijo:

–Preferiría que usted nos dijera por qué creyó que lo había.

Me encogí de hombros.

–Si me hubiese equivocado, no me habrían citado, de modo que ¿por qué no lo dice abiertamente? –El investigador hizo crujir sus dedos, entrelazándolos y después doblándolos hacia atrás. Detesto que la gente haga eso–. Vamos, por el amor de Dios –añadí–, yo no provoqué el maldito incendio. Así pues, ¿por qué no nos dejamos de rodeos?

–De acuerdo. Encontramos restos humanos. ¿Eso la hace sentir mejor?

–¿Le hizo sentir mejor a usted? –espeté. Las preguntas idiotas me sacan de quicio.

Fry, el agente más joven, aunque no el más prometedor del Departamento de Investigación Criminal, empezó a tomar notas. Le lancé una mirada furiosa.

Barlow abrió una carpeta de cartón marrón que descansaba sobre la mesa y revolvió los papeles. Había tomado posesión del escritorio de Redding; supongo que porque pensó que le confería más autoridad.

—Si no le importa, señorita Hunter —dijo—, preferiría no perder más tiempo del necesario. Unas respuestas claras ayudarían mucho. Usted acudió ayer a la calle Turpin creyendo que había un cadáver entre los escombros, ¿sí o no?

Negué con la cabeza.

—Pensaba que quizá podía haberlo, pero esperaba que no fuese así. Un par de días antes había hablado con Jaz, que estaba preocupado porque temía haber molestado a alguna gente peligrosa.

—¿Qué gente?

—Si lo supiera, ya se lo habría dicho a mi buen amigo, el inspector Nicholls. —Sonreí a Fry—. No me muestro indulgente con las personas que causan la muerte de otras, señor Barlow; confío en que esto haya quedado claro.

—Tratemos de enfocarlo desde otro punto de vista. ¿Qué hizo ese…? ¿Jaz, ha dicho? —Asentí—. ¿Qué había hecho para molestar a esa gente?

—Dudo de que eso incumba a un investigador de incendios, pero, ya que la policía también está representada aquí, responderé a su pregunta. Jaz había estado encerrado en una unidad de seguridad al mismo tiempo que Billy Tyler, el muchacho a quien acusaron de todos los incendios provocados que se han declarado en la ciudad últimamente. Por desgracia, después de haberse ahorcado, no puede demostrar su inocencia.

—Señorita Hunter, he oído hablar mucho de su naturaleza entrometida y su cáustico ingenio, y quizá debería dejar claro que no soy la clase de hombre que aprecia esas cualidades. Investigar el origen de un incendio es un trabajo para expertos. Cíñase a la recaudación de impuestos y manténgase alejada de mi camino.

No me habría resultado difícil odiar a ese hombre. Qué demonios, ya lo odiaba. Lancé una mirada severa a Fry, que probablemente era quien le había ido con los chismorreos.

–Mire –proseguí dirigiéndome a Barlow–, ya que hablamos sin tapujos, le diré que mi forma de ser no es asunto suyo y, considerándolo bien, tampoco la investigación de una muerte sospechosa. Así pues, ¿por qué no se limita a examinar cuidadosamente las cenizas y deja que la policía aconseje a los ciudadanos? –Intercambiamos miradas airadas, tratando ambos de pensar en algo que acallara al otro para siempre. Entonces me di cuenta de que en un futuro no muy lejano yo podría necesitar a aquel hombre más de lo que él me necesitaría a mí–. Mire, por desgracia hemos empezado con mal pie. Yo también quiero descubrir qué le ocurrió a Jaz. Lo crea o no, sentía simpatía por el chico.

Él se reclinó en la silla, más calmado. Por fin nos sirvieron el café –mejor tarde que nunca–, y todos sostuvimos las tazas entre las manos durante un rato, con aire meditabundo.

–Necesitamos hablar con usted –intervino Fry–, ya que sin duda podrá facilitarnos algunos datos. Quizá podría pasarse por mi oficina más tarde para hacer una declaración.

Dejé escapar un suspiro. Estaba segura de que podrían iniciar un nuevo sistema de archivos con sólo las declaraciones efectuadas por mí.

–Desde luego –dije con amabilidad–. Acudiré tan pronto me sea posible. –Por fortuna no me conocía tan bien como Nicholls, o me habría citado a una hora concreta. Miré a Barlow–. ¿Eso es todo? –pregunté–. ¿No hay nada más que quiera preguntar?

—Si se me ocurre algo, sabré dónde encontrarla —repuso.

Me levanté y me quité una imaginaria bola de pelusa de la manga.

—Me ha resultado realmente agradable comparar notas de este modo —afirmé, irónica—. Quizá me pase por su oficina alguna vez para hacerlo de nuevo.

Barlow no sonrió.

—Me temo que no permanezco en mi despacho más de una docena de horas a la semana —replicó—. La mayoría de la gente desiste de su empeño por localizarme; es una pérdida de tiempo.

—Es curioso; a veces me ocurre lo mismo. Es terrible no tener más remedio que ser poco servicial.

—La acompañaré —terció Redding amablemente, y juntos bajamos por las escaleras—. Si necesita cualquier cosa, no dude en volver. Hay formas de evitar a Barlow.

—Gracias.

—No hay ningún problema. —Miró de reojo hacia su oficina—. No es tan malo cuando lo conoces. Desempeña bien su trabajo. Apuesto a que usted le rompió ayer sus esquemas, y él detesta cometer errores.

Nos estrechamos la mano, y él se volvió rápidamente, aprestándose a reclamar que le devolvieran su escritorio. Subí al híbrido y conduje por la ciudad, recorrí la calle Market y giré a la derecha.

Cuando llegué al taller de Charlie, vi que sus piernas y su trasero asomaban del capó de un Escort negro. Aparqué junto al muro lateral y me apeé del coche. Él se enderezó y me observó mientras me acercaba.

—Leah, cariño, me preguntaba cuándo me visitarías. ¿Has venido en busca de un poco de té y simpatía?

—Sólo quiero charlar.

—Entonces no hace falta que me entretenga con la tetera. ¿Qué ocurre?

—Nada. He venido para saber cómo se encuentra tu hermana.

—No muy bien. Se habría derrumbado de no ser por los otros dos. ¿Y tú? He oído que también tienes problemas.

—No se me ocurre quién puede habértelo dicho, Charlie.

—Eso es lo de menos; las malas noticias vuelan. Tengo entendido que ya no eres inspectora fiscal. ¿Cómo ha sido eso? ¿A causa de nuestro Billy?

—A alguien muy susceptible le irritó que le formulara algunas preguntas indiscretas. No te inquietes por eso; no he dejado el trabajo ni me han despedido. Sólo estamos temporalmente separados.

—Entonces ¿quieres ajustarle las cuentas?

—¿A quién?

—Al tipo susceptible.

—No te preocupes, Charlie, todo saldrá bien.

Limpió una bujía con un asqueroso trapo grasiento y la inspeccionó.

—Billy ya no está, y no quiero que te metas en más líos por él. Como dijeron a su madre, si no lo hubiera hecho no se habría colgado, ¿verdad?

—¿Quién diablos dijo eso?

—Un tipo joven del Departamento de Investigación Criminal que acudió a su casa después del funeral. Dijo que lo sentía mucho y todo eso, y que no buscarían otro sospechoso.

—¿Ah, no? —Me agaché para coger una arandela. Al ver que me había manchado la mano de grasa, la arrojé sobre el banco de trabajo de Charlie, que me ofreció su trapo. Me pareció una grosería no aceptarlo, y al frotar, aquella cosa negra se extendió por toda la mano. Le devolví el trapo, busqué un pañuelo de papel y restregué un poco más—. Los del Departamento de Investigación Criminal cambian de opinión a menudo, sobre todo cuando cometen errores.

–Y tú crees que esta vez han cometido un error, ¿verdad?

–El asunto de los incendios no terminó con Billy. Hace un par de noches incendiaron una casa en la calle Turpin. Quizá la policía reconsidere su decisión.

–Creí que lo habían hecho unos chicos que merodeaban por allí. ¿Insinúas que no fue así?

–No lo sé, pero dudo de que fueran los chicos.

–Bien, entonces apuesto a que tienes razón, y que zurzan a la policía.

Me ruboricé, agradecida de que alguien confiara tanto en mí. Representaba un gran cambio después de haber sido tratada como una pesada entrometida.

–Gracias por el voto de confianza, Charlie –dije.

–Sólo digo lo que pienso, ¿no? –Empezó a limpiarse las manos–. Fue una suerte que estuviera desocupada.

–Había un muchacho que había estado en espera de juicio al mismo tiempo que Billy... Esto es confidencial, Charlie. Nadie debe saberlo.

Comenzó a frotar más rápidamente.

–Ese detective inspector tuyo lo sabe, ¿no?

–Se enterará si realiza bien su trabajo.

–Entonces será mejor que él se ocupe del asunto; para eso le pagan. No quiero que te metas en líos, cariño.

Sentí una absurda punzada de irritación ante aquella preocupación de amigo, retrocedí un poco y miré a Charlie de hito en hito. Él no apartó la vista del sucio trapo, esforzándose por dotar a sus manos de un tono gris uniforme.

–Vamos, Charlie, no he venido para que me sueltes un sermón.

–Ya, bueno, como decía mi madre, nunca se consigue lo que se quiere, y sólo se consigue lo que no se quiere; ése es el secreto de la vida, encanto. No me gustaría que acabaras como Billy por intentar ayudarme.

–Lo hago por mí –repliqué enojada–. Trato de recuperar mi maldito trabajo, ¿de acuerdo?

–Si tú lo dices, cariño. Pero, aunque no te crea, si necesitas colaboración, sólo tienes que pedírmela.

Detesto que la gente me cale cuando miento. Dije que le visitaría otra vez antes de Navidad, y él sonrió y volvió a meter la cabeza en el capó. Al regresar al coche, le hice un gesto obsceno con el dedo. Una mano grasienta salió de entre las tripas del Escort y me devolvió el saludo. Eso es lo bueno de los amigos… que los gestos tan groseros como ése no cuentan.

15

Algunas cosas ocurren por pura suerte. Había circulado lentamente por los alrededores en busca de Jude. De repente apareció, vestida con la misma ropa que la otra vez, tratando de conseguir un cliente. Se me revolvió el estómago. Era imposible que los hombres ansiosos por desahogarse que se acercaban a ella no se dieran cuenta de su edad. Su cuerpo delgado como un palo, todavía infantil, lo revelaría desde el principio. A veces la vida resulta demasiado hiriente para pensar en ella. Las agujas del reloj habían avanzado hasta las cinco y media, y una fina llovizna había mojado todo, incluido el pelo de Jude, que se pegaba a su cara, acentuando aún más su aspecto de niña abandonada.

Cuando me acerqué al bordillo, las ventanillas del coche estaban un poco empañadas, de modo que no me reconoció de inmediato. Mientras detenía el automóvil observé las emociones que reflejaba en su rostro; la esperanza de ganar unas cuantas libras se mezclaba con el pánico. Alargué el brazo y abrí la portezuela de par en par.

–Sube. No me gusta comer sola. –Nerviosa, la muchacha comenzó a dar saltitos–. Vamos, Jude, hemos de hablar.

Ella cruzó el trozo de acera a regañadientes.

–¿Adónde quieres ir?

–A cualquier lugar donde se pueda comer. ¿Quieres entrar y protegerte de la lluvia antes de que pilles una pulmonía? –Ella subió y cerró la portezuela–. Ponte el cinturón –añadí.

Jude se sentó muy erguida, sin mirarme.

–¿Vas a entregarme?

–¿Por qué? ¿Has robado un banco? ¿Te has enfrentado a un policía? –Ella se reclinó en el asiento y se ciñó el cinturón de seguridad–. Eso está mejor –dije y conduje hasta un Burger King.

Jude se zampó un par de hamburguesas dobles con queso mientras yo jugueteaba con unas patatas fritas y un café. Si ella contraía una enfermedad derivada de la carne de ternera, probablemente me sentiría responsable. Tragó el último pedazo y eructó. Su rostro recuperó algo de color.

–¿Quieres algo más? –pregunté–. ¿No? Muy bien, ¿dónde dormirás esta noche?

–No lo sé. En cualquier parte.

–¿En otra casa abandonada?

Jude no se mostraba muy comunicativa. Se limitó a encogerse de hombros y arrellanarse en la silla, cabizbaja.

–Muy bien. Si no quieres hablar, no importa. Dejaremos que quienquiera que incendiara la casa de la calle Turpin se salga con la suya. Al fin y al cabo, ¿a mí qué más me da? –Me miró de soslayo con ojos cansados y se encogió de hombros otra vez–. ¿Qué te retiene? –espeté cruelmente–. Si quieres ir a buscar clientes, ahí está la puerta. –Me miró fijamente, como si estuviese sopesando si podría salir antes de que yo la detuviera. De pronto se levantó para marcharse. Colérica me puse en pie de un salto, la agarré del brazo y señalé la silla–. Siéntate –exclamé–. Y ni se te ocurra marcharte hasta que hayamos hablado.

El color desapareció de sus mejillas. Me percaté de que todos nos observaban. ¿Desde cuándo me había convertido en una institutriz tiránica? La miré airada. Con lágrimas en los ojos, se sentó como una mocosa a quien hubiesen dado un azote. Avergonzada, bajé la voz y adopté un tono más suave:

–¿Qué tal si tomamos un poco más de café? No te escapes mientras voy a buscarlo, ¿de acuerdo?

Esta vez se apresuró a asentir. Sin apartar la vista de ella, me dirigí hacia el mostrador. El empleado me lanzó una mirada divertida. Cuando me reuní con Jude, las lágrimas habían desaparecido.

–No tengo por qué hablar contigo, ni montarme en tu coche, ni nada, ¿de acuerdo?

–De acuerdo. –Deposité un vaso ante ella–. Cuando la casa ardió, había alguien dentro. –Abrió los ojos de par en par, y las lágrimas asomaron a ellos. Le ofrecí un pañuelo de papel.

–Te lo dije; te dije que no se habría largado sin esperarme.

–Sí, me lo dijiste. Quiero descubrir quién lo hizo, y tú eres la única persona que puede ayudarme. Necesito saber quién más conocía vuestro escondite. Jaz había informado a alguien de su paradero, ¿verdad?

–Él dijo que quería conseguir un poco de dinero para que pudiéramos marcharnos de Bramfield y encontrar un buen lugar donde vivir. Entonces habríamos estado bien, él podría haber encontrado un empleo, yo podría haber cuidado de la casa y…

–¿Cómo pensaba obtener ese dinero?

–Chantajeando a un tipo llamado Gavin que trabaja en el sitio donde encerraron a Jaz –respondió con tristeza–. Le dijo que si no le daba algo de dinero, contaría a la poli lo que le había pasado a Billy. –Aspiré larga y profundamente. ¿Qué le había pasado a Billy? Jude se llevó las manos a los ojos y los frotó con fuerza–. Le dije que no debía haberlo hecho, pero él nunca escuchaba. De todos modos, ese Gavin dijo que tendría que hablar con alguien más. Jaz no me contó nada más.

–¿Cuándo sucedió eso?

–Después de que tú vinieras. Antes de que fuéramos a la cafetería.

–Jude, esto es realmente importante. ¿Sabes qué pensaba explicar Jaz sobre Billy?

Negó con la cabeza.

–Le pregunté, y… dijo que no quería hablar de ello.

–Los dos hombres que viste en la calle Turpin, ¿llevaban algo en las manos?

–Una bolsa de plástico. Creía que ya te lo había dicho.

–¿Cuánto les pidió Jaz?

–No lo sé.

Bebí la mitad del café, reflexionando. Quizá Jaz pensó que se disponían a pagarle, que la bolsa de plástico estaba llena de dinero.

–Cuando te ordenó que salieras de la casa, ¿estaba asustado o nervioso?

–No lo sé. Sólo hice lo que me indicó.

–¿Por qué te mandó fuera?

–Porque no quería que viera lo que estaba pasando, supongo. Y si estaba asustado, lo habría disimulado para que yo no me diera cuenta. No era mucho mayor que yo, ¿sabes?, pero le gustaba pensar que podía cuidar de mí. –Volvió a bajar la cabeza, y le tendí otro pañuelo de papel.

–¿Cuántos años más que tú tenía Jaz?

–Uno más o menos.

–¿O dos? ¿Cuántos años tienes tú, Jude? ¿Trece? ¿Catorce?

–¿Qué más da? –Tomó un sorbo de café con la vista clavada en el suelo.

–¿Dónde dormirás esta noche? –pregunté–. Todavía no me lo has dicho.

–No lo sé.

–Tengo una amiga que podría dejarte una cama, si te interesa.

–¿Por qué iba a hacerlo?

–Porque es buena persona. ¿Quieres que la llame?

–No tengo que quedarme si no quiero.

–Por supuesto. Tú decides; eso o las calles. Yo sé qué elegiría en tu lugar.

La muchacha pareció desinflarse como un viejo globo. Yo no sabía que una criatura de su edad pudiera parecer tan cansada.

–Supongo que sí, si tú quieres. –Localicé un teléfono público en lo alto de un pequeño tramo de escaleras–. Está bien. No saldré corriendo; no vale la pena.

Reprimí el impulso de estrecharla entre mis brazos, pues mi instinto me indicó que sería lo último que ella desearía que yo hiciera. Subí los ocho escalones y llamé a Dora, formulé mi petición y la puse al corriente de los antecedentes. Como yo había esperado, accedió. Jude y yo entramos en mi coche y partimos rumbo a la calle Palmer, donde la chiquilla pasaría una noche caliente y segura. No podía trazar más planes para Jude, pues sabía por experiencia que a la mañana siguiente desaparecería, y tendría que volver a buscarla.

Algunas veces el pesimismo me domina.

Dora nos esperaba, con la puerta de la verja abierta de par en par. Bajó por los dos escalones de piedra, observó a Jude y a continuación abrió los brazos. Yo supuse que la chiquilla retrocedería como un conejito asustado. Me equivocaba; la magia de Dora surtió efecto de inmediato, y la joven recorrió el sendero que conducía a la casa como si se tratara del camino de baldosas amarillas de *El Mago de Oz*. Dora no representa en absoluto la figura de una madre rellenita; está muy delgada, rayando en lo esquelético. Los años dedicados a la enseñanza, junto con la tarea de criar a su familia, le han proporcionado una visión de la vida que prescinde de las banalidades, además del poder de vislumbrar en el interior de las personas. Sin mediar palabra, ambas se abrazaron, mientras toda la pena de Jude salía a raudales. Se me formó un nudo en la garganta, y carraspeé.

—Creo que me acercaré a casa para buscar un camisón y algo de ropa para Jude. Seguro que tengo algo que pueda servirle.

—Ve tranquila. Estaremos bien —dijo Dora—. Estoy preparando pastel de carne y patatas y tarta de moras. Habrá de sobra para tres. ¿Cenarás con nosotras?

Consulté mi reloj; las siete menos cuarto. Pensé que me resultaba muy difícil mantener los buenos propósitos; maldita sea, tenía que seguir un estricto programa de ejercicios, y el jueves me tocaba entrenar. Pero no podía dejar a Jude e irme corriendo.

—Faltan tres cuartos de hora para la cena —indicó Dora.

—No puedo negarme. —Me despedí agitando la mano y me encaminé presurosa hacia casa.

Al divisar el coche de Nicholls aflojé el paso en seco. Con una pizca de intuición bastaba para adivinar que no se trataba de una simple visita social y que el detective Fry se había dedicado a divulgar chismorreos.

Se apeó del automóvil.

—Qué sorpresa tan agradable —dije alegremente—. Lo lamento, no puedo salir de juerga. Esta noche ceno en casa de Dora.

Con tono irritado, replicó:

—¿No habías quedado en pasar por la oficina?

—¿Por Hacienda? No, creo que no.

Entré en el portal y subí a toda prisa por las escaleras hacia el ático, seguida a distancia por Nicholls.

—Accediste a prestar declaración, ¿recuerdas? —insistió.

—Fry me comentó algo al respecto, pero no especificó que tuviera que ser hoy. Confío en que no hayáis estado esperándome. Sería lamentable que no hubieseis podido atrapar delincuentes por mi culpa. —Abrí la puerta del apartamento y amablemente le cedí el paso. Se dirigió a la cocina, vació la cafetera de filtro y la enjuagó—. Sírvete tú mismo —invité cortésmente.

—No te hagas la lista —espetó.

—Nicholls, si continúas frunciendo el entrecejo de ese modo, te saldrán arrugas y perderás ese encanto de niño que tan bien te sienta. Alégrate un poco. —Él frunció el entrecejo con mayor severidad. Me encogí de hombros—. Como quieras, pero que conste que no estoy dispuesta a acompañarte al salón de belleza.

Preparó la cafetera, se sentó en una silla de cocina, y me miró.

—Háblame de ello —pidió—. Y hazlo como Dios manda, o de lo contrario te llevaré a la oficina central y te retendré allí hasta que lo hagas.

—Muy bien —accedí—. Sólo tenías que pedírmelo. ¿De qué quieres que te hable? ¿Del incendio? No lo vi. ¿De lo desagradable que me mostré con los oficiales de bomberos? Eran dos contra una, de modo que podrían haberme echado de allí si lo hubieran deseado. —A Nicholls pareció gustarle la idea, pues sonrió—. ¿Algo más? —inquirí con dulzura.

—Empieza por explicarme cómo sabías que había alguien allí.

En algunas ocasiones no queda más remedio que mentir, y ésa era una de ellas. Dije que, al enterarme de que Billy y Jaz habían entablado amistad mientras estaban encerrados, había seguido la pista de Jaz hasta esa casa que ocupaba ilegalmente. Moviendo la cabeza, me reprochó que siempre me inmiscuyera en asuntos que no me incumbían. Le pregunté cómo podía convencerle de que el incendiario continuaba en libertad, y él se desquitó de inmediato espetándome que me agarraba a un clavo ardiendo porque desde un principio me había negado a aceptar que Billy había sido el responsable.

–Muy bien –exclamé–, perfecto. Ahora explícame que se levantó de su tumba para quemar una casa. Vamos, cuéntamelo, anda.

Nos miramos con expresión airada durante un rato. Por último, dijo que debía marcharse. Repliqué que me alegraba, pues así podría ir a cenar. Furiosos, avanzamos hacia la puerta, y después de abrirla le pregunté con sorna si estaba seguro de que no había nada más en que pudiera ayudarle. Nicholls masculló una grosería, bajó por las escaleras con gran estrépito y salió del edificio dando un portazo. Cuando se calmara y se mostrara más agradable, tal vez le contaría el resto.

16

Como las mallas se adaptan a cualquier cuerpo, introduje dos pares en una bolsa de plástico, uno negro y otro de rayas, junto con un par de camisetas enormes, una cajita de braguitas, unos calcetines y una camisa de dormir con Snoopy estampado en la parte delantera. Tras tomar una ducha rápida, me encaminé hacia la casa de Dora. Jude estaba acurrucada en un sillón, mientras el gordo gato atigrado de Dora ronroneaba encima de ella. Cuando deposité la bolsa de plástico al lado de la muchacha, la ancha cola se agitó un poco, indicándome que retrocediera. Rasqué una oreja peluda, y una lángui-da garra se levantó para mostrarme las uñas. El gato y yo nos llevamos bien, pero no somos demasiado sentimen-tales. Dora colocó al minino sobre la alfombra y orde-nó a Jude que se lavara las manos antes de cenar y llevara la bolsa con la ropa al piso de arriba. La jovencita echó un vistazo al interior de la bolsa, pronunció un «gracias»

muy débil, como si la palabra estuviese realmente oxidada y se puso en marcha sin ninguna objeción. Dora dijo
con tono prosaico:

–Me gusta esta niña. Ya es hora de que alguien la
ayude a resolver sus problemas.

Sonreí. Dora y yo tenemos mucho en común.

–Me da la impresión de que ya has empezado
–apunté.

El gato volvió a subir furtivamente al sillón y comenzó a arañar el cojín. Dora le lanzó una mirada.

–Depende del tiempo que pueda tenerla conmigo.
Ha anunciado que se marchará mañana, de manera que
esta criatura peluda representa nuestra única esperanza.
Parece que confía más en los gatos que en las personas.

Si la situación familiar de Jude había sido similar a la
de Jaz, no me extrañaba que así fuera. Oí correr el agua
en el cuarto de baño.

–¿Te ha contado algo de ella? –pregunté.

–No mucho más de lo que tú me dijiste por teléfono. ¿Cuánto hacía que conocía al chico?

–No lo sé. Por lo que pude ver, realmente se cuidaban el uno al otro.

Nos dirigimos a la cocina para evitar que Jude oye-
ra nuestra conversación. Era lo bastante lista para suponer que estaríamos hablando de ella, y yo no quería que
se asustara y se marchara. Tampoco quería que Dora
ignorara el compromiso que entrañaba acoger a la muchacha. Por supuesto, ella ya lo sabía.

–Leah, como menor de edad, debería ser entregada a
Servicios Sociales, pero no te sientes capaz de hacerle eso.
Lo comprendo. Tarde o temprano tendrá que ocurrir,
pero primero necesita respirar un poco. Espero que po-
damos convencerla de que permanezca un tiempo aquí.

–Yo también lo espero. Ya ha puesto un pie en la
prostitución, y no me entusiasma pensar en lo que podría sucederle ahí fuera.

Dora cogió la manopla de cocina y echó un vistazo al interior del horno. Cuando se giró, habló con el rostro encendido de ira.

—En el Londres victoriano había un millar de burdeles infantiles —dijo airada—. Me entran ganas de gritar cuando oigo a la gente hablar a la ligera de una vuelta al modelo victoriano. Ya se me ocurrirá algún modo de retener a Jude aquí hasta que decidamos qué es mejor para ella. —Me miró, inclinando la cabeza con aire interrogativo—. ¿Cómo la conociste?

Oí que Jude bajaba por las escaleras.

—Es una historia demasiado larga para contártela ahora.

—¿No será que prefieres no hablar de ello?

—Quizá. En cualquier caso, no te preocupes. Nadie me ha incluido en su lista negra.

—Las cosas cambian —dijo.

Jude entró vestida con unas mallas de rayas y una camiseta gris. Me dio la impresión de que había rejuvenecido un par de años. Deduje que el mismo pensamiento pasaba por la mente de Dora.

—Vaya, estás muy guapa —alabé, y ella se mostró complacida.

Dora sirvió la cena, y Jude observó el plato de col como si fuera a morderla.

—Siéntate y pruébalo. Si no te gusta, no me enfadaré —aseguró Dora.

No tenía por qué preocuparse; Jude devoraba la comida como si el día siguiente fuese de ayuno.

Yo ya había saciado mi apetito y la muchacha aún seguía comiendo cuando saqué a colación el nombre de Gavin. De hecho, hubiera preferido no hacerlo, pero yo necesitaba saber si había recordado algo más.

—No puedo recordar nada más porque no hay nada más —sentenció.

—Es una lástima que Jaz les dijera dónde vivía —susurré.

Jude replicó de inmediato, con las mejillas encendidas:

—¡Anda ya! ¡No era tan estúpido! No fue él quien les dijo dónde estábamos.

En ese momento la verdad me golpeó con toda su fealdad. No era necesario que nadie se lo dijera a Gavin; le habría bastado con buscar la dirección de la familia del muchacho y visitar a su madre y su encantador amigo, como había hecho yo. Jude leyó mis pensamientos y, con simple determinación, anunció:

—Me encargaré de que esa bruja pague por ello. He jurado que lo haré. No sé cómo ni cuándo, pero me las pagará. ¡Maldita vaca de mierda! —Dora arqueó las cejas. Tras aspirar profundamente un par de veces, Jude exclamó con tono desgarrado—: ¡Quiero que arda en el infierno, que se consuma, que arda y arda y arda! ¡Igual que…! —Las lágrimas se desbordaron, y Dora cogió una caja de pañuelos de papel y rodeó la mesa.

Mientras recogía los cacharros, me pregunté si los tipos que habían incendiado la casa tratarían de localizar a Jude. Sin duda Gavin y sus amigos lo harían si sospechaban que Jaz había informado de todo a la jovencita. Doblé el mantel pulcramente, lo guardé, llené de agua caliente la palangana y vertí un buen chorro de detergente. No cabía albergar la esperanza de que no supieran que ella compartía la casa con Jaz; no cuando el querido y dulce Eddie, con su bocaza y su Capri morado, no habría dudado en ponerles al corriente. El sujeto se había referido a ella como la «putilla» de Jaz, lo que significaba que Gavin y sus compinches también se habrían enterado de cómo conseguía un poco de dinero.

Esos tipos desearían verla muerta y patrullarían las calles como yo había hecho.

Decidí alejar tales pensamientos.

Dora se acercó para llenar la tetera. Al girarme vi que Jude se dirigía a la sala de estar. Un minuto más tarde, al oír que encendía el televisor, crucé la cocina para cerrar la puerta, y Dora levantó la cabeza intrigada.

—Jude podría tener problemas más graves de lo que yo había sospechado. Probablemente la buscan unos tipos que no se darán por vencidos fácilmente.

—¿Qué tipos? —preguntó enérgicamente—. Explícamelo para que sepa de qué debo protegerla.

—La muerte de Jaz no fue accidental —expliqué—. Quienquiera que provocara el incendio necesita asegurarse de que Jude no les causará ningún problema. Si descubrieron dónde vivía Jaz a través de su madre, sin duda ésta también les habló de Jude. Esos individuos ignoran si el muchacho le contó algo de sus negocios sucios.

Nos miramos fijamente durante unos segundos, hasta que ella cogió un trapo de cocina y secó algunos platos. Entretanto, vacié la palangana y la enjuagué. Tras comprobar que el agua de la tetera ya hervía, Dora me preguntó si prefería té o café. Si hubiera estado librándose una guerra en la ciudad, habríamos continuado haciendo las mismas tonterías. Preparó el té, extendió un paño sobre una bandeja y sacó dos tazas con sus correspondientes platillos.

—¿Crees que la localizarán? —preguntó.

—Sí, si Jude insiste en rondar por las calles, y no resultará fácil mantenerla apartada de ellas. Debería permitir que Nicholls hablara con la chiquilla. Lo malo es que él se empeñará en entregarla a los Servicios Sociales... Es un verdadero mojigato en lo que a estas cuestiones se refiere.

Me encaminé con la bandeja hacia la sala de estar, donde Jude y el gato descansaban juntos en el sillón. ¿Debía hablar a la muchacha del peligro que corría si escapaba? ¿O acaso eso la asustaría tanto que decidiría huir? ¿Qué sabía yo de adolescentes? En ocasiones como ésa me siento verdaderamente inútil.

Acurrucada en el sillón, sorbiendo té caliente, daba la sensación de que escapar era la última cosa que Jude tenía en mente. Esperé que no fuese sólo una ilusión. A las nueve y media di las buenas noches a Dora y la muchacha y me marché a mi casa. Con las manos hundidas en los bolsillos de la chaqueta para protegerme del frío, caminé por la acera arrastrando los pies, lanzando furtivas miradas a las ventanas iluminadas, tratando de encajar todas las piezas.

17

En cuanto llegué a casa, me quité los zapatos y me preparé otro café. Ya sé que abuso de ese bebedizo, pero me ayuda a pensar, aunque de vez en cuando las ideas que surgen no resultan demasiado buenas. Puse *Midnight Soul* en la platina del magnetófono y me acomodé en el sofá para reflexionar. Había empezado con una sola pregunta que había generado un montón más. Eso no me importaba. Lo que me preocupaba era que no acertaba a encontrar las respuestas. Cruel, opté por culpar a Nicholls de todo lo sucedido; si él no fuese tan testarudo, yo no acabaría siempre teniendo que realizar su trabajo.

Continué tratando de encajar los hechos en alguna clase de estructura lógica, lo que resultaba imposible. Drury pretendía embolsarse el pago del seguro porque habían acusado de incendio a un muchacho de quince años que probablemente era inocente. Jaz había muerto porque había amenazado a un tipo con contar lo que sabía sobre la muerte de Billy. Billy había muerto porque... ¿por qué? ¿Porque él no era culpable del incendio y, cuando se viera apurado, señalaría al verdadero incendiario? Eso encajaba mejor en mi esquema que la teoría de Nicholls de que se había quitado la vida porque no podía soportar el sentimiento de culpabilidad. Cuanto más consideraba tal posibilidad, más terrible me parecía. Me estremecía pensar que algún canalla había entrado en la habitación de Billy, le había atado una soga alrededor del cuello y había hecho que pareciera un suicidio.

¿Qué clase de bastardo habría sido capaz de hacer algo así? Muy fácil; la clase de bastardo que había reducido a cenizas a Jaz y la casa que ocupaba porque éste había intentado conseguir una vida mejor por medio del chantaje. Ése era el cabrón. Y si buscaba posibles candidatos, Gavin debía encabezar la lista.

La idea arraigaba cada vez más en mí.

¿Le habría pagado alguien por mantener la boca cerrada, o él mismo habría anudado la soga? De pronto una segunda idea se abrió paso en mi mente; Gavin podría ser el incendiario a quien todo el mundo había estado buscando. Un escalofrío me recorrió el cuerpo. Si así era, el procedimiento legal había arrojado a Billy directamente a la boca del lobo.

Pero ¿qué podía saber Billy acerca de Gavin para representar una amenaza?

Caminé hasta la ventana y escudriñé la oscuridad. Si Billy había sido asesinado para asegurar su silencio, cabían dos posibilidades; que Gavin hubiera sido lo bastante descuidado para delatarse a sí mismo, o que el muchacho lo hubiera visto en uno o más incendios y hubiera establecido la conexión.

Estremecida, corrí las cortinas, preguntándome qué habría visto u oído Jaz. Sin duda había insinuado a Gavin que aún quedaba alguien que compartía su secreto, y éste había decidido poner rumbo a la calle Turpin junto con otro gusano y una lata de gasolina y prender fuego al edificio. ¿Cuál de los dos sería Gavin? ¿El del pelo largo o el barrigudo? ¿Sabrían que Jude los había visto?

¿Qué debía hacer yo? ¿Mantener una charla con Gavin o compartir mis sospechas con Nicholls? Si mi teoría era cierta, el tipo ya tenía tres muertes sobre su conciencia, de modo que una más no le provocaría remordimientos. La cicatriz que tenía debajo de las costillas me dio un tirón, recordándome cuán fácil resulta cometer un error. Rechacé la idea de un enfrentamiento. Volví al salón, diciéndome que había algunas cosas que mi amante podía hacer mejor que yo. Jamás lo admitiría delante de él, sobre todo porque la mayor parte de su ventaja proviene del hecho de que lleva una placa que le confiere autoridad. Descolgué el auricular del teléfono y marqué su número.

Como era de esperar, no se hallaba en casa.

Dejé un conciso y elocuente mensaje en el contestador y me acosté. Fue un error. Uno creería que incluso un ser aprensivo como Nicholls esperaría a la mañana para preguntar qué significaba mi mensaje. A las doce y media de la madrugada, cuando yo me hallaba inmersa en la tierra de la fantasía, el timbre me despertó una vez más. Salí tambaleándome del dormitorio, con el pelo revuelto y un humor de perros, y bajé por las escaleras, arrastrando vestigios de sueño. Él parecía fresco como una rosa. Le odié por ello.

—¿Qué ocurre? —pregunté—. ¿Se ha quemado tu casa?

Él contempló mi desaliño y una estúpida sonrisa apareció en su rostro. Me arreglé la bata y me ceñí el cinturón mientras él tendía y balanceaba una bolsa de papel marrón.

—*Chow mein* y *wuntun* —anunció.

—Si quieres sentarte ahí fuera y comer como un cerdo, adelante, no me importa.

Cuando me disponía a cerrar la puerta, él colocó un pie en la jamba. Sonaba bien eso del *wuntun*, y yo comenzaba a despejarme. Tras decirle que era un pesado, le franqueé la entrada. Adoptando su acostumbrado aire de mosquita muerta, Nicholls se encaminó hacia las escaleras.

—No te pongas demasiado cómodo —dije furiosa—; no te quedarás tanto tiempo.

Faltando a las normas de buena vecindad, cerré con un portazo.

Subí hasta el ático contemplando su precioso culito; supongo que todo el mundo tiene cosas buenas, incluso Nicholls.

Se dirigió a la cocina, y yo dejé que se las arreglara. No se me dan bien las tareas domésticas, ni en mis mejores momentos, de manera que después de la medianoche ni siquiera lo intento. Fui al cuarto de baño para peinarme y cepillar una hora de sueño de mis dientes.

Cuando regresé, ya había metido la comida preparada en el microondas y el café estaba haciéndose. Retiré una silla y me senté. Él suspiró, y sus ojos azules me ofrecieron una mirada de osito de peluche triste.

—No me mires así. No ha sido idea mía, y no pienso levantar un dedo —dije vilmente, poniendo los pies en alto. Nunca me canso de ver cómo los demás trabajan.

Sirvió el café, desenterró la comida china, se sentó a la mesa y comenzó a ensartar brotes de soja con el tenedor como si no hubiese comido en todo el día. El rítmico movimiento del tenedor se hizo tan puñeteramente hipnótico que no tuve más remedio que unirme a él. Cuando hubo llenado parte de su estómago, Nicholls se concedió un pequeño respiro y preguntó:

—¿Cómo podía saber que no estarías levantada viendo películas antiguas?

—Nicholls, ¿en tan poco me tienes? ¿Crees que lo único que hago es ver películas antiguas y esperar a que tú te pases por aquí?

Me lanzó una mirada ofendida. Le gusta pensar que él es el centro de mi vida. Se rebulló en la silla y continuó comiendo. Tras sonreír levemente, lo imité. Un minuto más tarde, preguntó como por casualidad:

–¿Por qué me dejaste ese recado?

–Termina de cenar. Cuando te explique el problema, perderás el apetito.

Tardó un rato en recuperar el ritmo anterior. Actué como si no lo hubiese notado y reflexioné sobre qué partes de la verdad debía ahorrarme.

Decidí no mencionar a Jude, pues mi mayor prioridad era mantenerla a salvo. Si la ingresaban en un centro de acogida sería una víctima a la espera de su verdugo. La idea no resultaba agradable. Por otro lado, si yo no la entregaba, ¿cómo conseguiría mantenerla alejada de los problemas? Si escapaba de casa de Dora, como ya había hecho de la mía, ¿no sería tan vulnerable en la maldita calle como en un asilo infantil?

Miré el plato casi vacío de Nicholls y me preparé para trastocar sus ordenadas ideas. Cuando por fin dejó el tenedor, se acodó sobre la mesa y me invitó a contarle qué nivel había alcanzado su incompetencia. Nicholls es muy hábil a la hora de captar la esencia de los mensajes. Tras darle unas palmaditas en la mano, expliqué dulce y suavemente que el índice de asesinatos en Bramfield había aumentado en dos. La expresión que adoptó su rostro me indicó que, si lo provocaba un poco más, él lo haría aumentar en tres.

–Supongo –replicó con tono desagradable– que ya has metido tus narices y has hablado con ese tal Gavin.

–¡Por Dios! Nicholls, ¿por quién me tomas? No pretendo interferir en la caza de un asesino. Sólo pretendo atrapar a Drury y recuperar mi trabajo; el resto es cosa tuya.

–¿Por qué no te creo?

–¿Cuándo lo has hecho? Y mira los problemas que tu desconfianza ha causado –acusé secamente.

Enojados, guardamos silencio. Al cabo de un par de

minutos consulté el reloj y bostecé. Captando la indirec-
ta, se levantó y me apuntó con un dedo.

–En mi oficina antes de las diez o enviaré un coche
patrulla para que te lleven a la fuerza.

–Allí estaré –afirmé–, en punto. Sí, señor. –Él comenzó a andar muy erguido. Yo arrullé–: Y, Nicholls…

–¡Qué!

Le hice una seña con la mano.

–Mira todo el follón que has armado. ¿No vas a limpiarlo?

Nicholls me miró con los ojos entornados y, sin
despedirse, salió del apartamento.

Enjuagué los platos rápidamente y los amontoné,
puse leche a calentar y saqué el bote de cacao, abrí la
puerta del apartamento medio palmo, puse los pies en
alto y jugueteé con las llaves de su coche hasta que regresó. Parecía irritado. Sostuve el bote de cacao con una
mano, las llaves con la otra y los agité frente a él. Las
nubes de tormenta desaparecieron de sus ojos. Se guardó las llaves en el bolsillo, dejó el bote sobre la mesa y
apagó el fuego de la leche. Luego hicimos el amor con
una pasión y energía que nos dejó a los dos temblando.

Eso es lo mejor de Nicholls; cuando pone el alma en
lo que está haciendo, es bueno de verdad.

18

Me desperté a las siete y me levanté de la cama. Nicholls abrió un ojo y siguió durmiendo; el trabajo duro
le deja rendido. Tras el aseo matutino en el cuarto de
baño, me puse ropa y zapatillas de deporte, bebí un vaso
de leche y salí de casa sin hacer ruido. Era una de esas
hermosas mañanas de finales de abril, con un cielo azul
cerúleo y una brisa vivificante. Corrí un rato por las
calles antes de dirigirme a la casa de Dora. Necesitaba

comprobar que Jude todavía se hallaba allí. Por el olor a tostadas, café y comida frita, adiviné que no se había escapado. Los jugos gástricos empezaron a fluir, y mi estómago gruñó. Dora me saludó alzando el pulgar en señal de victoria. La falda floreada de la muchacha giraba en el interior de la lavadora, lo cual mantendría a raya sus instintos de huida por un tiempo. Jude ofrecía mejor aspecto. Resulta asombroso cómo un mínimo de cuidados básicos pueden cambiar a una persona. Se había lavado el pelo, que flotaba alrededor de su cara, fino como el de un bebé. Nadie podía tener un aspecto más distinto al de una criatura de la calle; no hasta que escudriñabas sus ojos y vislumbrabas en ellos todas las cosas que la mayoría de nosotros no queremos ver.

Dora llenó un tercer plato con huevos, tomates, setas y pan frito, y declaró con tono práctico que había supuesto que yo pasaría por allí. «¿Quién necesita correr ahora?», pensé, y empecé a comer con apetito. Hablamos de diversos temas, y Jude, una vez hubo rebañado su plato, comenzó a devorar tostadas.

Hace mucho tiempo, cuando yo era pequeña, la abuela recogió un perro abandonado, un animal con un carácter muy dulce que alguna persona sin corazón se había cansado de tener en casa, aunque ninguna de las dos acertábamos a comprender por qué. Había seguido a la abuela hasta casa desde el mercado, y durante un tiempo se mostró asustadizo ante la presencia de extraños. Poco a poco adquirió una capa de grasa, y su pelo cobró brillo; comía como una lima, y durante un año almacenaba galletas dentro de las flexibles bolsas que tenía junto a la boca por si acaso la vida le trataba mal otra vez y tenía que volver a la calle. Permaneció con nosotros durante ocho años. Una noche quedó dormido y jamás despertó. La abuela y yo lo lloramos desconsoladas. El recuerdo me produjo una comezón en los ojos, y casi me atraganté con el café.

Comprendí que Jude y el perro tenían mucho en común.

Dora dejó de frotarme la espalda y dijo:

—He hablado a Jude de mi hermana. Hace tiempo que no la veo y creo que es hora de hacerle una visita. —Dora siguió comiendo, y yo me erguí en la silla, mirándola fijamente. Maldita sea, ¿en qué estaba pensando Dora? Aquél no era el momento ideal para renovar el afecto fraternal.

—Ah… pues… estaría bien —balbuceé—. Muy bien. Tal vez dentro de un mes cuando el tiempo mejore.

Observé a Jude, que no se mostraba demasiado comunicativa. Se limitaba a untar una tostada con mantequilla como si el asunto nada tuviese que ver con ella. Dora echó un vistazo a través de la ventana.

—A mí me parece que hace un tiempo estupendo. Te dejaré la llave para que puedas dar de comer a *Óscar* y vigilar un poco la casa.

¡Maravilloso! *Óscar* es un gato realmente tragón cuando Dora está ausente. Jugueteé con un champiñón en el plato.

—Claro. ¿Por qué no? Quizá pueda llevarte a la estación en coche —me ofrecí.

—Muchas gracias —dijo Dora alegremente—. Pásate alrededor de la una. Para entonces ya tendremos listo el equipaje.

¿Tendremos?

—¿Qué hermana es? —pregunté.

—Liza, la más alocada.

Jude levantó la cabeza, sonriendo, y deduje que Dora le había contado secretos de la familia. Finalmente comí el champiñón, me relajé un poco y esperé a escuchar más.

—Acababa de hablar con ella por teléfono cuando tú llegaste —explicó Dora—. Seguro que ahora está cocinando para un ejército. He pensado que ya es hora de que esta criatura se remoje en el mar. ¿Puedes creer que nunca lo ha visto?

—Sí lo he visto, ya te lo he dicho —intervino Jude—. En la tele. Un montón de veces. Lo sé todo sobre él.

—No; no lo sabes —aseguró Dora—. Para conocer el mar, tienes que olerlo, tocarlo, ver las espumosas cabrillas en un día de tormenta, contemplar cómo cambia de color. Y aun así, no sabrás todo de él.

Los ojos de Jude adoptaron una expresión soñadora. Dora se había pasado la vida enseñando a niños, y si ésa era una muestra del modo en que lo había hecho, debía haber sido una maestra estupenda.

—Suena muy divertido —dije—. No se te ocurrirá desaparecer otra vez, ¿verdad Jude?

—Lo prometí, ¿no? Además, como tú has dicho, suena muy divertido. Y Dora me necesita a su lado para recoger conchas y cosas de ésas porque no tiene la espalda muy bien.

¿Que Dora no tenía la espalda muy bien?

Realmente había lanzado un buen anzuelo a la muchacha y no la censuraba por ello. Jude se encontraría a salvo fuera de la ciudad. Tras charlar un ratito más, anuncié que regresaría a la una y me encaminé hacia casa. Eran casi las nueve en punto, y no esperaba hallar a Nicholls allí, pero siempre me sorprende. En cuanto abrí la puerta, adiviné qué había estado haciendo. Se mostraba tan satisfecho que no me atreví a desilusionarlo. Tras observar los tomates y los champiñones que chisporroteaban al fuego y el perfecto montón de tostadas, solté mi primer embuste del día.

—Vaya, tiene una pinta estupenda, Nicholls. Tomaré una ducha rápida y me reuniré contigo enseguida.

Él sonrió como si acabara de ganar una quiniela y cascó un par de huevos. Arrojé la ropa al suelo del cuarto de baño y me di un remojón. A veces la vida me deja tan pocas alternativas que me entran ganas de llorar.

Acudí a la oficina de Nicholls sobre las diez. ¿Cómo podía fallar si él me había llevado en su coche? Sumisa, presté la declaración que Fry me había pedido y después repetí el relato para que Nicholls tuviese algo bonito y tangible que incluir en el nuevo e impecable archivo que había abierto para Jaz y Gavin. Tras rechazar un café —¿dónde iba a meterlo?—, me levanté para marcharme. Nicholls carraspeó y revolvió unos cuantos papeles, visiblemente incómodo. Paciente, esperé a que hablase.

—Mira —dijo—, no sé dónde oíste eso, pero no fue aquí.

—¿Oír qué?

—Que Drury tenía una esposa.

—¿Drury tenía una esposa? ¿Insinúas que lo abandonó?

—Yo no he dicho eso.

—¿Y tal vez ella sigue viviendo en Bramfield y no siente demasiado aprecio por su ex?

—No sé de dónde sacas esas cosas, Leah.

—Y quizá ella se muestre dispuesta a escarbar en la porquería de su querido esposo si yo consigo localizarla. Me pregunto dónde podría encontrarla.

Nicholls abrió una carpeta de cartón marrón, la dejó sobre la mesa y salió del despacho. A veces sus métodos son tan poco limpios como los míos. Rodeé el escritorio y me apresuré a copiar los datos que necesitaba antes de que él cambiase de opinión. Un par de minutos después Nicholls regresó y me preguntó por qué no me había marchado aún. Es agradable que nos comprendamos tan bien.

Regresé a casa andando, con lo cual quemé algunas calorías y me sentí como media tonelada más ligera. Disponía de noventa minutos antes de llevar a Dora y Jude a la estación, de modo que me tendí en la cama y consumí dos terceras partes de ese tiempo elaborando preguntas interesantes que formular a Susan Elizabeth

Drury. A las doce y media rebusqué en mi ropero y saqué un chaquetón acolchado para Jude. La tela vaquera apenas brinda protección contra el viento de la costa Este, y no quería que la chiquilla pillara una pulmonía.

Me presenté en casa de Dora diez minutos antes de la hora acordada. Ya habían preparado el equipaje y estaban listas para partir. Oí que *Óscar* maullaba en la parte trasera de la casa y confié en que no hubiera adquirido ninguna de las costumbres errantes de Jude. Me desagradaría tener que explicar a Dora por qué su gato había desaparecido; y aún más tener que pasarme un fin de semana buscándolo. Cargué el maletero, entregué el chaquetón a Jude y conduje sosegadamente hasta la estación. Permanecí junto a ellas unos veinte minutos, hasta que el tren llegó, para despedirlas. Esperaba que Dora supiera lo que estaba haciendo.

Había decidido visitar a la ex esposa de Drury en cuanto saliera de la estación. Sin embargo, no podía soportar la idea de que *Óscar* estuviese maullando desesperadamente en la cocina, de modo que puse rumbo a la calle Palmer. El gato me lanzó una mirada irritada, como si me culpase de su soledad, y caminó hasta la habitación delantera, donde arqueó el lomo y me dedicó un bufido.

–Yo también te quiero, *Óscar* –dije amablemente antes de marcharme.

Ladbrook Grove se halla en la otra punta de la ciudad, en una urbanización habitada principalmente por profesionales y arribistas. El número 45 era una casa adosada pintada de blanco, con una puerta de entrada amarilla que tenía una aldaba de latón. También había un timbre. Probé primero con éste y escuché el eco del «ding-dong» tras la puerta. Cuando se abrió, Susan Elizabeth y yo nos miramos fijamente. Ella vestía vaqueros blancos y una camisa estampada de color rosa, llevaba el

cabello corto y desgreñado e iba ligeramente maquilla-
da. Yo la conocía.

–¿Leah?

–¿Susan?

Elizabeth me invitó a entrar, y yo me pregunté si el
hecho de conocerla me ayudaría a formularle preguntas
indiscretas.

–No puedo creerlo –dijo–. ¿Cómo me has encontrado? Debe hacer… ¿Cuánto?, ¿ocho años?

–Más o menos –respondí–. ¿Qué ocurrió después de
los exámenes de acceso a la universidad? Oí que te habías marchado lejos.

Se encogió de hombros.

–Me fui a Loughborough, me catearon y me casé;
una historia realmente apasionante. ¿Y tú?

–Aguanté hasta el final. Me licencié, conseguí un
empleo en Hacienda y todavía sigo ahí. Como ves, nada
del otro mundo.

–¿Te casaste? –Negué con la cabeza–. Siempre tuvis-
te más sentido común que yo. Ven, charlaremos un rato.
¿Cómo me has encontrado?

Cruzó el salón en dirección a la cocina, y yo la seguí,
preguntándome cómo reaccionaría cuando se enterara de
que no había acudido allí para recuperar una vieja amistad. Hay muchas mujeres llamadas Susan Elizabeth, y yo
no había imaginado que ésa fuese Susie Knox, mi compañera de estudios. Me intrigaba que un falso como Drury
la hubiese engatusado. Supongo que ninguna de las dos
nos habíamos convertido en los perfectos modelos de fe-
minidad que nuestras madres habrían deseado.

–Vamos, cuéntame cómo me has localizado.

–¿La verdad? No sabía que eras tú hasta que abris-
te la puerta.

Llenó un recipiente con agua y lo puso al fuego.

–No me digas que has venido para examinar mi declaración.

–No exactamente. He venido para hablar de tu marido.

–¡Ex marido!

–Eso mejora la situación.

–¿Qué ha hecho ahora? –Colocó tres bolsitas de té en una tetera de cerámica azul y blanca. Me dio la impresión de que estaba harta de Drury.

–Intervino para que me suspendieran del trabajo.

–¿Por qué? ¿Por negarte a acostarte con él?

–No tuve oportunidad de conocerlo tanto.

–Tampoco es necesario; con subir a un ascensor con él es suficiente.

–Deduzco que te causó algunos problemas.

–Es un cabrón. Si quieres meterle en un agujero, te ayudaré a cavarlo. ¿Cómo te las arreglaste para despertar su lado malvado?

–Planteando demasiadas preguntas sobre los negocios de Venta Rápida. Creo que ha llevado la contabilidad de un modo muy creativo.

–¡Ja! ¡No me sorprende! –exclamó con amargura–. Es tan recto como un sacacorchos. Te diré una cosa, Leah; si yo hubiese sabido cómo era, me habría alejado de él unos kilómetros y aún seguiría corriendo. –El agua empezó a hervir, y Susan la vertió en la tetera–. Hablemos primero de nosotras, y luego nos dedicaremos a descuartizarlo. ¿Qué te parece?

–Perfecto –respondí, y comenzamos a charlar de nuestras cosas. Habría sido realmente grosero decirle que prefería pasar directamente al descuartizamiento.

19

Tardamos casi una hora en derivar la conversación hacia Drury. Entretanto nos divertimos un poco compartiendo nuestros recuerdos e intercambiando chismorreos como solíamos hacer de adolescentes. De todas formas, me sentía inquieta, pues otras cuestiones pesaban sobre mi mente y estaba impaciente por averiguar qué sabía ella de los negocios de su ex marido. Susan me contó que él parecía un buen chico al principio, que jamás hubiese sospechado que la engañaría... hasta que el total de aventuras ascendió a tres, que ella conociera; sólo Dios sabía cuántas más habría mantenido sin que ella se hubiese enterado.

—Así pues, le mandaste a paseo –concluí con tono de aprobación–. No me extraña que te engañara; se le da muy bien mentir.

—¿Trató de hacerlo contigo?

—Sabía que yo era inspectora fiscal. Ni siquiera tu ex puede ser tan estúpido. ¿Tú estabas al tanto de sus negocios?

Susan prorrumpió en carcajadas.

—Todas tenían que ver con sus negocios: secretarias, clientas, colegas. –Abrí la boca, pero ella levantó una mano y negó con la cabeza–. Ya sé que no te referías a eso. Dime qué te interesa averiguar, y si puedo ayudarte lo haré.

—¿Cuándo os separasteis?

—Hace seis meses, cuando empezó a dedicar más tiempo a su última amiguita que a mí. ¿Y eso qué importa?

Seis meses. Por entonces ya se habían producido algunos incendios.

—¿Se relacionaba mucho con otros comerciantes de la ciudad? –pregunté–. Estoy pensando sobre todo en otros propietarios de empresas que fueran víctimas del fuego.

—Supongo que sí. Participaba en la Cámara de Comercio, de modo que seguramente los conocería. De todos modos, no solíamos hablar de sus colegas.

—¿Nunca te comentó jugosas noticias sobre empresas con graves problemas causados por la recesión?

Negó con la cabeza, y me pareció que comenzaba a hartarse del interrogatorio.

—Mira, créeme; hace seis meses yo estaba a punto de abandonarlo. Aunque me hubiese hablado de sus negocios, no le habría prestado demasiada atención.

—¿Y antes de eso…? ¿A mediados del año pasado?

—Leah, me gustaría ayudarte, pero no me acuerdo. —Susan se levantó para mirar por la ventana y regresó con los brazos cruzados y semblante abatido—. Lo cierto es que nunca me han interesado los negocios. Ni siquiera leo las páginas financieras; me dormiría de aburrimiento. Quizá si nos hubiésemos llevado mejor, habría sido distinto, pero, dadas las circunstancias, habíamos llegado a un punto en que ya no me importaba demasiado qué hacía él ni con quién se acostaba.

—Lo lamento de verdad. Preferiría no hablar contigo de esto. Me siento fatal. Si existiera otra salida, no te molestaría. —La miré fijamente—. Quizá debería visitarlo y sacarle la verdad a la fuerza.

Susan agitó las manos.

—En realidad me divierte destrozarlo. Hazme más preguntas, y quizá pueda responder alguna.

—Cuando afirmaste que era tan recto como un sacacorchos, ¿a qué te referías?

—Si se fuera a la cama con la verdad, por la mañana serían completos extraños. Según él, Venta Rápida sería un almacén de oportunidades con que se enriquecería rápidamente, y ahora míralo, esperando la indemnización del seguro.

—No parece que tenga problemas económicos. Está esta casa y…

—Esta casa es mía —se apresuró a aclarar—. No tiene nada que ver con él. No vivo de su caridad, no recibo ni un penique de pensión.

—¿Trabajas? —inquirí.

—Como una condenada. Soy «reabastecedora de

noche». ¿Sabes qué es? Repongo las existencias en las estanterías de un supermercado. El sueldo es una porquería, pero me permite asistir a un curso de informática. En cuanto a esto… –hizo un gesto con la mano–, veinte mil libras son la herencia y el resto una hipoteca fija. Y si el muy canalla le hubiese podido meter mano, lo habría hecho. ¿Sabes qué dijo cuando me negué a abrir una cuenta conjunta? ¡Que si no confiaba en él!

La compadecí un poco y derivé la conversación hacia las finanzas de Drury.

–¿Sabes que se aloja en un edificio restaurado muy caro de Lime Walk? Es un bonito lugar, con sistema de seguridad incorporado. No parece que haya salido de Venta Rápida con las manos vacías.

–No tenía las manos vacías cuando llegó a Bramfield. Podría haber emprendido cualquier otro negocio. –Se encogió de hombros–. No me preguntes por qué eligió las alfombras.

–Quizá conocía a alguien del sector.

–¿Te refieres a Ed Bailey? La primera vez que lo vi… Mark lo invitó a tomar una copa en casa poco después de que nos instaláramos aquí, y se quedó a comer. Físicamente no se parecen, pero debajo de sus mezquinos y gruesos pellejos son gemelos; tan encantadores como para rebajarte tus propios calcetines y convertir en una ganga cualquier mercancía invendible. Apuesto a que ya eran tan despabilados antes de salir de la guardería. –Movió la cabeza y me miró a los ojos–. Procuré no amargarme, pero no sospechaba que resultaría tan difícil. Cuando abandonamos Loughborough, prometió que rompería sus antiguos vínculos y cambiaría su forma de ser. Y fui tan tonta que lo creí. Luego volvió a las andadas.

–Así pues, es un canalla mentiroso y un vendedor insistente, pero ¿es honrado?

–¿Mark? ¡En absoluto! Ésa es una de las principales

razones por que jamás me interesé por sus negocios. Es como comer carne y no visitar nunca un matadero; puedes vivir tranquila mientras no veas de dónde procede la comida.

»Cuando nos conocimos me comentó que trabajaba para una compañía financiera, y yo pensé: "Cerebro y un buen sueldo; no está nada mal." Me llevó a visitar las oficinas y tenían… muy buena pinta; todas decoradas en negro y cromo, bonitas moquetas, mecanógrafas monas… El local impresionaba a los clientes, y también me impresionó a mí; eso y el resto del paquete. Como te he dicho, puede mostrarse muy encantador. Así pues, nos casamos, y entonces descubrí que la compañía financiera concedía préstamos a gente que no podía devolverlos. ¿Sabes a qué me refiero? Al cabo de un par de meses, los intereses ascienden a tanto como el préstamo, y esos pobres terminan crucificados por la deuda. Todo eso apestaba, y así se lo dije.

—¿Cómo reaccionó?

—No me prestó demasiada atención. Aproximadamente un mes más tarde, me anunció que había decidido dejar la compañía para establecerse por su cuenta.

—¿Con el mismo negocio?

—Según él, se trataba de una asesoría financiera. Mark me explicó que se dedicaría a aconsejar inversiones, conceder préstamos e hipotecas baratos, vender seguros de automóviles, y cosas por el estilo. Pensé que necesitaría mucho dinero para empezar, y nunca llegué a preguntarle cuánto había reunido. Creo que ni siquiera me importaba; él era generoso, gozábamos de una buena vida social, y por aquel entonces yo aún confiaba en él.

—¿Cómo obtuvo el dinero?

Ella gesticuló con impaciencia.

—Ignoro cómo lo consiguió. Quizá era suyo, quizá no.

Vaya, el asunto mejoraba por minutos. Tras trabajar con un usurero, Drury había reunido el dinero suficiente para abrir su propio negocio. A menos, por supuesto, que en la asesoría lo hubiesen utilizado como una fachada para atraer nuevos clientes. O tal vez él había sido realmente el propietario de la asesoría. Me pregunté cómo había terminado vendiendo alfombras. Sacudí la cabeza.

—No lo entiendo, Susie. ¿Por qué iba a querer un asesor financiero convertirse en vendedor de alfombras?

—Mira, soy la última persona a quien deberías preguntárselo. Cuando dejó a los prestamistas y se estableció por su cuenta, me sentí orgullosa de él… ¡por primera y última vez en nuestra desdichada vida conyugal! Trabajo duro y muchas horas; así afirmó que sería. Pues bien… no sé si lo del trabajo duro era cierto, pero desde luego no se equivocó respecto a las horas. —Se atusó el cabello—. ¡Yo era tan estúpida!

—¿Ya te engañaba entonces?

—La primera de una larga lista de chicas. —Se encogió de hombros—. Después de eso, perdí el interés por sus asuntos de «negocios». Debí haberle abandonado, pero después de cada aventura juraba que no volvería a ocurrir, y yo me lo tragaba una y otra vez. —Esbozó una sonrisa irónica—. Una lección que he aprendido, Leah; manténte alejada de los tipos encantadores.

—Pero ¿por qué lo dejó para trasladarse a Bramfield?

—Creo que había estado pisando sobre terreno peligroso, en el aspecto financiero. —Levantó una mano antes de que yo pudiera hablar—. No me lo preguntes, Leah, porque no sé en qué había estado metido. Aseguró que mudarnos representaría un nuevo comienzo para nosotros. No habría más mujeres. Si accedía a quedarme con él una vez más, todo saldría bien.

—¿Qué ocurrió con la asesoría?

—La vendió a la compañía financiera para la que había trabajado. Necesito otra taza de té, ¿y tú?

Negué con la cabeza y observé cómo ponía a hervir

más agua. Tuve la impresión de que sus hombros estaban un poco más caídos que cuando yo había llegado. Me sentí mal por ello. Hurgar en viejas heridas puede resultar realmente doloroso. Se reunió conmigo, se sentó y, acodándose en la mesa, descansó la barbilla sobre las manos. Nos miramos en silencio durante un par de minutos.

–No te sientas mal por formularme preguntas. Es bueno desahogarse, y yo no puedo hacerlo con demasiada gente. ¡Poner verde a mi ex me divierte!

–Apuesto a que mintió otra vez –aventuré.

Susan se recostó en la silla.

–Tú no sabes ni la mitad –dijo furiosa–. ¿A qué no adivinas qué hizo ese bastardo? Después de todas sus palabras dulces sobre un nuevo comienzo, su antigua amante se trasladó aquí desde Loughborough. Los vi juntos en el coche de él, acaramelados como dos gatitos. Como ves, un tipo realmente encantador.

En ocasiones como ésa es muy fácil quedarse sin palabras.

20

Susie me acompañó hasta la puerta y se lamentó por no poder servirme de más ayuda. Dije que no se preocupara y le pedí que me telefoneara si recordaba algo más.

Conducir rápido y con la cabeza puesta en otras cuestiones resulta una combinación letal, de modo que me lo tomé con calma y repasé la conversación que había mantenido con Susie mientras me dirigía de nuevo al centro de la ciudad. Una cosa estaba clara: Drury era un mentiroso redomado.

Atajé por un par de calles secundarias y me encontré ante la parte posterior del monstruo de cristal y hormigón donde yo una vez dispuse de un espacio con un escritorio. De manera inconsciente avancé hasta el aparcamiento. ¡Sentía nostalgia por el lugar! Permanecí sentada un par de minutos con el motor en marcha y por último decidí que, ya que estaba allí, aprovecharía la ocasión para visitar a mis compañeros.

Cuando salí del ascensor en la cuarta planta, Pete, que estaba tomando un sorbo de té, casi se atragantó. Corrí hasta su pequeño despacho de cristal para golpearle la espalda solícitamente.

—Pete, debes tener más cuidado —aconsejé—. Menos mal que pasaba por aquí.

Hizo girar su silla, tratando de recuperar el aliento.

—¡Leah! ¿Qué diablos haces aquí?

—¿Qué forma es ésa de saludar a una amiga?

Echó un rápido vistazo a la gran oficina. Lo imité. Un hombre con mofletes pecosos, pelo cortado al rape y cabeza colorada ocupaba mi escritorio. Con la vista clavada en un expediente y un montón de archivos sobre la mesa, parecía muy atareado.

—Está bien —dije a Pete con tono tranquilizador—. Él no me conoce como Mata Hari, de modo que relájate. —Saqué unos pañuelos de papel y limpié la superficie del escritorio—. Menos mal que no hay nada importante por aquí encima, como por ejemplo el informe de Venta Rápida. Si lo hubieras rociado con té, tal vez te habrían suspendido por intentar destruir pruebas.

Me arrebató los pañuelos de la mano y los arrojó a la papelera.

—¡Fuera! —ordenó.

Sentándome en la silla para visitantes, esbocé una sonrisa amable. Pete dirigió la vista al tipo de la cabeza colorada. Val, al verme, me saludó agitando los dedos. Le correspondí de la misma forma.

—¡Por el amor de Dios! —exclamó Pete, bajando la persiana del despacho.

—Mejor. Así no sentiré la tentación de lanzar a ese

individuo por la ventana. ¿Alguien se ha acordado de regar mi areca?

—¡Al diablo tu areca! —espetó bruscamente—. ¡Ya sabes que no deberías haber venido!

Estaba realmente furioso. Sólo he oído a Pete renegar de ese modo cuando su coche se avería y le obliga a andar.

—¿Significa eso que aún no has limpiado mi buen nombre?

Él se calmó un poco.

—Las cosas llevan su tiempo.

—Éstas sí. —Incliné la cabeza hacia la persiana—. Si él va a quedarse aquí permanentemente, me llevaré la planta a casa. —Pete pareció turbado, de modo que añadí—: Eh, no te preocupes por ello. ¿Quién necesita un trabajo cuando hay subsidios de desempleo?

—Bridges es un investigador interno —dijo con voz ronca—, y lamento que lo hayas visto. —Jugueteó con su bolígrafo—. Si te sirve de ayuda —agregó sin mirarme—, todavía no han encontrado nada que te incrimine y dudo de que lo hagan.

—Es realmente amable de tu parte, Pete. Te lo agradezco.

Me levanté para marcharme, pensando que quizá no había sido buena idea entrar en el edificio. Había olvidado que Pete solía apoyarme cuando tenía problemas. Me acompañó hasta el ascensor.

Regresé al híbrido bastante triste. No encontrar nada no implica necesariamente que uno sea inocente. A menos que yo descubriera que Drury estaba de mierda hasta el cuello, podía terminar perdiendo mi empleo. No era un pensamiento muy tranquilizador. Salí del aparcamiento con la determinación de visitar a Redding. Eran las cinco menos cuarto. No sabía cuándo empezaban o terminaban los turnos, pero confié en que se hallara en el parque de bomberos. Cuando me dirigía a su oficina, oía que alguien exclamaba:

–Eh, ¿busca a Redding? No volverá a estar de guardia hasta el domingo.

Di media vuelta.

El tipo guapetón que tenía la vista clavada en mí sostenía en las manos un trapo grasiento mucho menos sucio que el de Charlie. Comencé a bajar por las escaleras, tratando de recordar algún aspecto positivo de aquel día. Él se secó la palma en el trasero y la examinó críticamente antes de tendérmela.

–Dan Bush –se presentó.

Nos estrechamos la mano educadamente.

–Leah Hunter.

–La he visto antes por aquí. ¿Vino a preguntar por el joven Billy?

–Exacto. Oí que lo habían visto rondar por la mayoría de los incendios provocados y quería averiguar si era cierto.

Apretando los labios, movió la cabeza.

–Un buen chico. ¿Era pariente suyo?

–Sobrino de un amigo. Esto ha destrozado a su familia.

Él asintió.

–Si quiere hablar, mi turno termina dentro de diez minutos. Podemos comer en algún sitio tranquilo.

–Es muy amable de su parte, pero no creo…

–Billy y yo nos llevábamos bien; yo lo conocía mejor que Redding. No estoy proponiéndole una cita. –Me echó un vistazo y sonrió–. Aún no, en cualquier caso.

–Me alegro, porque no estoy disponible. Una charla sobre Billy podría serme de gran ayuda. ¿Dónde suele comer usted?

–En el pub que hay en la esquina preparan un pastel de carne y unos guisantes muy buenos.

Estupendas indicaciones, salvo porque había dos esquinas con sendos pubs. Lancé una moneda mentalmente.

–¿El Príncipe de Gales? –aventuré.

–El Feathers –dijo.

Todo el mundo se equivoca alguna vez.

Acordamos que nos encontraríamos en el local, y hacia allí me encaminé, dispuesta a calentar un taburete de la barra. Quizá el destino se había apiadado de mí. Supongo que en el fondo soy una optimista nata.

El Feathers no estaba demasiado lleno a esa hora del día. Sólo había ocho personas en aquel establecimiento pintoresco y anticuado que olía a cerveza derramada y tabaco. Cuatro hombres vestidos con trajes raídos mantenían una tranquila conversación. En el fondo, bajo una luz amarilla, un par de tipos con el pelo largo jugaban a dardos. Por el movimiento de muñeca, deduje que no ganarían la liga. No había taburetes en la barra. Puse un pie sobre el barrote de cobre y pedí una Pils. Estaba caliente. Pedí una lata fría.

–O ésa o de barril; usted elige –replicó el camarero, como si los clientes fueran una verdadera molestia.

–Entonces métala en el cubo del hielo un par de minutos –sugerí.

–¿Qué cubo de hielo? –inquirió con tono poco solícito.

Reprimí el impulso de preguntarle el nombre de la escuela donde le habían enseñado a mostrarse tan encantador. Si el pastel de carne y los guisantes eran tan buenos como el servicio, estaba a punto de arruinar mi salud para nada.

Pagué la Pils en monedas pequeñas, depositando lenta y cuidadosamente cada penique sobre el mostrador. Él guardó el montón en la caja y reanudó su amistosa charla con una rubia tetuda que lucía una camiseta muy escotada que parecía a punto de estallar por las costuras. Por la manera en que ella se inclinaba sobre la barra, supuse que el tipo podía verle hasta el ombligo. Me llevé la cerveza caliente a una mesa situada en un rincón y me senté a esperar.

Un par de minutos después Dan Bush entró y pidió media pinta de cerveza amarga. Lo observé mientras se acercaba con ella. Cuando se acomodó a mi lado en el raído banco tapizado con tela roja, me aparté un poco; podía prescindir del contacto de su muslo.

–¿Qué le parece el sitio? –preguntó con espuma en el labio superior.

–Uno de tantos –respondí–. ¿Está seguro de que es aquí donde come? No huelo a guisos.

Él sonrió y exclamó:

–¡Eh, Les! Dos de pastel y guisantes, rápido.

El camarero interrumpió su *tête-à-tête* para desaparecer detrás de la barra.

–Estoy impresionada –dije–. No creí que pudiera moverse a esa velocidad.

–Posee muchos talentos ocultos –repuso Dan, observando a la rubia de arriba abajo–. A veces me sorprende. –Volvió a mirarme–. ¿Qué le interesa saber sobre Billy?

Me encogí de hombros.

–Cualquier cosa que pueda decirme; por ejemplo en cuántos incendios se le vio y cómo explicó su presencia. Si usted lo conocía mejor que Redding, quizá Billy se sincerara más con usted que con él.

–¿Sincerarse más? No sé si lo hizo. Cuando hablamos de ello traté de convencerle de que no debía acudir a los incendios. Billy aseguraba que le gustaba ver poner en marcha los dispositivos. Supongo que le volvían loco los coches de bomberos.

–¿Alguna vez llegó usted a sospechar que Billy podía ser el incendiario?

–Ésa es una pregunta injusta teniendo en cuenta que ya le he dicho que apreciaba al muchacho. En cualquier caso, sí, supongo que la idea se me pasó por la cabeza un par de veces; él nunca ocultó que había provocado incendios en el pasado, y podía haber empezado otra vez.

No lo sé. –Levantó las manos y las dejó caer–. La policía no dudó en ningún momento de su culpabilidad; en fin usted ya sabe todo eso. Supongo que Redding le contó que Billy solía venir al parque para echar una mano y jugar con el material. –Asentí, y él continuó–: Todos nos habíamos acostumbrado a él; incluso en un par de ocasiones le dejamos subir a los coches, y él se puso muy contento.

Les se acercó con un par de platos colocados uno encima del otro y separados por un aro de aluminio. Seguía sin oler a comida. Por un momento temí que nos sirviera pastel de carne y guisantes fríos. Cuando los dejó sobre la mesa, descubrí que el contenido de los platos presentaba un aspecto delicioso y humeaba suavemente. Hacía años que no probaba una salsa de cebolla. Mis jugos gástricos se activaron con tal rapidez que casi le arrebaté los cubiertos de su pequeña y gorda mano. Dan apuró su vaso y pidió otra cerveza. Les me miró y preguntó si me apetecía otra Pils. Respondí que aún estaba esperando la que había puesto a enfriar. La mirada que me lanzó me indicó que jamás seríamos amigos.

Ataqué la comida con entusiasmo y la encontré exquisita. Comimos durante un rato en amistoso silencio, mientras yo pensaba qué más podía saber Dan Bush de Billy. Por ejemplo, ¿le habría mencionado el muchacho las llamadas telefónicas? Decidí preguntárselo.

Tardó unos minutos en contestar, mientras su plato se vaciaba poco a poco.

–Sí –respondió finalmente–, me habló de eso, y me resultó… inverosímil. Esas llamadas debían de proceder del incendiario, ¿no? ¿Y qué motivo tendría un pirómano para telefonear a un chico como Billy?

–Bien, si se trataba de una persona astuta que pretendía que echaran la culpa a otra, Billy era la víctima perfecta. Por supuesto, quienquiera que le tendiera la trampa debía estar al corriente de que Billy había provocado incendios cuando era pequeño.

–Como ya le he dicho, Billy no lo mantenía en secreto, de modo que el número de sospechosos sería muy amplio: parientes, amigos de la familia, compañeros de la escuela, los padres de los chicos y los amigos de éstos, vecinos…

–Además de todas las brigadas del parque de bomberos –añadí.

–¿Insinúa que uno de ellos tendió la trampa a Billy? Lo considero ofensivo.

–La familia de Billy también considera ofensivo que culparan al muchacho –repliqué con aspereza–. ¿Y por qué está tan seguro de que un charlatán del parque no comentó en un pub o, en cualquier otro lugar, que conocía a un chico a quien encantaban los incendios y los grandes camiones rojos?

–Muy bien –dijo, alzando las manos–. Visto de ese modo, podría tener razón. Esa clase de cosas se hacen sin pensar.

–¿Verdad que sí? –Terminé mi comida y aparté el plato–. Mire, no tomemos posiciones enfrentadas. Ambos apreciábamos a Billy. Si él no provocó los incendios, sin duda usted deseará tanto como yo que se demuestre su inocencia.

Colocó su plato sobre el mío, dejó el cuchillo y el tenedor encima y me preguntó cómo pensaba hacerlo. Reconocí que no lo sabía y le expliqué que el muchacho que había esperado me ayudara había perecido en el incendio provocado de la calle Turpin. La noticia pareció impactarle un poco, y su rostro se tornó inescrutable.

–El hecho es –dije– que, a menos que usted proponga una idea mejor, tendré que seguir formulando preguntas hasta que encuentre a alguien con las respuestas adecuadas.

–¿Ha contado todo esto a la policía?

–Algo.

–¿Cuánto?

–No demasiado.

–Parece que está metida en un lío.

–He estado metida en líos antes y he conseguido salir de ellos. En cualquier caso, acepto toda la ayuda que pueda recibir.

–Preguntaré por ahí –se ofreció–. Algunas cosas que usted ha explicado me dan que pensar. ¿Volverá a entrevistarse con Redding?

–Probablemente. Quisiera que me aclarara algunas dudas acerca de los incendios.

–Pregúnteme a mí. Quizá pueda ahorrarle tiempo.

–No lo creo. Seguramente la información que me interesa estará archivada en la oficina central de Birkenshaw. De todos modos le agradezco el ofrecimiento. –Hurgué en el bolso en busca del monedero–. ¿Cuánto valen los pasteles?

Negó con la cabeza.

–Yo invito.

–¿Por qué todos los hombres tienen esa manía de pagarlo todo? Todos tenemos principios, y uno de los míos es pagar mi propio forraje.

Se encogió de hombros.

–Dos cincuenta.

–Estupendo, seguimos siendo amigos. Gracias por su ayuda. Quizá le vea la próxima vez que visite a Redding.

Le entregué mi parte de la cuenta y me puse en pie para marcharme. Antes de despedirnos, Dan Bush me propuso una cita para el sábado por la noche. La rechacé amablemente, aunque el tipo me resultaba realmente atractivo, y la oferta tentadora.

A veces los principios se interponen en el camino de la diversión. No acostumbro mantener aventuras con más de un hombre a la vez, y esperé que Nicholls apreciara el detalle.

<h1 style="text-align:center">21</h1>

Tras aparcar el coche en el garaje, di de comer al gato, que se enroscó entre mis tobillos en una espléndida demostración de amor interesado. Me sentí un poco ruin al cerrar la puerta, dejando que *Óscar* se las arreglara solo, pero, aparte de mudarme a casa de Dora, no podía hacer gran cosa al respecto. Cuando me acerqué a mi portal, observé que Nicholls había regresado y me aguardaba sentado en su coche, con aspecto aburrido. Estaba adquiriendo la costumbre de rondar por mi calle. Caminó hacia mí con rigidez, como si llevara horas esperando.

—En mi próxima vida seré policía —dije con sorna—; os pasáis el día sentados.

—También tenemos que ver cadáveres —replicó con brusquedad—. Si te apetece, te acompañaré al depósito.

¡Qué encantador! No me importa compartir algunas cosas con Nicholls, incluyendo las sábanas, pero yo ya había visto suficientes cadáveres.

—¡Muy bien! —Crucé el vestíbulo y empecé a subir por las escaleras—. ¿Quieres hacerlo antes o después de comer?

Él gruñó y cerró de un empujón la puerta del edificio. Supongo que después de todo no le gustaba demasiado la idea.

Llegamos al ático sin intercambiar ningún comentario trivial, y él me ganó de nuevo en la carrera hacia la cafetera. Eché un vistazo en el frigorífico; aquel espacio vacío me produjo un verdadero sentimiento de culpabilidad.

—¿Qué quieres comer? —pregunté—. ¿Espaguetis con salsa italiana o salsa italiana con espaguetis?

—Tú eliges —respondió—. Me da lo mismo.

–También hay un par de latas de ranas cazadas furtivamente en aguas pantanosas. ¿Qué te parece eso?

–Suena bien. No importa; comeré lo que tengas.

¡Por Dios! ¡Debía de haber sido un día realmente malo!

Puse a hervir agua en una cacerola, eché aceite de oliva en una sartén, troceé un par de cebollas y añadí un poco de ajo. Busqué una lata de tomate y un poco de albahaca, agregué sal, azúcar y un buen pellizco de pimienta negra y esparcí algunas aceitunas, confiando en que saliera bien. De todas formas, no importaba demasiado, pues, con el humor que tenía Nicholls, ni siquiera se daría cuenta.

A media cena, se entonó un poco. Le serví otra taza de café, y se animó aún más.

–Nicholls, me gustaría que me contaras qué te ha ocurrido.

Sin dejar de engullir espaguetis, me lanzó una mirada significativa.

Lo que la palabra «cadáveres» me sugería me inquietaba demasiado. ¿El cadáver de quién? La preocupación me invadió.

Nicholls rebañó su plato y por fin habló:

–¿Quieres saber a quién pertenece el cuerpo? A un hombre blanco llamado Gavin Liddell.

–¡Mierda! –exclamé.

–Un simple accidente de tráfico.

–¿Debo suponer que Gavin Liddell es el mismo Gavin de la unidad de seguridad? –Asintió con la cabeza–. ¿Y su muerte se debe a la mera casualidad?

–Fue un claro accidente de tráfico. No trates de convertirlo en algo más.

–¿Haría yo eso? ¿Por qué había de querer alguien silenciarlo para siempre?

Nicholls dejó escapar un profundo suspiro. Me negué a dejarme arrastrar por la compasión.

–Mira, he tenido un día espantoso –protestó–. Una autopsia no es precisamente un viaje a Disneylandia.

–¿Ya la han practicado? ¿Por qué tanta prisa, si ha sido un simple y claro accidente de tráfico?

–Para asegurarnos de que sólo ha sido un simple y claro accidente –respondió con brusquedad–. Además solicité un informe mecánico preliminar. Te interesará saber que la quinta marcha de su Suzuki se atascó.

–¿Así? ¿De pronto?

–Leah, no puedo abrir una investigación por asesinato tras cada accidente de carretera.

–Por supuesto que no –le calmé–. ¿Por qué se atascó?

–Un diente del piñón defectuoso.

–Vaya. ¿Hay muchas motos así? Con un defecto tan importante como ése me extraña que Suzuki no las haya retirado. –Nicholls se mostró incómodo–. ¿O ya lo has comprobado y has descubierto que era la única defectuosa? ¿Cuántas coincidencias hacen falta para que los detectives de Bramfield desentierren sus cabezas de la arena?

–Quizá debería avisar a Sam Spade –comentó malhumorado.

–Buena idea, podrías tomar ejemplo de él. –Me dirigí a la nevera e introduje la mano en el interior en busca de su único ocupante–. ¿Te apetece un poco de helado de nuez y caramelo? –Noté que se le hacía la boca agua. Es estupendo conocer las debilidades de otra persona.

Permanecimos en silencio hasta que él, muy agraviado, preguntó:

–¿Acaso he dicho que me proponía cerrar el caso? ¿Lo he dicho?

–No es necesario –repliqué con acritud–; lo deduzco por experiencias pasadas.

Nicholls comenzó a contar con los dedos al tiempo que enumeraba:

–Suzuki enviará a uno de sus mejores inspectores

para examinar la pieza, están buscándose huellas dactilares, un equipo rastrea la zona donde aparcaba la moto, su habitación ha sido registrada… Maldita sea, Leah ¿qué más quieres que haga?

–Nada. Has actuado muy bien; me avergüenzo de haber dudado de ti. –Nicholls pareció aplacarse. Dejé que comiera el resto del helado y, cuando terminó de lamer la cuchara, añadí–: Supongamos que estaba equivocada y que Gavin no era el incendiario. Eso no implica que él no matara a Billy, y si alguien le pagó para que lo hiciera, podía haberse convertido en un estorbo. ¿Qué descubriste al comprobar su cuenta bancaria?

–¿Qué te hace pensar que he comprobado su cuenta bancaria?

–Oh, nada. Aunque nunca lo vi, apuesto a que no tenía aspecto de sicario. –Nicholls arrugó la frente y se la frotó con aire cansino. Me tragué un bocado de compasión–. ¿Qué aspecto tenía? –inquirí–. ¿Alto, bajo, gordo, delgado?

–Estatura media, fuerte, pelo castaño…

–¿Tenía barriga de bebedor de cerveza? –interrumpí.

–Creí que nunca lo habías visto.

–Lo he acertado por casualidad.

Me miró de hito en hito.

–¿Por qué no te creo?

–¿Cómo voy a saberlo? –Coloqué los platos sucios en el fregadero–. ¿Quieres más café? –Negó con la cabeza y, poniéndose la chaqueta, dijo que le apetecía acostarse temprano–. Buena idea –aprobé–. No te olvides las llaves del coche. –Me apresuré a cogerlas y las dejé caer sobre la mesa. Se las guardó en el bolsillo–. ¿Reabrirás la investigación sobre los incendios provocados?

–No hay pruebas que lo justifiquen.

–¿Todavía no han aparecido bastantes cadáveres?

–Te mantendré al corriente –repuso con rigidez.

–De acuerdo. Entretanto yo seguiré intentando descubrir quién hizo qué a quién. –Contando con los dedos, enumeré–: Rosie, Billy, Jaz y Gavin. Si la situación no cambia, Nicholls, Bramfield se convertirá en la ciudad de los asesinatos.

–Y como no te andes con cuidado –replicó furioso, sin tener en consideración mi frágil susceptibilidad–, tú te convertirás en la próxima en la lista.

Le lancé una mirada maliciosa.

–¡Te dejaré en herencia mi colchón!

Se limitó a mirarme, y sus ojos reflejaban diversas emociones que opté por ignorar; un gesto ruin por mi parte, pero él no era el único que tenía problemas.

Siguiendo el ejemplo de Nicholls, me acosté temprano y casi del inmediato me sumí en un profundo y tranquilo sueño del que desperté llena de energía y ansiosa por enfrentarme al día. No me detuve a preguntarme por qué era así, temerosa de que la aprensión regresara sigilosamente y se pegara a mí.

Ataviada con el chándal, realicé unos estiramientos y salí de casa. Tonos rosas y dorados veteaban el azul pálido del cielo, y se respiraba un aire fresco y limpio. Me dejé arrastrar con placer por la rutina del sábado por la mañana, avanzando en una tranquila carrera hacia el parque, donde efectuaría dos vueltas por el camino que lo circunda, para después regresar a casa. El optimismo me acompañaba; hallaría el modo de resolver mis problemas. ¿Acaso no lo hacía siempre? Drury sin duda creería que obtendría la victoria, pero yo sabía que se equivocaba. Alguien ya había sido presa del pánico, como demostraban las muertes de Jaz y Gavin, y si Drury daba un paso en falso, podría ser el siguiente. Aflojé la marcha en ese instante. No me cabía duda de que Drury había conspirado para quemar su propio negocio, pero ¿podría haber estado también implicado en los demás incendios? ¿Habría ayudado a planearlos? El pensamiento se instaló en mi mente.

Un incendio es una manera eficaz de evitar la quiebra cuando una empresa tiene problemas. Los libros de cuentas pueden falsificarse, las existencias exagerarse, y el material de calidad retirarse antes de que el pirómano actúe; según mis teorías, así había sucedido en el caso de Drury. Sin embargo, cabía la posibilidad de que estuviera aún más involucrado; como miembro de la Cámara de Comercio, podía enterarse de qué empresas tenían problemas de liquidez y qué propietarios se mostraban dispuestos a recurrir a métodos ilegales para resolverlos.

Una hipótesis interesante. No obstante, ¿era Drury tan inteligente como para planear semejante operación?

Me llevé la idea a casa y la enterré en el fondo de mi mente para que germinara. Quizá cuando se desarrollara un poco la compartiría con Nicholls.

Me duché y, vestida ya con unos vaqueros y una camiseta, desayuné zumo de naranja y cereales, lo único que quedaba en casa. Las frituras de Nicholls la mañana anterior habían reducido notablemente las provisiones del frigorífico. ¿Reducido? ¿A quién pretendía engañar? En realidad las habían agotado. No tendría más remedio que visitar algún supermercado. Detesto profundamente empujar un carrito por entre las estanterías.

A las ocho y media Dora telefoneó para informarme de que Jude y ella se encontraban bien e interesarse por *Óscar*. Expliqué que el gato también estaba bien y de inmediato me asaltaron los remordimientos al caer en la cuenta de que, en lugar de bajar para ponerle la leche, me había dedicado a gandulear con el periódico de la mañana. Ése es el problema de la ociosidad forzada; la pereza tiende a apoderarse de ti. Deseé que se divirtieran y pedí que me comunicara si Jude causaba algún problema. Tras amontonar los cacharros del desayuno con los platos de la cena de la noche anterior, me apresuré a coger mi bolso y mi chaqueta. Me disponía a salir cuando el teléfono sonó otra vez.

Era Bethany, que quería saber cómo estaban las cosas. Le dije que bien, pero que me iría mejor si pudiera conseguir información sobre Drury. Me explicó que Colin se lo había prohibido terminantemente. Colin era un verdadero incordio, repliqué, y ella consideró que quizá me había llevado una impresión errónea. ¡Una de nosotras se equivocaba, de eso no cabía duda! Cuando preguntó si había sucedido algo más en mi búsqueda personal del incendiario, le hablé de las muertes de Jaz y Gavin. Guardó silencio y al cabo de unos minutos me aconsejó que actuara con prudencia y esperara a que la investigación de Hacienda demostrara mi inocencia; de ese modo no correría ningún peligro.

–No pienso exponerme a ningún peligro, Bethany. En cualquier caso, si estás tan preocupada, quizá podrías sacar furtivamente la información que te pedí sin que Colin se entere.

–Imposible –replicó–. Se ha quedado con el archivo.

–¿Por qué?

–Supongo que pensó que yo podía hacer alguna fotocopia para ti. Por lo visto no congeniasteis demasiado.

–Ya.

–¿Qué harás ahora? –inquirió–. ¿Tienes algún plan?

–De momento iré a dar de comer a un gato. Después compraré comestibles y, cuando esté harta de tanta emoción, intentaré descubrir quién más siguió la pista de Jaz hasta la calle Turpin.

–¿Cómo piensas hacerlo?

–Te lo explicaré cuando lo haya conseguido.

Tras recomendarme de nuevo que actuara con cautela, nos despedimos. Esta vez logré salir del piso.

El minino bailó un poco para demostrarme su alegría y se apresuró a beber la leche. Vacié el cajón en que hacía sus necesidades y lo llené de nuevo. Cuando Dora estaba en casa, *Óscar* salía a jugar al jardín, pero yo no me atrevía a dejarle por temor a que decidiera emprender una odisea gatuna. No me apetecía pasarme toda una semana buscándolo.

Óscar se encaminó hacia la trampilla para gatos y me pidió con gran encanto que desechara el pestillo. Llené su plato hasta el borde y añadí un poco de crema. Él levantó la cabeza y me miró con malicia.

De camino hacia la puerta mullí su maldito cojín.

22

Los supermercados son tentaciones para gastar dinero. Tuve que hacer tres viajes para llevar todos los comestibles al ático y después entretenerme un rato para encontrar espacio suficiente para colocar la maldita mercancía. Arrojé a la basura dos pedazos de queso mohoso que guardaba en la nevera y abastecí sus estantes. Por último me retiré un poco y me acuclillé para admirarlo. En raras ocasiones puedo contemplar su interior tan repleto.

Algunos días empiezan bien y luego empeoran paulatinamente. Cuando apilé la última lata eran casi las once y media y me sentía irritada; tenía la desagradable sensación de que el día se me había escapado de las manos. Había planeado visitar por la mañana a Eddie y Julie para averiguar a quién más habían hablado del escondite de Jaz; tendría que aplazar la expedición hasta que me hubiese aseado y tomado un rápido tentempié.

Me di una ducha, me vestí con unos vaqueros negros y una camisa de seda rosa, metí algo de ropa sucia en la lavadora y calenté una lata de judías. Acababa de dejar el plato en el fregadero, con el resto del montón, cuando Marcie llamó a la puerta. Parecía estar al borde de un ataque de nervios:

—Leah, debo pedirte un favor. He de llevar una carpeta a Huddersfield antes de las dos, de modo que… ¿podrías cuidar de Ben? Sé que es sábado, pero un director artístico que ha viajado desde Londres quiere ver mi trabajo. Se suponía que vendría mi madre, pero mi hermana está de parto y ha tenido que llevarla a la maternidad. Jake, el marido de Sally, debería haberse encargado de eso, pero está fuera. No puedo recurrir a nadie más que a ti. Me llevaría a Ben conmigo, pero no me parece lo más adecuado para hablar de negocios.

Contemplé cómo la tarde se hacía trizas.

Marcie no pedía demasiados favores, y yo la apreciaba demasiado para negarme.

—¿Prefieres que baje a tu casa o subes a Ben aquí?

Marcie se mostró aliviada.

—Quizá sería mejor que bajaras. Le acostaré temprano para que duerma la siesta, y con un poco de suerte no se despertará en un par de horas.

—Muy bien. Le daré un zumo cuando despierte y luego nos entretendremos jugando hasta que tú vuelvas. Estaré en tu casa en un par de minutos, ¿de acuerdo?

Me lavé las manos profiriendo algunas maldiciones y salí de mi piso. Marcie había dejado la puerta abierta, de modo que entré y me acomodé en el sofá. Por los lloriqueos procedentes del dormitorio deduje que Ben no estaba demasiado conforme con echarse la siesta. Opté por no entrometerme; las tías honorarias deben ocuparse de sus propios asuntos. Las protestas disminuyeron. Diez minutos más tarde, Marcie se marchó. Me entregué a la lectura hasta las dos y media, cuando Ben decidió que ya estaba harto y empezó a gritar. No sé cómo se las arregla Marcie; ese niño tiene la energía de un caballo. Mi vecina regresó a casa alrededor de las cinco. Satisfecha, me explicó que todo había salido bien y que probablemente conseguiría un nuevo contrato. Me alegré por ella.

Quizá si me apresuraba llegaría a casa de Julie antes

de que ella y Eddie iniciaran su juerga del sábado por la noche en algún pub. Bien, tal vez los juzgaba mal, quizá planeaban quedarse en casa para leer la Biblia, aunque, no sé por qué, eso se me antojaba improbable.

Conduje a través de la ciudad hasta Westmoor. El Capri continuaba estacionado junto al bordillo. Por fortuna los diablillos no se hallaban por allí. Eché un vistazo a la parte trasera del vehículo y observé que Eddie aún no lo había reparado. Al cruzar la acera me percaté de que Julie levantaba un instante la cortina de tul. Golpeé la puerta con suavidad.

Tardé unos treinta segundos en comprender que Julie no abriría la maldita puerta a menos que yo insistiera. Algunas personas parecen empeñarse en crear dificultades.

Aporreé con más fuerza, y de inmediato la mujer se asomó por la ranura del buzón para exclamar:

—¡Lárguese!

Di otro golpe a la puerta.

Eddie la abrió bruscamente, sudoroso y con los ojos enrojecidos. Aún no había tenido tiempo de afeitarse, su cuerpo despedía un olor no demasiado agradable, y parecía colérico. De repente me empujó con una mano sucia, y me tambaleé hacia atrás, bajando de golpe el escalón de hormigón, enojada por no haberlo esquivado.

Eddie me dedicó una mueca de desprecio.

—¡Váyase a la mierda! —vociferó.

Huyendo de un matón sólo se consigue fomentar sus malos hábitos. Por otro lado, detesto que me empujen. Me sacudí la suciedad de la camisa y repliqué con brusquedad:

—No sin que antes me respondan a un par de preguntas.

El tipo salió de la casa e intentó darme un nuevo empellón. En esta ocasión logré agarrarle con fuerza del brazo y lo hice caer de espalda.

–No tiene derecho a atacarlo –intervino Julie–. ¿Quién le manda venir aquí? –Preocupada, se arrodilló junto a Eddie, quien la apartó violentamente, haciendo que perdiera el equilibrio.

El hombre se levantó frotándose el hombro y mirándome fijamente.

–¿Qué jodidas preguntas?

–Aparte de mí, ¿quién más vino aquí preguntando por Jaz?

–¿Quién ha dicho que viniera alguien?

–Alguien averiguó dónde vivía, y ¿quién podía decírselo, sino usted y Julie?

–Su putilla.

–Ellos no eran más que dos niños con padres despreciables que se cuidaban mutuamente. ¿Con quién hablaron?

Julie se puso en pie.

–Yo no era una madre despreciable. Era él quien nunca se mostraba agradecido y siempre se portaba mal para llamar la atención. Y usted no tiene ningún derecho a insultarme.

No me molesté en replicar; ya conocía la historia. Mantuve la mirada clavada en Eddie.

–Vamos, Eddie, ¿quién más ha estado por aquí?

Se encogió de hombros.

–Un tipo de libertad condicional; Gavin no sé qué.

–Gavin Liddell –concretó Julie–. Dijo que necesitaba conocer el paradero de Jaz para incluirlo en los informes. ¿Qué podía hacer yo? ¿Decirle que no lo sabía?

Habría salvado a su hijo si lo hubiera hecho, pero preferí no comentárselo.

–¿Alguien más? –pregunté.

–Un poli muy elegante se presentó ayer.

–Ah, claro, cómo no ibas a acordarte de él –se burló Eddie–. Ya casi tenías la bragas en el suelo, ¿verdad?

–¡Vete a la mierda! –exclamó ella.

–Ahora mismo, ¿no te jode? –vociferó él.

Observé cómo el Capri arrancaba con un chillido de neumáticos.

–Volverá –aseguró Julie; no sabría precisar si con esperanza o resignación.

–Hábleme de la visita del policía –pedí.

–Vestía de paisano; tenía unos bonitos ojos azules y mucho estilo. –¡Nicholls! Así pues, no se había acostado tan temprano–. Dijo que sentía mucho lo de Jaz y todo eso. Es el único que lo ha hecho hasta ahora.

Sentí remordimientos.

–Todo el mundo siente lo de Jaz. Era un buen chico, y apuesto a que le echará mucho de menos.

Los ojos de Julie se llenaron de lágrimas. Extrajo una cajetilla de cigarrillos del bolsillo, encendió uno y aspiró profundamente.

–Vino anoche, más bien tarde, cuando nos disponíamos a salir hacia el Grapes. Estaba muy bien… ¿sabe qué quiero decir? El tipo me habría conquistado si yo le hubiese interesado, pero al parecer sólo atraigo a tíos como Eddie, ¿sabe? –Dio un par de caladas, con la mirada fija en el suelo, y dejó escapar un suspiro. A continuación le sobrevino un ataque de tos. Arrojó el cigarrillo en el sendero de entrada y lo pisó–. Él quería lo mismo que usted; saber quién había venido por aquí preguntando por Jaz. Le expliqué que sólo usted y Gavin.

–Supongo que se sintió decepcionado.

Se encogió de hombros.

–No parecía demasiado contento, sobre todo cuando la nombré a usted. Tal vez usted también reciba su visita; cuando lo vea, me entenderá usted. De todos modos, ¿por qué le interesa saber quién ha venido?

–El incendio de la casa que Jaz ocupaba podría haber sido provocado por alguien que quería matarle. –Era evidente que Nicholls no había mencionado ese pequeño detalle. El rostro de Julie reflejó conmoción.

–Dios mío –murmuró.

Permanecí inmóvil, sin saber qué decir, pensando que debería habérselo comunicado con mayor delicadeza.

–Lo lamento –me disculpé–. Pensé que ya lo sabía.

–Dios, no. Creía que el fuego había estallado a causa de un estúpido fallo suyo. –Sacó de nuevo la cajetilla de tabaco–. Me voy dentro –dijo–. Quiero pensar un poco.

La observé mientras se encaminaba hacia la casa. No se volvió para mirarme. Supongo que después de todo albergaba alguna clase de sentimiento maternal en su interior y deseé que Jaz lo hubiera sabido.

Salí de Westmoor con el coche y, al pasar ante el pub Fox and Grapes, vi el coche de Eddie estacionado. Supuse que en aquel local recibían bien a los tipos rudos... o quizá Eddie se había lavado en el aseo de caballeros antes de que el camarero pudiera olerle.

Me dirigí al centro, reflexionando sobre diversos asuntos. No es la mejor manera de conducir, de modo que tomé un giro equivocado que me llevó a Lime Walk. Quizá sí era el camino correcto, y empezaba a tener poderes psíquicos. En cualquier caso, mi error me permitió ver cómo Colin Stanton se apeaba de un Mercedes para encaminarse hacia el antiguo edificio Wilberforce. Avancé, di media vuelta y volví circulando lentamente en la dirección opuesta. Stanton se hallaba ante la entrada, observando los botones. Un par de minutos después, alguien le abrió la puerta, y al oír el zumbido Colin la empujó y desapareció. Aposté a que había sido Drury quien le había abierto. Y entonces me pregunté qué clase de asunto les obligaba a reunirse un sábado por la tarde, a las siete en punto.

El destino tiene esas cosas. Cada vez que estoy a punto de perder las fuerzas, aparece con un cacahuete para que no desfallezca.

23

Todos tendemos a impacientarnos y querer acelerar las cosas, aunque no siempre es prudente hacerlo. Tal certeza resultaría útil si la prudencia formara parte de mi naturaleza, pero no es así. Di marcha atrás suavemente y apagué los faros. Calculé que Stanton tardaría una hora en abandonar el edificio. Me equivoqué. Apenas me había puesto cómoda cuando él y Drury salieron juntos y subieron al Mercedes de Stanton. Permanecí agachada mientras las luces barrían la zona y partí tras ellos después de haber efectuado un rápido giro de ciento ochenta grados. Una vez fuera de la ciudad, se detuvieron en una zona de aparcamiento situada detrás de un pub Beefeater y entraron. Al cabo de un par de minutos, los imité, aunque no vestía de forma adecuada para cenar; pero ¿desde cuándo los Beefeater eran lujosos?

Era uno de esos locales donde eliges lo que quieres comer en la barra y te sientas a esperar incrementando las ganancias de las bebidas alcohólicas, hasta que un camarero te acompaña al restaurante. Stanton y Drury se encontraban todavía en la primera fase.

Me acomodé en un taburete, en un rincón oscuro junto a una máquina tragaperras y aguardé a que ellos pidieran.

La iluminación dejaba mucho que desear; un íntimo amarillo anaranjado hacía que todo el mundo pareciera ictérico. Si trataban de conseguir un ambiente romántico, se habían equivocado de color. El camarero recogió las cartas y depositó dos cervezas doradas sobre el mostrador. Drury señaló una mesa con la mano, y Stanton asintió con la cabeza. Comprendí que, a menos que me metiera debajo de la mesa, las posibilidades de escuchar indiscretamente eran inexistentes. Reduje ese contratiempo a una simple molestia más, salí de mi escondite, me encaramé a un taburete de la barra y pedí una Pils.

Mientras bebía intenté captar algo del lenguaje corporal masculino.

No podría decir que Stanton y Drury parecieran amigos del alma, aunque tampoco discutían. Mientras los observaba, comencé a impacientarme. ¿Por qué demonios estaba ahí sentada, perdiendo el tiempo de esa forma?

Realmente se mostraron sorprendidos cuando me acerqué a su mesa con mi bebida y me instalé en un taburete vacío con una alegre sonrisa.

—Hola —saludé—. ¿No es asombroso a quién puedes encontrarte en un lugar como éste? ¿Suelen venir por aquí a menudo ustedes dos?

Drury arrugó la nariz en señal de desprecio y lanzó una mirada a Stanton antes de preguntar con hostilidad:

—¿A qué clase de chantaje pretende someterme esta vez?

—Depende de lo que tenga que ofrecer —respondí—. ¿Acaban ustedes dos de salir del retrete juntos por casualidad o están trabajando en una nueva variación de fraude al seguro? Será mejor que se ande con cuidado, Drury; si continúa jugando con cerillas, se quemará.

—Señorita Hunter —intervino Stanton—, le aconsejo que se marche ahora, antes de que se comprometa aún más. Sumar el acoso a la corrupción no favorecerá su causa.

—¡Vaya! Eso no me ha gustado. Ya verá cómo al final se demuestra que estoy limpia como una patena, con lo cual su amigo aquí presente se verá obligado a explicar muchas cosas. —Di unas palmaditas en la mano de Drury, que se apresuró a retirarla como si se la hubiera mordido—. Apuesto a que en este momento se arrepiente de haberse marchado de Loughborough, ¿verdad, señor Drury? ¿Por qué abandonar un negocio bueno y lucrativo como el que tenía allí para abrir un almacén de al-

fombras? Por mucho que lo intento, no consigo enten-
derlo. Quizá usted pueda explicármelo.

—¿Por qué diablos habría de hacerlo? No tengo que
explicar nada, y tampoco tengo por qué escuchar sus
gilipolleces. Si no sale de aquí ahora mismo, llamaré a la
policía.

No sé por qué la gente cree que eso asusta.

—Adelante —le incité—, dígales que he atentado inde-
centemente contra su pudor al tocarle la mano. —Eché
un vistazo a Stanton—. ¿También usted quiere avisar a la
policía? Si es así, pregunte por el agente Fry o por el
inspector Nicholls. Le garantizo que acudirán enseguida. A ambos les fascinan los incendios provocados.

Drury apretó los labios.

—Está buscándose muchos problemas. Debería tener
más cuidado.

—Ya tengo muchos problemas —repliqué—. Ahora
sólo intento solucionarlos.

—Ésta no es la mejor forma de hacerlo —afirmó Stanton—. Mire alrededor y cuente los testigos; algunos parecen muy interesados en nuestra mesa. Acepte mi consejo; deje que las cosas se solucionen por sí solas. Tiene
mucho que ganar si lo hace, y nada que perder.

El pobre Stanton ignoraba que no suelo seguir los
buenos consejos; si lo hubiese sabido, quizá habría elegido otras palabras. Acodándome en la mesa, clavé la
mirada en Drury.

—Todo inspector fiscal reconoce un fraude en cuanto
lo ve. Todavía le investigan, señor Drury, y no se saldrá
con la suya.

Su rostro se tensó.

—Tonterías.

—Como usted quiera —repliqué amablemente—. Añada
tres asesinatos a los cargos de fraude e incendio intencionado y piense en lo que se le avecina. —Tras apurar mi cerveza, me puse en pie—. Caballeros —dije cortésmente—, me

ha resultado muy instructivo hablar con ustedes; espero verlos en los tribunales.

Me sacaba realmente de quicio que Drury hubiera pensado que acusándome falsamente quedaría fuera de peligro.

Un fraude como el que yo sospechaba que Drury había cometido debe ser planeado con mucha antelación. Presentía que Drury había previsto el futuro de Venta Rápida en el momento de comprarla. El modelo clásico de fraude empresarial consiste en hacerse cargo de una empresa ya establecida con la intención de pedir tanta mercancía como pueda conseguirse a crédito. Los primeros pedidos se pagan puntualmente, luego, cuando los proveedores creen que el negocio funciona bien, el estafador realiza pedidos mayores, liquida las mercancías sin pagar por ellas y, o bien se larga, o bien planea un robo ficticio para enmascarar el fraude.

Había llegado a la conclusión de que Drury había introducido algunas variantes. Había adquirido mercancías de alta calidad y las había sacado del almacén antes de que se produjera el incendio, sustituyendo las alfombras caras por otras de inferior calidad para reclamar el pago del seguro por un local lleno de buen material. Se trataba de un trabajo fino, y si yo no hubiese fisgoneado a causa de Billy, probablemente me habría pasado inadvertido; bien, a Arnold en realidad, pues a él le había correspondido examinar el expediente. Ese pensamiento me gustó.

Me pregunté si la mercancía de calidad habría acabado en el establecimiento de Ed Bailey y, si así era, cómo dividirían el botín.

Ya en la calle Palmer, entré en casa de Dora. El lugar estaba tranquilo y silencioso; nada de maullidos, nada de arañazos, ninguna boa peluda enroscándose en mis pies. Encendí las luces y llamé dulcemente:

—¡*Óscar*! Ven aquí minino, ¿quién es un buen gatito?

Luego solté algunas idioteces más mientras buscaba

al animal. ¡Si había salido de la casa y lo habían atrope-llado, lo mataría! Registré la sala de estar, la cocina, subí por las escaleras hasta el piso de arriba; nada, ni rastro de *Óscar*. ¡Mierda! Me senté en el último escalón, tratando de adivinar cómo podía haber salido. La respuesta era que no podía haberlo hecho. El maldito felino estaba tomándome el pelo. Regresé a la cocina y vacié una lata de Whiskas, machaqué el contenido y repiqué con el tenedor en el plato de barro. Con la cola en alto, el gato cruzó majestuosamente la puerta y comenzó a comer. Le dije lo que pensaba tanto de él como de sus antepa-sados, lo que no pareció afectarle. Dejé un platillo de leche en el suelo y me marché a casa.

Esperé que Nicholls apareciera por allí o telefonea-ra; como no lo hizo, supuse que estaba enfadado. Tras tomar un largo baño y cenar lasaña congelada, vi el re-estreno televisivo de *La Jungla de Cristal* y a las once y media me dejé caer pesadamente en la cama, esperando soñar con Bruce Willis. Por supuesto, no lo hice.

24

No me importaba que el hecho de estar sin trabajo me volviera aún más perezosa. Desde mi punto de vis-ta, eso legitimaría la suspensión con que me habían cas-tigado. Pete telefonearía cualquier día para disculparse y rogarme que me reincorporara. Ya lo creo que lo haría. Entretanto, me entregué a las tareas dominicales, un ejercicio tan divertido como fútil.

Alrededor de la una, Marcie subió para anunciarme que pasaría un par de días con su madre. Me interesé por el parto de su hermana, y radiante de felicidad me expli-có que había tenido gemelas y que no podía esperar a verlas. Eso me recordó que yo también era tía. A veces soy muy descuidada con las cuestiones familiares.

Mi hermana Emily y su marido, un corredor de bolsa, viven a unos cincuenta kilómetros, en Ledford, y tienen dos niñas encantadoras a quienes apenas veo, lo cual es únicamente culpa mía. No se debe a que no me guste ir de visita; lo que ocurre es que Em se ha empeñado en encontrarme un marido, lo que no me interesa en absoluto. No es fácil convencerla de ello. De todas formas, como era domingo, ¿a quién podía buscar Emily con tan poco tiempo?

La respuesta fue un tal Dermot, que mientras comíamos me puso la zarpa en la rodilla por debajo de la mesa. Tuve que despegarla haciendo palanca con un tenedor. Juro que no sé de dónde los saca mi hermana, pero por una vez tuvo la delicadeza de mostrarse avergonzada.

Regresé a la calle Palmer a las nueve y media, dejé el coche en el garaje y di de comer a un *Óscar* hambriento mientras le decía que, después de la broma que me había gastado el día anterior, tenía suerte de que me tomara esa molestia. Él se tumbó patas arriba, representando el papel de gatito bueno, con lo cual me sentí obligada a quedarme un rato para mostrarme amable con él.

Me acosté alrededor de las once y me dormí al instante. Cumplir con las obligaciones familiares resulta agotador.

El lunes por la mañana corrí cinco kilómetros y, tras desayunar huevos revueltos y café, me vestí con un traje compuesto por un pantalón negro y una blusa de color crema. Cuando me disponía a salir, el teléfono sonó en una perfecta repetición de la jugada del sábado. No me asombró oír la zalamera voz de Stanton. Supuse que tanto él como Drury se sentían preocupados, lo que me produjo una gran satisfacción.

—Vaya, señor Stanton, qué agradable sorpresa. ¿Cómo fue la cena? —Oí los golpecitos de su bolígrafo al otro lado de la línea; un sonido sordo, como si estuviese aporreando sobre una carpeta.

–Señorita Hunter, quizá deberíamos hablar otra vez.

–Hable –le invité.

–Cara a cara.

–Lo lamento, no tengo tiempo para *tête-à-têtes*.

–Me extraña, dada su actual situación de desemplea-
da; suponía que disponía de todo el tiempo del mundo.

–¿Eso quería decirme?

–No. Tan sólo quería decirle, señorita Hunter, que
cometió un error al enfrentarse a Drury tan descaradamente el sábado por la noche. Me sorprende que usted
se mostrase tan poco profesional; no ganó nada con ello,
y me temo que empeoró su situación. Espero que lo
comprenda.

–Por supuesto. Por cierto, ¿a qué trato llegó con
usted? ¿El diez por ciento por acelerar los trámites?

Los golpecitos cesaron, y se hizo el silencio.

–¿Siempre pisa usted sobre terreno tan peligroso?
–inquirió finalmente.

–¿Qué hay de peligroso en esto? Mire, señor Stanton, tengo mucha prisa. Ya hemos hablado de Drury
antes, y según usted no existen motivos para reconside-
rar su reclamación ni para investigar el incendio. Si a eso
añadimos su pequeña y amistosa cena, el resultado es
una clara confabulación. Si me equivoco, quizá alguna
vez llegue a pedirle disculpas, ¿de acuerdo?

–Ya sabe dónde está mi oficina. Permaneceré aquí
hasta las doce y media. De usted depende que hablemos
o no. –Stanton colgó. Supongo que después de todo no
podía calificarse de perfecto caballero, pero ¿quién era
yo para quejarme? Cuando él se hallaba cerca, me resultaba difícil comportarme como una dama.

Fui a casa de Dora para poner un plato de leche a
Óscar. Me costaba creer que hubiese tomado cariño al
maldito gato. Limpié la caja donde hacía sus necesidades
y pulvericé un poco de ambientador alrededor. El minino pisoteó el nuevo material a su gusto y se paseó de

nuevo hasta su platillo. Vertí la leche que había llevado, tiré el cartón a la basura y me marché.

Cuando aparqué en el taller de Charlie, éste estaba cerrando un trato sobre uno de sus coches reciclados; un escarabajo VW de 1970 de color naranja muy vivo. El comprador debía de contar unos cuarenta años y llevaba botas de ante, chaqueta de pana y el pelo un poco largo. Tuve la sensación de que el hombre deseaba adquirir el VW movido por la nostalgia.

Me dirigí a la mugrienta oficina y me senté en el escalón a la espera de que Charlie acabara. Un rato después el tipo tendió una mano amorosa para dar un suave golpecito al capó y se marchó. Charlie también acarició el coche. Me acerqué para echar un vistazo; buen trabajo de pintura, cromado reluciente, y originales asientos destrozaculos.

—¿Has hecho un buen negocio? –pregunté.

—Depende de cómo lo mires. Tengo que obtener algún beneficio para pagar mis impuestos. ¿Ya has recuperado tu empleo?

—En breve, Charlie, en breve. Lamento tener que preguntarte esto; ¿conserva tu hermana aún todas las cosas de Billy?

En lugar de responder, se dirigió a la oficina y puso a hervir la tetera. Yo me quedé en la puerta, donde el aire era más puro. Cogió un par de tazas de la estantería superior e introdujo en ellas bolsitas de té.

—¿Por qué quieres saberlo?

—Si no se ha deshecho de sus pertenencias, me gustaría echarles una ojeada.

—La policía ya lo ha hecho.

—No por la misma razón –repliqué.

—Entonces ¿quieres que se lo pregunte a mi hermana?

—Te lo agradecería.

—No sé qué pensará. –Charlie se alejó de la tetera y descolgó el auricular del teléfono.

Me senté de nuevo en el escalón, atenta a la conversación. Su hermana no se mostró demasiado conforme con que yo me presentara en su casa. Por fortuna Charlie siempre consigue convencer a la gente. Después de un par de minutos de persuasión, le oí decir:

—No, claro que no estará mucho rato. Yo la acompañaré si lo prefieres… Sí ya sé que he de atender el negocio, pero hay cosas más importantes… No te preocupes, Viv… Sí, de acuerdo, se lo diré.

Cuando hubo colgado, traté en vano de deducir si su hermana había aceptado.

Se ocupó de nuevo del té.

—No le ha gustado mucho la idea. Los recuerdos la afectan mucho —explicó—. Si no hubieses sido tú, se habría negado. —Olió la leche y se encogió de hombros—. Toma un té antes de ir a su casa.

Me ofreció una taza, y observé cómo se formaban grumos. El té de Charlie no se parece a ningún otro.

—¿Estás seguro de que no se sentirá mal? —pregunté.

—Estará bien; lo que le preocupa es que ha guardado las cosas de Billy en cajas y las ha dejado en el garaje; cuando recupere los ánimos, las ordenará. Me ha pedido que te advirtiera por si eso te hacía cambiar de opinión.

—No —aseguré—. Tal vez me resulte más difícil encontrar lo que busco, pero no importa. —Tomé un sorbo de té que tragué rápidamente.

—Si sabes lo que buscas, quizá Viv podría encontrarlo enseguida.

—Libros, diarios, cartas, cuadernos… cosas por el estilo. Me interesa averiguar qué hacía y en qué pensaba en esas últimas semanas. Tal vez escribió algo en alguna parte.

—La policía se llevó muchas cosas —dijo Charlie—. No sé si lo devolvieron todo.

Genial. Tomé otro sorbo de té e hice una mueca. El

bebedizo sabía a orines de gato. Charlie tendió la mano para cogerme la taza.

–La leche se ha estropeado un poco; yo que tú no me lo bebería. –No discutí. Él apuntó la dirección de su hermana en el dorso de un sobre sucio y arrugado y me lo entregó–. Le diré qué buscas, cariño, y así podrá indicarte en qué caja está.

–Gracias, Charlie.

–El té que prepara ella es mejor que el mío –aseguró.

Sonreí.

–Eh, vamos, Charlie, tu té es estupendo; ¿acaso no sigo viniendo?

–Cuando te interesa algo. ¿Cómo se porta el coche? ¿Todavía se mueve?

–Como un pájaro sobre ruedas.

Asintió satisfecho, y juntos cruzamos el taller para que inspeccionara el híbrido.

–Hice un buen trabajo, querida.

–¿Quieres que le ponga una pegatina con el nombre de tu taller?

Sonriendo, frotó una pequeña mancha con la manga.

–Si lo hicieras, no podría hacer frente a la avalancha.

Puse en marcha el motor.

–Adiós, Charlie.

Tras dar una palmada en el techo del automóvil, regresó a su oficina.

La hermana de Charlie vivía en una casa adosada con ventanas georgianas que formaba parte de una hilera edificada en forma de semicírculo sobre un terreno que antaño había sido un campo de deportes. Los constructores habían tenido el detalle de plantar un arbusto de lilas en cada jardín delantero antes de llamar al lugar «Lilac Crescent».

Cuando localicé el número 16, aparqué en la calle y avancé por el corto camino de entrada hasta la puerta. Pulsé el timbre y la madre de Billy acudió a abrir con las manos cubiertas de harina. Empecé a presentarme, pero ella me interrumpió diciendo que me recordaba del funeral.

—La cocina está por allí, en la parte de atrás —dijo, esparciendo un poco de harina por la alfombra al indicarme el camino con la mano. Yo seguí el cálido aroma a masa—. Los lunes siempre cuezo pan y preparo algunas pastas; una costumbre que heredé de mi madre y aún no he roto. Charlie me comentó que quería echar un vistazo a las pertenencias de Billy. En un minuto me lavo las manos y le enseño dónde está todo. —Se acercó al fregadero y abrió el grifo—. Me explicó que le interesan los libros y esa clase de cosas, ¿es así?

—Exacto. Le agradezco que me permita hacer esto.

Ella movió la cabeza, evitando mirarme a los ojos.

—La acompañaré para indicarle qué caja es y la dejaré sola. —Se secó las manos, y nos dirigimos hacia la puerta trasera—. No sé qué espera encontrar. Charlie afirma que usted no cree que Billy causara la muerte de esa anciana. Es agradable oírlo después de todo lo que han dicho de él. La policía ya ha registrado todas sus cosas.

—Charlie mencionó que se llevaron algunos objetos. ¿Los devolvieron?

—Algunos sí… No estaba de humor para comprobar si faltaba algo. Lo que devolvieron está ahí, en el garaje, con el resto de cosas. —Abrió la puerta basculante y frunció el entrecejo al ver el Fiesta rojo que ocupaba la mayor parte del espacio—. Será mejor que lo mueva —murmuró rascándose la cabeza—. ¿Dónde dejé las llaves?

Regresó a la casa y al cabo de un par de minutos volvió, entró en el coche y lo estacionó en el camino de entrada.

—Siento causarle molestias —me disculpé—, debería haber escogido un momento mejor.

—No hay momentos mejores. Cuando Jenny y Mark están en casa intento mostrarme animada. Su padre se largó con una antigua novia hace cinco años, y jamás le he echado de menos. Nunca me sirvió de gran ayuda, pero sería agradable tener a alguien con quien compartir las lágrimas ahora. –Entró en el garaje y apoyó las manos sobre un montón de cajas–. Los libros y papeles de Billy están en estas dos, junto con sus videojuegos y sus cintas de música. No examiné las cosas que devolvió la policía; están en esta caja de aquí encima.

–Gracias, señora Tyler. Dejaré todo tal y como está; confío en encontrar algo interesante.

–Llámeme Viv. Tendré el té listo para cuando haya terminado. De todas formas, no se apresure, no tengo que ir a ningún lado.

La observé mientras cruzaba la puerta y deseé que se me ocurriera algo que decir para hacerle sentir que su vida no era una mierda.

Saqué la primera caja e inicié la búsqueda, mientras el olor a pan recién cocido salía de la casa y llenaba el garaje. Revisé libros de texto, cuadernos, blocs de notas y revistas. Nada. Leí todo lo que tenía algo escrito. Examiné las cintas de música y los videojuegos y desplegué cada una de las carátulas. Nada.

Guardé todo en las cajas y abrí la tercera. ¡Sorpresa! Lo primero que descubrí fue el diario de Billy. Lo sostuve unos instantes en mis manos, reacia a abrirlo. Maldita sea, ¿qué me ocurría? ¿Acaso no buscaba eso?

Recordé la lista de incendios que Redding me había facilitado. El primero se había declarado el 12 de enero, en un puesto de *kebabs* de la calle Charlotte. Busqué esa fecha en el diario y encontré el incendio descrito con todo detalle; la hora en que se había iniciado, el número de coches de bomberos que habían acudido, el tiempo que tardaron en extinguir el fuego… Saqué el resto de cosas de la caja: álbumes de recortes repletos de artículos de periódico sobre incendios, una colección de encendedores… Probé un par de ellos y comprobé que funcionaban. Uno parecía un Zippo original, y había también una pequeña lata de combustible para mecheros. La policía se habría entusiasmado al ver todo ese material. Desenterré una fotografía en que aparecía Billy con un grupo de bomberos frente al parque, con las enormes puertas abiertas y los camiones a la vista. El muchacho parecía feliz. Redding estaba allí, y también Dan Bush. Una mano claramente infantil había escrito en el dorso: «Dan Bush, as de los bomberos.»

Al parecer Dan me había dicho la verdad acerca de que estaba más unido a Billy que Redding.

Hojeé un libro sobre incendios y pirómanos que el muchacho debía de haber comprado en la liquidación de una biblioteca. Estaba muy manoseado. Versaba sobre la investigación de incendios, aunque parecía más un manual para pirómanos. Guardé todo en la caja y la saqué del garaje. Quizá a la policía se le había pasado algo por alto; no lo descubriría hasta que hubiera examinado detenidamente el material. Dejé la caja en el suelo, junto a la puerta trasera, me sacudí el polvo de las manos, y entré en busca de la madre de Billy.

25

Me quedé más rato del que había pensado, saboreando las pastas de Viv mientras ella me contaba sus penas. Cuando alguien muere, los amigos y vecinos de los familiares del difunto optan por no hablar de ello porque temen aumentar el dolor. En realidad, cuando sucede una desgracia, todo el mundo necesita desahogarse. Hablar de lo ocurrido y de cómo se siente uno contribuye a cicatrizar las heridas. También esto me lo enseñó la abuela hace mucho tiempo. Sin embargo, olvidó mencionar cuán duro resulta escuchar. Viv no trató de dar a entender que Billy había sido un modelo de virtud;

el muchacho le había dado algunos disgustos. La imagen que me formé fue la de un niño esencialmente bueno que había empezado con mal pie.

En lugar de ir directamente a casa pasé por el parque de bomberos en busca de Redding. Los portones de la parte trasera estaban abiertos, y al parecer los hombres estaban haciendo prácticas con las mangueras. Me acerqué para contemplar los ejercicios. Dan Bush se giró y, al verme, levantó una mano y se dio unos golpecitos en el pecho. Negué con la cabeza y señalé a Redding. Bush se aproximó a mí con una sonrisa de macho que decía: «¿A que estoy guapo con mi uniforme?» En efecto, lo estaba, pero preferí no aumentar su vanidad. Él extendió un brazo para apoyar la mano sobre la puerta que había detrás de mí y dejó caer su peso sobre ella. La puerta se movió un poco.

—Encantado de verte, Leah, pero no es un buen momento para charlas con Redding.

Me aparté de él, pues detesto que me acorralen de esa manera.

—De acuerdo –dije–, sólo me acercaré un momento para que sepa que he estado aquí. –Empecé a cruzar el patio.

Redding me divisó a medio camino y acortó la distancia.

—Debe de ser telepatía. No hace ni cinco minutos estaba pensando en usted… ¿Ha descubierto algo nuevo acerca de Billy? –preguntó.

Me encogí de hombros.

—No lo sé; estoy tratando de investigar el asunto. Esperaba hablar con usted sobre ello cuando me pasé por aquí el viernes. Como no lo encontré entonces, he decidido probar suerte hoy de nuevo. Al parecer he elegido un mal momento.

—Pueden terminar sin mí. Si todavía no son capaces de arreglárselas sin una niñera, nunca lo serán. Ignoraba que me hubiera buscado el viernes. ¿Con quién habló?

Señalé a Bush.

—Me informó de que usted no estaba y trató de ayudarme.

—Creo que le gusta mi puesto —afirmó Redding—. ¿Quiere que hablemos en la oficina?

—Se lo agradecería, si no es molestia.

—Terminad, muchachos —exclamó, dirigiéndose hacia el edificio.

Dan Bush pareció un poco malhumorado, quizá porque Redding había encontrado tiempo para hablar conmigo, o tal vez porque no estaba acostumbrado a que le fallara la química sexual. En cualquier caso, era su problema.

Redding avanzaba deprisa, de modo que me vi obligada a apretar el paso para seguirlo.

—Ahora que ha tenido un poco de tiempo para pensar, ¿se le ha ocurrido algo nuevo respecto a Billy?

—Ojalá. Lo cierto es que si no fuera porque apreciaba al muchacho, ni siquiera dudaría de su culpabilidad. —Subimos por las escaleras de hormigón—. De no ser porque algunos de los métodos parecían demasiado sofisticados para Billy… En fin, ya se lo comenté, ¿verdad? ¿Sabe mucho de pirómanos?

—Sólo que la palabra es sinónima de «incendiario».

Abrió la puerta de la oficina y me cedió el paso con cortesía.

—Fuera del diccionario, no es lo mismo —afirmó—. Siempre explico a los muchachos nuevos que un pirómano es a un incendiario lo mismo que un gato a un tigre. La diferencia radica en la intención criminal. Detrás de los incendiarios políticos y aquellos que prenden fuego para obtener un beneficio, se encuentran los pirómanos, que provocan un incendio sin motivo. Yo no imagino a Billy haciéndolo por dinero o cuestiones políticas, ¿y usted?

–No. No lo encuadro en ninguna de esas categorías; de lo contrario no estaría aquí. –Me acerqué a la ventana para echar un vistazo a los hombres, que al parecer se las arreglaban muy bien solos–. Billy coleccionaba mecheros viejos –expliqué–. Tenía más de una docena; los había limpiado y reparado. La policía registró su habitación y se los llevó, junto con una lata de combustible para mecheros, como prueba. Su madre los ha recuperado; se los devolvieron cuando ya no tenían a nadie a quien enjuiciar.

–¿Cómo se encuentra la mujer?

Me giré para mirarlo.

–No muy bien.

–Billy siempre hablaba de su madre y de lo mucho que le apoyaba. Parece ser que hace unos años las autoridades pretendieron enviarlo a un colegio especial, y ella se negó en redondo y protestó donde fue preciso hasta que finalmente renunciaron a la idea. A veces resultaba un poco aburrido oírle hablar del tema.

Viv no me lo había mencionado.

–¿Se refiere a una escuela especial como si fuese retrasado?

–Ésa es la impresión que me dio, aunque por lo que pude ver el chico no tenía nada de retrasado, excepto quizá algún problema emocional; después de escuchar por todo lo que había pasado no era de extrañar. –Frunció el entrecejo–. En otras circunstancias habría visitado a la señora Tyler para manifestarle que los chicos y yo echamos de menos a Billy, que siempre andaba por aquí echando una mano.

–A ella le hubiese gustado –dije–. El vecindario no la ha ayudado demasiado, y los otros dos niños son demasiado pequeños.

Dan Bush levantó la vista hacia la ventana y saludó con la mano. Yo mantuve los brazos cruzados y me aparté.

—Parece que alguien se muestra muy interesado por usted —bromeó Redding.

—Perdone, ¿podemos continuar con los pirómanos? Así pues, usted los diferencia de los profesionales por el modo en que causan los incendios.

—En el noventa y nueve por ciento de los casos, sí. Un pirómano es un oportunista que, al ver un montón de papel, lanza una cerilla; no importa lo que arda mientras él pueda contemplar las llamas. No sale equipado con dispositivos temporizadores y aceleradores químicos; de hecho, la mayoría de los pirómanos ni siquiera tiene esos conocimientos.

—¿Los tenía Billy?

Redding hizo una mueca.

—Podía haber leído sobre ello, pero dudo de que consiguiera ese material. No afirmo que sea imposible, sólo que lo considero muy poco probable.

—Por otra parte, para un incendiario que quisiera utilizar a alguien como chivo expiatorio, un chico como Billy sería la víctima ideal. ¿Había pensado usted en eso?

—Se me había pasado por la mente.

—A mí también, y por eso necesito ayuda para confirmar mis sospechas. ¿En los archivos constan los nombres de los aseguradores?

—Inicialmente recogemos esa clase de información, que se envía a la oficina central de Birkenshaw cuando nuestro trabajo ha terminado.

—Me lo temía. Mire, necesito examinar esos archivos. Si pido ayuda a Barlow, él sólo me dará una patada en el culo.

—Parece que usted no le inspiró mucha simpatía —dijo Redding—. No le gusta que señalen sus errores.

—De todos modos, ¿cómo llegó a cometerlo? Creía que… —Me interrumpí porque lo que me disponía a decir no era agradable.

—¿Qué creía? —preguntó Redding.

–Que el olor a carne quemada es inconfundible. Alguien me lo comentó; creo que fue usted.

–Seguramente. De todos modos, el caso de la calle Turpin fue un poco distinto. En primer lugar, casi todo el interior se había quemado ya cuando llegaron los bomberos, y el cuerpo había quedado enterrado bajo los escombros; eso sin duda disminuyó el olor. Añada a eso el hedor a cordero asado del puesto de *kebabs* de la carretera principal, y no le resultará difícil comprender por qué se le pasó. Cuando Barlow acudió allí, el lugar ya se habría enfriado.

Me encogí de hombros.

–Entonces supongo que tiene usted razón. De todas formas, él debería haberse alegrado de que yo le ayudara. ¿Qué hay de la información que necesito? ¿Puede conseguírmela?

–Sí, quebrantando algunas normas. Aunque no será hoy. –Reflexionó, con la mirada perdida, y añadió–: Espere hasta mañana, sobre esta hora.

–De acuerdo. –Le tendí la mano–. Gracias. –Y nos dimos un apretón.

Salí del edificio con la sensación de que quizá lograría aclarar aquel sucio asunto. No estaba demasiado segura de que las compañías aseguradoras accedieran fácilmente a facilitar información de sus archivos, pero pronunciar la palabra «fraude» en los lugares adecuados a menudo obra milagros.

Antes de llegar a casa efectué algunas compras personales y adquirí también una lata de salmón, diciéndome que lo hacía por la amistad que me unía a Dora, no porque su maldito gato atigrado me hubiese camelado.

Entré en el piso un poco después de las cuatro, y deposité la lata de salmón de *Óscar* sobre la mesa de la cocina y dejé lo demás –medias, compresas y una blusa de seda blanca– en el dormitorio, junto con la ropa que había llevado puesta. Vestida con unas mallas negras y una camiseta de Greenpeace, me lavé el pelo y, cuando me disponía a secármelo, sonó el timbre de la calle. Me envolví la cabeza en una toalla, preguntándome quién sería. Eché un vistazo por la ventana del dormitorio y vi una camioneta blanca con media docena de narcisos y la palabra «florista» pintadas en el lateral.

Qué bonito; alguien me manda un ramo. Quizá Nicholls trataba de reconciliarse conmigo. Tales gestos eran poco corrientes, pero no inauditos. Bajé por las escaleras alegremente y abrí la puerta. Una mujer con un delantal azul sostenía un elegante arreglo floral compuesto de claveles rosas y blancos y lirios azules.

—¿Es para mí? –pregunté.

—Para una tal señorita Leah Hunter.

—Sí, es para mí. –Cogí las flores y busqué una tarjeta. No encontré ninguna. La mujer ya se hallaba en la acera–. Eh, no hay tarjeta.

—Estará en alguna parte, aunque no lleva nombre. Yo la vi. Tal vez sea tímido.

¿Nicholls tímido? Llevé el cesto al ático y lo coloqué en la mesa baja, junto a la ventana de la sala de estar. Después de hurgar un poco encontré una tarjeta húmeda oculta entre el cesto y la espuma. Al abrir el sobre, descubrí que la mujer tenía razón; no había nombre, sólo una cruz gruesa en medio de una tarjeta de cartulina blanca. Qué sentimental. Cuando llamara –si acaso llamaba– le daría las gracias amablemente.

Terminé de secarme el pelo. ¡El símbolo de un beso, por el amor de Dios! ¿Qué clase de disculpa era ésa?

Cambié la ropa de la cama y, tras meter las sábanas sucias en la lavadora, descolgué el auricular del teléfono para comprobar que funcionaba. Entonces eché otro vistazo a la tarjeta; ninguna palabra había aparecido por arte de magia. Hurgué en el oasis de espuma verde y, al percibir que no estaba húmedo, llevé la cesta a la cocina y eché agua entre las flores. Por último la coloqué de nuevo en la mesa baja y apoyé la tarjeta contra un estante, pensando que, después de todo, resultaba romántico.

Debí haber recordado que es más sensato confiar en las primeras impresiones.

26

Nicholls no telefoneó. Bien, si ése era su juego, yo no pondría ninguna objeción. Maldita sea, si ni siquiera se había dignado escribir su nombre en la estúpida tarjeta. ¿Cómo podía saber yo quién me había enviado las flores? Imaginé a Nicholls sentado, esperando que yo le telefoneara para darle las gracias; entonces él fingiría que no sabía de qué le hablaba.

Tras preparar unas tostadas y calentar unas judías, apoyé el diario de Billy contra la cafetera para leerlo mientras comía. Parecía que había sentido verdadera admiración por Dan Bush. Había escrito una y otra vez: «Dan me enseñó esto…» «Dan me enseñó aquello…» Me arrepentí de no haber prestado más atención al tipo; tal vez habría conseguido enterarme de algo más. Billy también aludía a otros miembros del cuerpo, aunque era a Dan a quien más espacio dedicaba. Su actitud hacia Redding había sido diferente. Éste era el jefe del clan, la arquetípica figura paterna a quien se debía obediencia y respeto, y el rapapolvo que le había echado por aparecer en los incendios había causado verdadera conmoción al muchacho. Éste parecía haberlo recordado palabra por palabra, como si el discurso de Redding le hubiese afectado profundamente. Después de haber transcrito toda la conversación, Billy había añadido: «Pregunté a Dan si él sabía quién me había estado telefoneando. Respondió que no, de modo que yo debía estar equivocado.» Pasé más páginas.

Unas semanas más tarde había escrito: «He presenciado otro incendio. Supongo que no debería haberlo hecho, ¡pero quería ver los coches de bomberos, y ha sido genial!» Un par de semanas después, se había producido el incendio de Venta Rápida. Como siempre, Billy había anotado todos los detalles: número de camiones y hombres, hora en que estalló el fuego y cuándo se extinguió. ¡Incluso había contado las jodidas mangueras! Al final había agregado: «Pregunté a Dan qué era aquel olor, y él contestó: "Es un cuerpo humano que está asándose ahí dentro; eso es." Vomité. No se me había ocurrido que pudiera haber nadie en el interior. Pensé en contárselo a mamá, pero eso la preocuparía demasiado. No sé qué hacer.»

Poco más contenía el diario; refería una visita más al parque de bomberos, relatada sin ningún detalle ni entusiasmo, y después sólo páginas en blanco. Me serví otra taza de café y cavilé sobre ello. Si lo hubiese leído desde el punto de vista de Nicholls, ¿lo habría declarado culpable o inocente? El café estaba casi frío. Me apresuré a apurarlo y amontoné los cacharros. Lo que Billy había escrito sustentaba ambas hipótesis, y si sólo contaba con su diario para decidir si el muchacho había sido un pirómano o no, no sabía hacia qué lado decantarme. Dispuesta a olvidar por un rato todo el asunto, me puse un chándal, cogí la bolsa de deporte y salí para hacer las paces con Jack.

El centro de artes marciales de la calle Pilkington comparte aparcamiento con el pub de al lado, un arreglo con que este último obtiene los mayores beneficios. No hay nada como una hora de esfuerzo físico para acabar sediento. Tras dejar mi coche, me encaminé hacia la puerta trasera del local de Jack. Desde hace cinco años me enseña kárate, y me considero realmente afortunada de contarlo entre mis mejores amigos. Si yo tuviese un problema grave no dudaría en ayudarme.

Me dirigí al vestuario de señoras para ponerme el

lindo traje blanco y, tras ceñirme bien el cinturón, me encaminé hacia la oficina de Jack. Me senté con las piernas cruzadas en el suelo ante el cristal que permitía ver la sala de entrenamiento. Me deleitaría un rato devorando con la mirada a un montón de tipos musculosos que evolucionaban ante lo que creían un espejo.

La docena de hombres casi novatos que ejecutaban sus pasos en la sala de entrenamiento demostraba más entusiasmo que habilidad, ¡lo que no restaba diversión al espectáculo! Los contemplé con una sonrisa en los labios durante unos diez minutos, hasta que Jack dio por concluida la clase; entonces me levanté y puse a calentar la tetera. Maldita sea… ¿dónde habría guardado Jack su Lapsang Souchong? Busqué por todas partes la caja de hojalata negra, sin ningún resultado. Sin Lapsang, Jack era como Kojak sin chupa-chup. Jack empujó la puerta.

—Hola —saludé—. No encuentro el té.

—Las cosas cambian, querida —dijo él, cogiendo un tarro de Nescafé.

—¿No hay Lapsang? —pregunté con tristeza.

Desenroscó la tapa y alcanzó la tetera.

—Lo que no hay es caja de hojalata, cariño; eso falta. La gente ya no es tan honrada; me la han birlado.

—Por todos los santos, ¿por qué iba alguien a querer robar una caja para el té?

—¿Por qué iba alguien a querer llevarse una caja con dinero? Quizá porque las dos eran negras.

—Vaya. ¿Sabes quién lo hizo?

—Tengo una ligera idea.

Mientras observaba cómo preparaba el té, me pregunté cuánto le habrían sustraído.

—Supongo que informaste a la policía.

—¿Por qué había de hacerlo, cariño? Las prisiones ya están bastante llenas. No te preocupes, estoy investigando el asunto. El culpable lo devolverá cuando lo considere oportuno. —Apoyó el trasero sobre la mesa y me miró con atención–. Empezaba a creer que lo habías dejado para siempre.

–Oh, vamos, Jack, sabes que eso es imposible. ¿No te advertí que volvería cuando estuviese preparada?

–¿Y ahora lo estás?

Me encogí de hombros.

–¿Quién sabe? Quizá unas caídas en la colchoneta me desanimen.

–¿A qué te dedicas ahora? ¿Persigues maleantes otra vez?

–No. –Lo miré con los ojos entornados–. ¿Ya está listo ese té? –Me serví un poco y lo probé; estaba bueno. Avancé con la taza hacia el cristal.

–Bien, al fin y al cabo son tus asuntos.

–Mira, estoy intentando no meterme otra vez en esa clase de líos.

–El té está demasiado caliente. ¿Quieres que practiquemos algunas llaves?

Dejé la taza para dirigirme dócilmente a la sala de entrenamiento, que me parecía mayor de lo que yo recordaba. Jack silbó hipnóticamente, y empezaron a sudarme las manos. Las froté con disimulo para secarlas. Quizá no estaba preparada para aquello, quizá no lo estaría nunca. Mi corazón se aceleró. Respirando profundamente, inicié el calentamiento.

–¿Quieres ayuda con los estiramientos?

–Estoy bien –respondí con brusquedad, interrumpiendo los ejercicios–. ¿Por qué no empezamos ya? El té se enfriará.

–De acuerdo. –Empezó a saltar de puntillas–. Entonces, vamos allá. Te trataré con suavidad y delicadeza, como si fueras virgen. –Su voz se burlaba de mí, como siempre, pero su rostro permanecía alerta, imperturbable.

Tal vez en una vida anterior Jack había sido un lama de un monasterio tibetano. De hecho, tiene los rasgos adecuados; pómulos altos, ojos redondos, rostro más bien cuadrado... y una habilidad especial para solucionar los problemas. Por supuesto, esto último puede deberse en gran parte al hecho de que nadie ignora que, si le aprietan demasiado, él podría destrozar a cualquiera.

Me dedicó una pequeña reverencia.

Pisé la colchoneta, intercambié saludos y esperé a que él realizara el primer movimiento. Cuando por fin lo hizo, me pilló desprevenida y fracasé estrepitosamente a la hora de contrarrestar su rapidez. Me derribó, y quedé allí tendida, jadeando. ¡Mierda! Si el ataque hubiese sido de veras, yo habría tenido serios problemas. Me puse en pie de nuevo y sentí que las piernas me temblaban; mis rodillas estaban tan débiles como las de una marioneta con los hilos mal tensados. Nos miramos de nuevo, y tras el saludo de rigor, me apresuré a saltar sobre la cadera derecha de Jack. Esta vez, al aterrizar en el suelo, un sudor invadió todo mi cuerpo, y empezaron a castañetearme los dientes.

—¡Mierda! —masculló.

Jack se acuclilló.

—Considérate afortunada por no haber estado frente a un asaltante peligroso —dijo, lo que no me animó demasiado—. Tu problema es que te niegas a aceptar las cosas como son; cualquiera pensaría que crees ser la única persona en el mundo que siente miedo. —Poniéndose en pie, me ayudó a levantarme. Yo me dejé caer de nuevo.

—Mira, Jack, me apetece estar un rato sentada, de manera que déjame en paz, ¿quieres?

—No; no quiero. —Me puso de nuevo en pie de un tirón—. Primero bebe tu Lapsang como una buena chica. Después volveremos aquí y lo intentaremos de nuevo, cuando estés lo suficientemente relajada y concentrada. Será emocionante, ¿verdad? Y con un poco de suerte, no se lo diré a mi mujer. ¿De acuerdo?

—De acuerdo.

Cuando regresé a la oficina, las piernas me flaqueaban y los dientes me rechinaban. Entrelacé las manos para reprimir los temblores. ¡Estupendo! Pasaría el resto de mi vida como una margarita marchita. Había derribado a Eddie de pura chiripa. Entonces no había tenido tiempo de pensar qué estaba haciendo y, si lo hubiera pensado, quizá habría dado media vuelta y puesto pies en polvorosa. Proferí en silencio todas las palabras malsonantes que se me ocurrieron, lo que no me sirvió de gran ayuda. Enojada conmigo misma, me dejé caer pesadamente en una silla. ¿Qué demonios me ocurría? Cogí la taza y la vacié de un trago. Jack me la llenó de nuevo.

—Supongo que no te habrás molestado en perder el tiempo con alguien que te aconseje.

—¿Para qué necesito que me aconsejen?

—No me digas que no has oído hablar del síndrome de *shock* postraumático.

—¡Sí! —espeté—. He oído hablar de él.

Nicholls no había dejado de hablar del tema después de que yo saliera del hospital. Como le había dicho a él entonces, lo último que necesitaba era revivir lo que me había sucedido. Con una vez me bastaba.

—Supongo que habrás pensado que sólo sería necesario si te volvías majara o algo así —dijo Jack.

—¡Sí! ¡Exacto! Mira, Jack, sé cuidar de mí misma, de modo que déjalo ya.

—No puedo, cariño; no, mientras seamos amigos.

Agucé el oído. El vestuario de las señoras estaba en absoluto silencio. A esa hora, mis compañeras deberían estar llegando a menos que…

—Es inútil que esperes al resto de las chicas; esta noche estás tú sola. Han ido a una exhibición. ¿No lo sabías, verdad?

—No —contesté deprimida.

—Bien, pues ya que ambos sabemos cuál es el problema y disponemos de tiempo, creo que deberías plantear- te descargar toda esa angustia sobre mis anchos y viriles hombros. Después regresaremos a la colchoneta para que puedas darme una paliza.

Sonreí, sintiéndome un poco mejor.

—Jack, querido, jamás he podido darte una paliza.

—Siempre hay una primera vez, chata, siempre la hay.

Se situó detrás de mí, y sus pulgares comenzaron a aliviar la tensión que me atenazaba la base del cuello. Cerré los ojos, centrándome en el miedo y la culpabili- dad que se habían instalado en mi interior y esperaban ser arrastrados hasta la superficie. Yo me resistía a que afloraran, deseaba borrar todo como había hecho duran- te los últimos seis meses. Abrí los ojos de golpe y miré fijamente a la pared, considerando la posibilidad de decir a Jack que se metiera en sus malditos asuntos. ¿Y luego qué? ¿Quería realmente que los desagradables recuerdos me envenenaran el resto de la vida? Incliné la cabeza y miré a Jack de reojo.

Él me devolvió una mirada inescrutable.

¡Qué diablos! Ya había terminado… formaba parte del pasado… y no podía cambiarlo. Yo no había elegi- do el juego ni inventado las reglas, y casi había perdido la vida; matar o morir. Respiré larga y profundamente, y por primera vez desde que había sucedido dejé esca- par el sentimiento de culpabilidad por haber sido yo quien saliera con vida, y me sentí como si finalmente me hubiesen abierto un tumor que debía haber sido extraí- do mucho tiempo atrás.

Desde mi infancia y hasta bien entrada la adolescen- cia, la abuela había sido la persona a quien confiaba mis secretos; ella había sido mi sabia consejera. Cuando murió, decidí que a partir de entonces sólo confiaría en mí misma. Por ello había olvidado lo catártico que pue- de resultar compartir las malas experiencias con otra persona. En ese momento, en la oficina de Jack, comprendí por qué me resistía a sincerarme con Nicholls; si me abría tanto a él, pondría nuestra relación en un nivel completamente diferente, y no estaba preparada para ello. Me gustaba nuestra relación tal y como estaba, fácil y sin complicaciones.

Jack preparó otro té, y después, colmada de tanta infusión, tuve que ir a hacer pis antes de volver a las colchonetas para que mi amigo terminara de mostrarme cuánto me había entumecido la inactividad. Esa vez no temblé, lo que juzgué una buena señal. Cuando hubimos concluido los ejercicios, le ayudé a recoger, satisfecha por haber conseguido algo de concentración y coordinación. Me salté la ducha y conduje de vuelta a casa de Dora para atender las necesidades de *Óscar* y jugar con él durante un rato antes de dirigirme a mi pequeño nido para tomar un largo baño caliente. Alrededor de las diez y media tosté un par de rebanadas de pan que unté con tomate, encendí la estufa y cené en el sofá mientras hojeaba los libros de Billy. Me asombra cuántos conocimientos pueden adquirirse de esa forma. ¿Que quieres fabricar una bomba o te apetece jugar al terrorista urbano? Visita la biblioteca de tu localidad.

Una ojeada al delgado volumen sobre investigación de incendios me permitió aprender lo suficiente para ofrecer mis servicios como incendiaria independiente. Era estúpido afirmar que Billy no había podido conocer métodos sofisticados; la lectura de ese libro le habría enseñado lo suficiente. Sin embargo, no le habría indicado dónde conseguir productos químicos, mechas, temporizadores y otros artefactos necesarios.

Hice una pausa en ese punto para buscar una lata de cerveza y luego empecé con el segundo libro. Aunque no ofrecía tantos consejos prácticos como el anterior, desde mi punto de vista resultaba mucho más interesante, en especial el capítulo dedicado a un grupo de incendiarios conocidos como «la banda de Leopold Harris».

Tras leerlo un par de veces, me tumbé cómodamente para reflexionar sobre ello.

La abuela solía afirmar que las ideas nuevas no existen; son sólo viejas ideas un poco cambiadas. Pues bien, los incendios de Bramfield encajaban perfectamente con esa teoría.

Mucha gente cree que los peritos de incendios y los tasadores de pérdidas pertenecen al mismo grupo. Se equivocan. Los peritos reclaman indemnizaciones a las compañías de seguros en nombre de los clientes cuyos locales se han incendiado, mientras que los tasadores de pérdidas son contratados por las aseguradoras para que les asesoren e investiguen esas reclamaciones de modo independiente.

No siempre había sido así. A finales de los años veinte, Leopold Harris y su banda empezaron a enriquecerse por medio de los incendios, y no les fue nada mal hasta que los atraparon. Se trataba de un fraude muy limpio. Leopold, un perito de incendios, adquirió la costumbre de aparecer rápidamente en escena después de que un local comercial se incendiara para ofrecer al propietario la posibilidad de obtener la mayor indemnización posible de la compañía de seguros a cambio de un porcentaje para él. Con tales tácticas organizó un negocio grande y muy rentable, y su papel de asesor se mantuvo siempre en el plano estrictamente legal.

La ilegalidad residía en el modo en que sus actividades se extendieron al negocio de provocar siniestros, compinchándose con un jefe de bomberos y un incendiario para crear una nueva línea de fraude comercial. ¡Era tan jodidamente simple! Primero olfateaba una empresa con problemas de liquidez para luego aconsejar a los propietarios que los solucionaran con una buena y sustanciosa póliza contra incendios. No mucho después de concretar los términos, la mercancía valiosa se trasladaba en secreto y se reemplazaba con material sin ningún valor. Al poco, el local se convertía en cenizas. Entonces se presentaba Harris, más audaz que nadie, dispuesto a peritar e inflar las pérdidas causadas por el incendio en nombre del propietario, con lo cual se llevaba una buena tajada cuando la compañía de seguros pagaba. Incluso después de entregar sus honorarios al jefe de bomberos que había falsificado el informe y al incendiario que había originado el fuego, se las arreglaba para que le quedara una bonita cantidad.

Por supuesto en la actualidad ese sistema no funcionaría. En primer lugar, porque las compañías de seguros contratan tasadores de pérdidas independientes para que comprueben que las demandas no han sido infladas por el cliente o su asesor. Y los jefes de bomberos ya no determinan la causa del incendio; tarea de la que se encargan investigadores cualificados. Si Leopold pretendiese actuar en nuestros días, encontraría la vida mucho más difícil.

Dejando el libro, me recosté en el sofá y me dediqué a recomponer la historia a mi manera. Colin Stanton representaba el papel de Leopold. Añadí un incendiario todavía desconocido y un par de tipos contratados para realizar el trabajo práctico cuando Gavin metió la pata, y… ¿quién más? ¿Debería haber también un investigador de incendios? ¿Alguien como Barlow o su compañero, quizá? ¿O tal vez alguien tan experimentado como Redding, que aparecería después de un incendio para manipular las pruebas si era necesario? Ninguno de ellos me parecía capaz de involucrarse en asuntos sucios, pero ya me había equivocado una vez con tipos en apariencia honestos. Tales lecciones se aprenden con dolor, y no conviene olvidarlas.

La sala estaba tan caldeada que producía somnolencia. Parpadeé un par de veces y no reprimí el deseo de frotarme los ojos. Cuando empezaron los bostezos, consulté el reloj; las dos de la madrugada. ¿Cómo podía ser tan tarde? Apagué la estufa, cogí la lata vacía y, cuando me dirigía a la cocina, vi que las flores comenzaban a marchitarse, sin duda a causa del calor. La habitación se había calentado demasiado; una mancha negra en mi esmerado expediente de comportamiento ecológico. Arrojé la lata a la basura, desenchufé la cafetera eléctrica, y cuando me disponía a echar el cerrojo de la puerta de entrada, oí una serie extraña de sonidos. Un silbido, un chasquido y por último el estampido de un petardo. Me giré rápidamente y corrí hacia la sala de estar.

Quizá Nicholls no había enviado las flores, después de todo. El arreglo floral ardía, y las cortinas ya eran presa de las llamas. Minúsculas hogueras ardían sobre la moqueta. Me apresuré a coger la alfombra, la lancé sobre las llamas, y la pisoteé. Mientras tanto, el fuego principal creció y se abrió paso a través de la mesa.

Arrastré la alfombra hasta el baño, abrí los grifos de la bañera y la empapé bien antes de arrastrarla de nuevo hasta la sala de estar. El humo llenaba la habitación. Sostuve la alfombra con los brazos extendidos delante de mí y la dejé sobre el lugar que ardía. Se produjo un chisporroteo. La humareda escapaba por los bordes de la alfombra, la pared estaba chamuscada y cubierta de hollín, las cortinas quemadas hasta el techo, y el marco de madera de la ventana, renegrido; habían caído pequeños pedazos de cortina en llamas que abrían más agujeros en la moqueta. Llené un cubo de agua y lo vertí sobre la alfombra, lo colmé por segunda vez y esperé hasta que el humo dejó de salir. Entonces lo deposité en el suelo y traté de recordar si estaba al corriente en el pago de la póliza de seguro contra incendios.

Con un ataque de tos, abrí la ventana y me asomé al exterior para aspirar aire limpio. Permanecí allí, tosiendo, hasta que la crisis remitió poco a poco y pude llegar hasta el cuarto de baño para refrescarme la cara con agua fría. Decidí telefonear a Nicholls.

La línea estaba cortada.

Me desplomé en el suelo del salón, apoyándome contra la pared, y acuné el auricular.

Si me hubiese acostado a la hora de siempre, estaría muerta.

Esa clase de revelaciones interiores resultan muy dolorosas.

27

Cuando me harté de preguntarme por qué el teléfono no funcionaba, cogí la llave que Marcie me había dejado y bajé a su casa. Fue una pérdida de tiempo, pues su teléfono tampoco funcionaba. Cerré con llave y regresé a mi piso.

Desconfío mucho de las coincidencias como ésa.

El penetrante olor a humo y hollín flotaba por todo mi apartamento. Contemplé el desorden y supe que no podría limpiarlo todo en esos momentos. ¿Limpiarlo? En absoluto; se quedaría tal y como estaba hasta que pudiera restregárselo a Nicholls por las narices.

Metí ropa interior y unas prendas cómodas en una bolsa de viaje, añadí un camisón y me dirigí a casa de Dora.

A mitad de camino noté que estaba mojada y, después de abrir la puerta y encender las luces, advertí que estaba también helada. *Óscar* me recibió enredándose entre mis piernas, complacido de tener un poco de compañía. De pronto percibió el olor a humo y retrocedió, agitando la cola y tosiendo. Yo sabía exactamente cómo se sentía; el humo me había causado un efecto muy parecido.

Subí al cuarto de baño y tomé una ducha rápida, me lavé el pelo y lo sequé vigorosamente con la toalla para suplir la falta de secador. El gato se instaló por allí para observarme. Supongo que cuando me puse el camisón mi cuerpo debía desprender un olor más agradable, porque *Óscar* me siguió hasta la cocina y me dedicó unos arrumacos.

Vertí leche en su plato y calenté un poco para mí antes de descolgar el auricular del teléfono y empezar a marcar el número de Nicholls. El reloj del salón dio las tres. Colgué. Era mejor dejarle descansar; el día siguiente no tardaría en llegar.

¿El día siguiente? ¡Ya era el día siguiente! Bebí la leche caliente y me acosté. He de reconocer que el fuego me aterroriza. Me espanta la idea de asarme lentamente sin ser capaz de hacer nada por evitarlo. Tal vez por eso soñé que mi cuerpo se convertía en humo.

Dormí casi cinco horas y me desperté de repente sin saber dónde estaba. Al incorporarme interrumpí el descanso de *Óscar*, que me clavó las uñas a través de la sábana, obligándome a levantar de inmediato. Había olvidado que acostumbraba deslizarse debajo de la colcha.

Tras asearme y vestirme, bajé al salón. Nicholls respondió a la tercera llamada. ¡Era tan agradable oír su voz! Le dije que, si tenía un poco de tiempo libre, quizá le gustaría acompañarme a mi apartamento desde casa de Dora. Tras cavilar unos instantes, preguntó con cautela:

–¿Por qué?

–Porque mi apartamento casi se quemó anoche, por eso, maldita sea, y tú no estabas allí para ayudarme –reproché malhumorada–. Mira lo que ocurre cuando te enfadas conmigo.

–No estaba enfadado, sino ocupado.

–Muy bien, pues ahora lo estarás aún más; ya puedes venir a investigar un precioso caso de incendio intencionado, y te aseguro que Billy no lo hizo. –Pronuncié esa última frase muy lenta y cuidadosamente para que la entendiera bien.

Nicholls colgó.

Hice una mueca ante el teléfono y me dispuse a preparar unas tostadas. Estaba comiéndolas cuando él llegó. A veces conduce demasiado deprisa. Le indiqué con toda amabilidad que si seguía así le pondrían una multa; tampoco esta vez agradeció mi preocupación. Recorrimos en su coche los doscientos metros que separaban la casa de Dora de la mía.

Sospecho que hasta que abrí la puerta, Nicholls creía que me había inventado todo. Al ver el destrozo, renegó compungido, lo que me produjo mucha satisfacción.

Levantó la alfombra y echó un vistazo debajo. Estaba casi totalmente quemada.

—Me gustaba esta alfombra —se lamentó.

Sé a qué se refería; también a mí me traía recuerdos agradables. Se centró en pensamientos menos placenteros y exigió saber qué había hecho yo.

—¿Hacer? —exclamé—. Yo no he hecho nada, excepto cometer el error de creer que tú me habías enviado flores para hacer las paces. Ahora sé que las mandó otra persona.

—¿Por qué pensaste que eran mías? —preguntó.

—No lo sé. Supongo que porque siempre te considero más amable de lo que eres.

Suspiró.

—¿Quién las trajo?

—Una mujer que conducía una camioneta blanca de una floristería.

—¿Qué se leía en la tarjeta?

Me encogí de hombros.

—Nada. Lo único que tenía era un beso de Judas. Pensé que quizá no habías escrito tu nombre porque no te gusta gastar tinta.

—Gracias.

—De nada —respondí.

Se acercó al teléfono y descolgó el auricular.

—Está desconectado —informó.

–No, oficialmente no lo está.

Nicholls lanzó otro suspiro, entró en el dormitorio y se asomó por la ventana. Me apoyé contra el marco de la puerta y supe qué había encontrado. Volviéndose, se sacudió el polvo de las manos y anunció:

–Lo han cortado.

¡Menuda sorpresa! Asentí.

–Supongo que no querían que llamara a los bomberos. ¿Te das cuenta de que si anoche me hubiese acostado a la hora de siempre me habría churruscado como una patata?

La idea pareció desagradarle, me alegré por ello.

–Usaré el teléfono del coche –dijo.

–De acuerdo. ¿Quieres ver la tarjeta que acompañaba a las flores? –Regresé a la sala de estar y me dirigí a las estanterías.

–¡No la toques! –exclamó Nicholls, apartándome a un lado.

Observé cómo metía cuidadosamente la tarjeta en una bolsita de plástico.

–No entiendo por qué actúas así –le regañé–. He estado manoseándola desde que la recibí. Si quieres el sobre, está en la papelera. –Sacó otra bolsita de plástico y repitió el proceso. Me pregunté cuántas llevaría encima–. Supongo que será mejor que empiece a poner orden –dije, mirando alrededor sin ningún entusiasmo.

–Adelante –animó Nicholls con sarcasmo–, destruye las pruebas. ¿Desde cuándo has adquirido esos hábitos de ama de casa?

–Desde nunca –repliqué bruscamente–. ¡Pero tengo que vivir en este maldito lugar! ¡Oh, mierda! Necesito una moqueta nueva, la mesa está toda quemada, las cortinas han desaparecido… ¿Sabes qué? Lo que más me jode es que apuesto a que la compañía de seguros enviará a alguien para comprobar que no lo provoqué yo misma.

–No necesariamente. Sin duda creerán en tu palabra; la cantidad reclamada no será lo bastante grande para preocuparles. ¿Por qué no preparas un poco de café mientras yo bajo para telefonear?

¡Café! Estoy segura de que en medio de una revolución, sólo pensaría en su estómago.

Me agaché para examinar los trozos quemados de la moqueta. Quizá pudiera encontrar a alguien lo bastante mañoso para repararla. O tal vez debería comprar una nueva. Al fin y al cabo, no era mía. Yo sólo la había heredado al mudarme al apartamento y no me había tomado la molestia de cambiarla. Eché un vistazo a la parte inferior de la mesa, y cayó un pedazo de madera carbonizada. Desanimada, me fui a preparar el café.

Cuando Nicholls regresó, yo había abierto todas las ventanas, y gran parte del hedor a humo había desaparecido. Lo primero que hizo él fue cerrarlas todas.

–Gracias. ¿Por qué lo has hecho? –inquirí.

–¿Estaban cerradas cuando se inició el fuego?

–Claro que sí.

–Cuando lleguen los expertos, querrán encontrar el lugar exactamente como estaba anoche.

–Esta madrugada –corregí.

–¿Cómo?

–Esta madrugada, exactamente a las dos.

Dejando escapar un suspiro, contempló el café y comenzó a registrar la cocina en busca de pan.

–Aún no me has preguntado si sé quién lo hizo –apunté cuando lo puso en la tostadora. Vi cómo erguía la espalda. Se giró para mirarme–. Tengo una teoría –añadí–, si deseas escucharla. De hecho, si no hubieses estado tan enfurruñado conmigo, te la habría expuesto antes.

–No estaba enfadado –vociferó.

–Entonces, ¿por qué gritas?

–No grito.

Me encogí de hombros.

—Muy bien, no gritas. Sospecho que Drury envió las flores. Por supuesto, debió de necesitar ayuda para fabricar la bomba incendiaria. En cualquier caso, presumo que la idea partió de él.

—¡Drury!

—¿Qué ocurre?

Nicholls sacó la tostada, la dejó caer en un plato y la untó con manteca de cacahuete.

—¿Te importaría explicarme por qué sospechas de Drury? —masculló.

—¿Te importaría explicarme por qué tú no sospechas de él? —repliqué.

—¿He dicho yo eso?

—No hace falta. ¿Qué te parecieron Julie y Eddie? Me he enterado de que los visitaste.

—No me contaron nada útil.

—¿Ah, no? ¿Y qué hay de Gavin? ¿Algo nuevo?

—Leah, está investigándose todo, y en todo caso no es asunto tuyo. ¿Vas a hablarme de Drury o no?

—¿Todavía crees que Billy provocó los incendios?

Guardó silencio durante un rato. Yo esperé pacientemente.

—Está investigándose —afirmó—. No me pidas más porque no conseguirás nada.

—Entonces investigad a Drury.

—Dame una razón.

Suspiré.

—Él me amenazó. ¿Qué te parece? Coincidí con él en un restaurante y aseguró que yo lo acosaba.

—¿Lo hacías?

—¿Acosarle? Sí. ¿Y eso qué importa?

Se oyeron ruidosos pasos en las escaleras. Nicholls avanzó hasta la puerta y enseguida regresó.

—Pensaba pasarme por su casa para mantener una charla con él. Ahora tengo un motivo mejor. ¿Satisfecha?

–No del todo –contesté sonriendo–, pero no está mal para empezar.

28

Mientras Nicholls atendía a sus colegas, me encaminé hacia la casa de Dora para efectuar un par de llamadas. La empleada de la compañía telefónica me trató como si las líneas cortadas fuesen el pan de cada día y prometió que la repararían lo antes posible. La compañía de seguros se mostró menos complaciente. La desconfianza rezumó a través de la línea telefónica.

No daba crédito a mis oídos.

Incendias una fábrica, reclamas unos cientos de miles y, ¡ningún problema! Pero les cuentas que una cesta de flores casi reduce tu casa a cenizas y al instante te conceden el título de estafador del año. Expuse el caso con gran educación y sugerí que enviaran a alguien para comprobar los daños. Me informaron de que sólo actuaban así después de que se hubiese cumplimentado una petición de pago. Anuncié al señor Sabelotodo que pasaría a recoger un impreso y que quizá mientras tanto compraría unas cortinas nuevas. Me animó a hacerlo. Entonces pensé que no estaban conformes con pagarlas. Colgué bruscamente.

Cuando regresaba a casa, me crucé con la camioneta de la policía. Bien, eso significaba que sólo quedaba Nicholls y el desorden. Subí por las escaleras para descubrir que se habían llevado gran parte de los restos; la alfombra, la mesa, lo que quedaba de las cortinas y un trozo bastante grande de moqueta que habían cortado. Contemplé el agujero. ¡Qué estúpida había sido al preocuparme por unas pequeñas quemaduras cuando había una solución tan obvia que saltaba a la vista!

Nicholls habló como si se sintiera incómodo.

–Lo hicieron cuando yo no miraba.

Cogí su chaqueta de la silla donde la había dejado y la extendí delicadamente sobre el agujero. Entonces procedí a abrir todas las ventanas. Él me miró agraviado antes de ponerse la chaqueta. Cuando me situé detrás de él, giró sobre sus talones, a la defensiva.

—Eh, tranquilo. Si la quisiera, la conseguiría. ¿Desde cuándo me ha costado quitarte la ropa?

Tras parpadear un par de veces, Nicholls se dirigió hacia la puerta.

—Si descubro algo concluyente sobre Drury, te lo haré saber —prometió.

Saqué la aspiradora del armario del recibidor.

—¿Puedo limpiar ya? —inquirí.

—Sería mejor esperar a que vengan los del seguro.

Proferí un par de maldiciones que unos momentos antes había reprimido. Nicholls se sorprendió.

—Oye, ya he hablado con ellos —expliqué—. Creo que nos darán las uvas antes de que vengan. —Me adelanté y abrí la puerta—. Y no te tragues los cuentos chinos de Drury —advertí.

Arrastré la aspiradora hasta el salón y, tras echar un vistazo alrededor, abandoné la idea. ¿De qué serviría? Las paredes y el techo estaban renegridos, la ventana chamuscada y desconchada. ¿De qué serviría pasar la aspiradora por el suelo?

Caminé hasta el centro de la ciudad para recoger el impreso del seguro, que rellené en el acto. Después pedí ver al director de reclamaciones, quien renovó su interés por solucionar el asunto con la máxima urgencia cuando le entregué la tarjeta con la palabra «Hacienda» claramente impresa. Apunté en ella el número de teléfono de mi casa y le expliqué que me tomaría unos días libres en el trabajo para arreglar las cosas.

Por supuesto, no mencioné que me habían suspendido. No juzgué oportuno hacer trabajar su cerebro más de lo necesario.

Crucé la calle hasta un pub, donde tomé un buen almuerzo bañado con un par de cervezas y luego fui a ver escaparates. Cuando regresé a casa a media tarde, ya me habían reparado el teléfono, que empezó a sonar en cuanto alcancé el último escalón.

Era Bethany, que llamaba otra vez para preguntar cómo estaban las cosas.

—Resulta divertido que me lo preguntes. Las cosas están al rojo vivo —contesté, y le conté lo del incendio en el apartamento.

—Parece que realmente te has creado un enemigo —observó—. ¿Alguna idea?

—Muchas. Drury encabeza la lista de sospechosos. Apuesto a que sabe que estoy a punto de demostrar que no ha jugado limpio.

—Parece que has estado muy ocupada.

—Desde luego. Oye, Bethany… —me interrumpí. Si yo la interrogaba acerca de Stanton, ¿su sentido de la lealtad la obligaría a repetir mis palabras a su jefe? Decidí arriesgarme—. No te preguntaría esto si no necesitara saberlo; ¿cuánto tiempo lleva Stanton trabajando en Bramfield?

—No es ningún secreto —respondió—. Lleva en Asociados Saxby unos dos años. ¿Por qué?

—Simple curiosidad.

—Y supongo que no me explicarás a qué se debe esa curiosidad. ¿Has vuelto a hablar con Drury?

—No. ¿Y tú?

—No he tenido la necesidad de hacerlo.

—Será mejor que a partir de ahora dejemos todo en manos de la policía.

—Se equivocó al presentar esa denuncia contra ti —replicó tras una pausa—. Seguramente en estos momentos ya habrías dejado correr el asunto si él no te hubiese acusado.

—Seguramente. De todas formas, gracias a eso he

descubierto que Drury comete estupideces cuando está asustado. Si espero el tiempo suficiente, es muy probable que cometa otra tontería.

–Debo colgar –dijo–. Stanton está mirándome.

–Gracias por tu ayuda.

En cuanto colgué el auricular pensé que debería haberle preguntado dónde había estado Stanton antes de llegar a Bramfield.

Bajé al sótano para buscar la escalera de mano. Hay cosas que incluso una persona desordenada y sucia como yo no puede soportar. Limpié el hollín y la mugre de la ventana, arrancando la mitad de la pintura. ¡Estupendo! Podría decorarlo todo de nuevo.

O quizá mi compañía de seguros pagaría los servicios de algún pintor guapetón. La idea resultaba atractiva. Saqué la escalera al rellano, tomé un baño largo, calenté una sopa y me preparé un bocadillo de queso. Luego descansé en el sofá durante un rato. A las siete bajé la escalera al sótano y me fui a entrenar al gimnasio, felicitándome por mi buena conducta.

Compré un trozo de bacalao para *Óscar,* que al verlo bailoteó alrededor de mí encantado, como si realmente pudiera llegar a gustarle su nueva dieta. Me sentí culpable. Si el maldito gato hablara, yo tendría serios problemas con Dora. A las diez y media me encaminé hacia mi casa. Encontré a Nicholls medio dormido en su coche. Al apearse, bostezó y se desperezó un poco.

–¿Drury? –pregunté.

–Drury.

Le pedí que me lo contara.

–Primero un café; mi cerebro está adormecido. ¿Dónde has estado?

Agité la bolsa de deporte.

–En el gimnasio.

Entramos en el portal y subimos por las escaleras.

—Nunca sales tan tarde del gimnasio —observó con tono quejumbroso.

—¿Cómo lo sabes? Bien, pasé por casa de Dora para dar de comer al gato.

—¡Ah, claro! ¡El gato! Me había olvidado del pequeño y amistoso *Óscar*. ¿Cuándo regresa Dora?

Me encogí de hombros.

—Tal vez este fin de semana. ¿Por qué?

—Me parece que ésta es una época extraña para marcharse.

—¿Por qué? ¿Qué le ocurre al mes de abril?

Al llegar al último descansillo, Nicholls se volvió.

—Tengo entendido que Jason Duncombe tenía una novia.

—¿Te lo contó Eddie?

—Dijo que era una cualquiera.

—A mí también me lo dijo. Pero no lo era.

—¿No lo era o no lo es?

—¿Eh?

—Llevaste a Dora y una muchacha desconocida a la estación. Fry os vio. Las vio subir al tren que se dirigía a Scarborough. ¿Quieres decirme quién era la chica?

—Su sobrina nieta.

—¿De verdad?

—¿Te mentiría?

—Sí. Me gustaría hablar con ella.

—¿Con Dora?

—Con la chica.

—¿Para qué? No la conoces.

—La habría conocido si tú no la hubieras hecho desaparecer.

—¿A qué viene este repentino interés por la familia de Dora?

—No me interesa su familia, sino la muchacha que podría haber visto empezar el incendio de la calle Turpin.

—No lo vio, de modo que olvídalo.

—Olvídalo tú, Leah. Quiero que esa chica regrese a Bramfield para hablar con ella. Si yo considero que no aporta nada al caso, podrás cedérsela de nuevo a Dora. Es un trato justo.

—En primer lugar, es su sobrina nieta, y en segundo lugar, ni siquiera sé dónde están.

—¿Prefieres que ponga en alerta a la policía de Scarborough? No sería tan difícil encontrarlas.

Pasé delante de él para entrar en el apartamento.

—Haz lo que gustes. Ni siquiera sé si están en Scarborough.

Cerró de un portazo.

—¿Por qué tengo la sensación de que mientes?

—A mí no me lo preguntes. Supongo que tienes una mente retorcida. Olvídate de Dora y su familia y háblame de Drury. —Llené la cafetera y él se sentó a la mesa con el entrecejo fruncido. Insistí—: Te juro que desconozco el paradero de Dora. Ni siquiera sé cuándo regresará. ¿De acuerdo?

—No; no estoy de acuerdo. Yo me dedico a hacer indagaciones para ayudarte, y tú te apresuras a alejar a una testigo. ¿Cómo pretendes que esté de acuerdo?

Suspirando, me senté a su lado.

—Bien, te contaré la verdad. Sabía de la existencia de la novia de Jaz. Los localicé y hablé con ellos antes del incendio. Esperaba que Jaz me revelara algo nuevo acerca de Billy, pero los dos me dejaron plantada. Yo había facilitado a la chica mi dirección, y ella acudió a mí terriblemente asustada. Ignoraba quién había provocado el incendio. De hecho, ella no estuvo allí, pues Jaz le había ordenado que se alejara porque no quería que viera con quién hablaba. Cuando ella regresó, el lugar ya estaba ardiendo, y tuvo que andar un buen trecho hasta encontrar un teléfono que funcionara para avisar a los bomberos. Pasó el resto de la noche en mi sofá.

—¿Y no se te ocurrió explicármelo?

—Se marchó antes de que yo me levantara a la mañana siguiente.

—¿Volviste a verla?

—Sí. Salí en su busca. Cuando la encontré, la invité a una hamburguesa, y ella me habló de Gavin. Si lo recuerdas, te pasé esa pequeña información. —Tendí las manos—. No sé dónde está ahora. —Ésa era la verdad; Jude podía estar en cualquier lugar. Lo que no mencioné fue que, estuviese donde estuviese, Dora se hallaría con ella. Nicholls se mostró más calmado, y decidí aprovechar la circunstancia—. ¡Bien! Ahora que te he contado la verdad sobre la amiga de Jaz, ¿qué tal si me explicas algo sobre Drury?

—Estoy buscándolo.

—¿Buscándolo? ¿Por qué? Ya te dije dónde vive.

—Tal vez temió que volvieras a visitarle. Se ha llevado sus pertenencias del apartamento y se ha largado.

—¿Se ha llevado todo?

—Todo. El portero me dejó echar un vistazo. Drury se mudó ayer de un modo muy precipitado al parecer. Sería interesante averiguar adónde ha ido. ¿Vas a dejar el café en la cafetera toda la noche o vamos a beberlo?

Saqué un par de tazas, las llené y puse una delante de Nicholls. Me inquietaba que Drury andara por ahí suelto, como un animal salvaje. Me preocupaba que pudiera estar planeando algo más infalible que las flores incendiarias que me había enviado.

Eso pensé en ese momento. El problema es, como ya he dicho antes, que a veces me equivoco.

29

Me sorprendía que Drury hubiera desaparecido, y me intrigaba la causa de su huida. Probablemente yo no era la única que había advertido su nerviosismo, y eso me inquietaba. Gavin también se había puesto nervioso, y ya sabía cómo había acabado. Expuse mis sospechas a Nicholls, que, por supuesto, opinó que sacaba conclusiones precipitadas.

—Muy bien —dije—. Qué estúpido por mi parte preocuparme. Supongo que no has averiguado nada más de la Suzuki. —Sonrojándose, apuró el café de un trago y se preparó para marcharse. Le acompañé hasta la puerta—. ¿Sigues considerándolo un simple accidente de tráfico? —pregunté cuando salió al rellano.

Nicholls se giró, con aire malhumorado, y dijo que me visitaría al día siguiente. Repliqué que le recibiría complacida y que con un poco de suerte el apartamento aún no se habría incendiado para entonces. En cuanto abrió la boca para impartirme un poco más de sabiduría, cerré la puerta, apagué las luces y me fui a la cama.

Eso es lo mejor de vivir sola; por lo general consigo decir la última palabra.

El miércoles por la mañana me dirigí al edificio Wilberforce y pulsé el timbre del portero. No era que no confiara en Nicholls… pero no podía evitar preguntarme si habría algún detalle en que él no hubiese reparado cuando echó un vistazo al apartamento vacío. Supongo que mi mente funciona así, que necesito comprobar siempre las cosas por mí misma. Supongo que no es la mejor manera de ganar amigos, pero al menos si las cosas se tuercen yo asumo la responsabilidad en lugar de culpar a otra persona.

La rejilla del portero automático tosió un par de veces, y una atildada voz masculina me preguntó quién era y qué quería. Desde luego, se trataba de alguien a quien no le gustaba perder el tiempo.

Di mi nombre, añadí que trabajaba en Hacienda y anuncié que necesitaba hablar de algunas cuestiones. Se produjo un silencio. Un par de minutos después la puerta se abrió. Forcé una sonrisa alentadora.

Según la plaqueta que había debajo del timbre, el portero se llamaba Keith Squires, y no supe si calificarle de rechoncho o rollizo, aunque cualquiera de las dos palabras se adecuaba más a su aspecto de osito de peluche que simplemente el término «obeso». Su piel era rosada y delicada como la de un niño, tenía una suave pelusa en el dorso de las manos, y su cabello, pajizo y áspero, comenzaba a ralear. Llevaba pantalones azul marino y una camisa azul con charreteras del mismo color. Un pesado y voluminoso llavero colgaba de su cinturón de piel negro, y una linterna barata con funda de goma pendía de una presilla del pantalón. Deduje que a ese hombre le hubiera gustado ser guardia de seguridad, pero le faltaba altura.

Sus ojos, de color azul claro, no revelaban sus pensamientos.

—No entiendo por qué desea hablar conmigo. El único impuesto que pago es el que me descuentan del sueldo, y ya lo considero excesivo.

Decidí mostrarme simpática, de modo que esbocé una dulce sonrisa para afirmar que estaba segura de que no había ningún problema con sus impuestos y que lo que me interesaba era hablar del inquilino que se había mudado a toda prisa. La expresión ceñuda desapareció de su rostro.

—Ah, bueno, eso es distinto. Yo no sé nada de los asuntos de ese tipo; sólo sé que no avisó con demasiado tiempo que se marchaba. Un día estaba aquí, y al siguiente ya había desaparecido. Ya sospechaba yo que había algo turbio en todo eso. ¿Ha estafado a Hacienda?

—Yo no he dicho eso, señor Squires. Me gustaría echar un vistazo a su apartamento.

—Allí no queda nada. Ayer vino un inspector de policía, y le dije lo mismo. Es una pérdida de tiempo subir a verlo. No hay nada ya, y a la hora de comer habrá menos todavía. Tengo que limpiarlo bien para que lo visiten futuros inquilinos.

–Pues menos mal que he venido temprano; ¿qué tal si subimos ahora mismo? –Al verlo vacilar, añadí–: Mire, si no queda nada, es imposible que tenga la intención de robar algo, ¿no le parece? –Le tendí una tarjeta de visita y señalé mi nombre con el dedo–. ¿Lo ve? Leah Hunter; así me llamo, ¿de acuerdo? –La guardó en el bolsillo de la camisa y, retrocediendo, me franqueó la entrada.

Tenía razón sobre el apartamento de Drury; de no ser por la pelusa que descansaba sobre la moqueta, habría resultado difícil adivinar que alguien había vivido allí. Dejé escapar un suspiro.

–Supongo que el policía que vino ayer registró todo bien.

–No le sirvió de nada. Miró en todas las habitaciones, echó un vistazo en los armarios empotrados, en los agujeros de ventilación y todo eso… ; sí, lo registró bien. Si hubiese habido algo, no se le habría escapado.

–¿Preguntó por la basura de Drury?

–No.

–¿Qué pasó con ella entonces? Drury no se la llevaría consigo al marcharse.

–La dejó fuera, al lado de su puerta, en una bolsa negra.

–¿Y usted la retiró?

–Es parte de mi trabajo. Como comprenderá, no puedo dejar la basura abandonada.

–Por supuesto –asentí–. ¿Adónde la llevó?

–Abajo, al sótano, para esperar al camión de recogida. Sólo viene los jueves, aunque en teoría debería pasar dos veces a la semana.

–¿Está seguro que el policía no la examinó?

–Ni siquiera la mencionó.

Me enorgullecí de mi sagacidad.

–Me gustaría echarle un vistazo si usted no tiene inconveniente.

—Como usted quiera.

Bajamos por unas estrechas escaleras hasta el sótano, donde había una mesa de billar americano con las bolas pulcramente colocadas dentro del triángulo. En un rincón del recinto se amontonaban bolsas de basura, y me pregunté cómo recordaría el portero cuál era de Drury. Squires avanzó despacio y tiró de una de ellas.

—¿Está seguro de que es ésta? —pregunté.

—Eh, soy yo quien las apila, ¿de acuerdo? Sé perfectamente cuál es. ¿A que no adivina cuántas veces han aporreado mi puerta para decirme que habían arrojado algo que querían recuperar? Se lo diré; demasiadas. Por eso recuerdo cuál es cuál; me ahorra mucho trabajo. Ésta es la de Drury.

Desaté el cordón, y de la bolsa emanó un olor a comida rancia que me indicó que sólo contenía desperdicios de cocina. Quizá Nicholls no había sido tan tonto, después de todo. Examiné el interior.

Encontré un cubo de plástico blanco repleto de envases de comida preparada. Extraje los desperdicios de comida, saqué y dejé a un lado periódicos y bolsas de supermercado y por último formé un montoncito con sobres rotos y trozos de papel. Decidí conservar esto último y guardé el resto en la bolsa.

—Esto buscaba —dije—. Gracias por su ayuda. Quizá encuentre aquí algo que me informe de por qué y adónde ha ido. —Escarbé en mi bolso, saqué una bolsa doblada y metí en su interior el pequeño montón de papeles.

—No crea que puedo permitir que haga eso —repuso el portero, moviendo la cabeza—. Aunque sea basura, es propiedad del inquilino.

—¿Qué inquilino? Él se ha marchado y se ha desentendido de la basura. —Como aún se mostraba indeciso, añadí—: Supongamos que le extiendo un recibo por las cosas que me llevo; ¿se quedará así más tranquilo? Si le presentan alguna queja, sólo tiene que remitírmela a mí y yo me encargaré de ello.

Negó con la cabeza. No dudo en mentir cuando la ocasión lo requiere, y en ese momento era estrictamente necesario. De un modo u otro, me llevaría a casa parte de los desperdicios de Drury.

–De acuerdo –dije–. Como usted quiera, pero le advierto que con su actitud sólo conseguirá empeorar la situación. Hacienda tiene derecho a confiscar cualquier documento que sospeche está relacionado con un fraude fiscal. Así pues, si usted se niega a cooperar, no me queda más remedio que solicitar una autorización legal. Eso significa que tendré que revisar también sus papeles y molestar a los demás inquilinos, pero si usted lo prefiere así… –Me encogí de hombros–. Admiro la lealtad con que vela por los intereses de sus inquilinos, pero en este caso la lealtad está fuera de lugar. Quizá podría cuidar de esto mientras yo consigo la autorización y algunos informes. –Le ofrecí la bolsa de plástico.

–Si le interesa tanto, hágame el recibo, y ya está.

–¿Está seguro?

–No quisiera que se tomara tantas molestias –dijo–. No vale la pena desperdiciar su tiempo ni el mío.

Hurgué de nuevo en mi bolso.

–Desde luego un recibo lo hace oficial, y si alguna vez el asunto llega a los tribunales, Drury se enterará de que usted me ayudó a obtener este material; en cambio, si me llevo el material sin más, nadie sabrá que usted intervino.

Ató de nuevo el cordón de la bolsa negra y la llevó junto al resto del montón.

–¿Qué material? –preguntó–. Ni siquiera recuerdo que usted viniera por aquí.

Nos estrechamos la mano.

–Apreciamos su colaboración –dije con tono oficial–. Le prometo que el señor Drury no descubrirá nada.

—Ni el propietario —apuntó Squires—. No le agradaría saber que he roto las reglas, y deseo conservar este trabajo.

—No se preocupe. Solemos mantener la confidencialidad en esta clase de asuntos. —Le di un nuevo apretón de mano, y me dedicó un sonrisa de conspiración.

Sentí remordimientos por haberle engañado tan vilmente, pero me habría arrepentido más si me hubiese marchado con las manos vacías. Subí rápidamente por las escaleras del sótano y corrí hasta el híbrido.

Mientras conducía rumbo a casa, ni siquiera se me pasó por la cabeza que mi pequeña bolsa de plástico sólo contuviera auténtica basura. Después de dos horas agachada en la sala de estar, encajando pequeños trozos de papel, comprendí que así era. Por supuesto, cuando hube terminado, conocía un poco mejor el estilo de vida de Drury. Averigüé que visitaba el túnel de lavado de coches Regal, que le entregaban pizzas a domicilio de la pizzería Antonio's y que mandaba sus camisas a la tintorería Ritzi. Ninguna de esas cosas me sirvió de nada.

Junté los pedazos de una carta que Susie le había escrito para declinar amablemente una invitación para cenar y hablar del tema de nuevo; además le sugería que, en su lugar, se llevase a uno de sus bomboncitos. «Muy bien dicho, Susie», pensé.

Descubrí también una factura de teléfono que no detallaba las llamadas, lo que me irritó sobremanera; esa clase de inconvenientes jamás detendrían a Philip Marlowe ni a Sam Spade. Oh, no, ellos simplemente llamarían a un empleado de la compañía telefónica que les debiera un favor y, en cinco minutos y sin ningún esfuerzo, averiguarían quién llamó a quién y cuándo. Añadí la factura al montón desechado y observé una carta arrugada que le invitaba a suscribirse al *Reader's Digest*.

Me entretuve en recomponer una carta del director del banco de Drury; los diminutos trozos de papel se pegaban a mis dedos. Proponía a Drury que se pasara por allí para charlar sobre inversiones.

¿Inversiones? Deseché la carta y continué. ¿Hay alguien que se moleste realmente en leer cartas tan estúpidas? Encontré una notificación de pago del alquiler y un cheque roto por la misma cantidad. Supongo que Drury pensó que, ya que se marchaba, se ahorraría ese dinero. Anoté el número de su cuenta bancaria, desarrugué una oferta para cambiar los vidrios de las ventanas, miré en el interior de tres sobres vacíos y por último introduje todo en la bolsa de plástico.

Me irrita perder el tiempo de esa forma, aunque quizá no lo había desperdiciado del todo. Decidí guardar la bolsa en el armario del recibidor y luego me dirigí a la cocina para prepararme un tentempié; no me molesté en considerarlo un almuerzo… ya hacía rato que había pasado la hora. Puse espaguetis a hervir, calenté salsa de tomate aderezada con albahaca y preparé café. Me disponía a comer cuando Nicholls se presentó. Me siguió hasta la cocina, observó el plato y dijo:

—Supongo que no hay bastante para los dos.

—No —repliqué secamente—. Pensé que vendrías por la noche.

Suspiró, se sirvió una taza de café y se sentó con la vista clavada en mi plato.

¡Mierda! Nicholls sabe perfectamente que no puedo comer cuando actúa de ese modo. Me apresuré a sacar un plato del armario de la cocina y repartí los espaguetis.

Después de zampárselos, comenzó a registrar la nevera.

—¿Qué tal un par de huevos fritos con tostadas? —sugirió.

—Estupendo, si los preparas tú. A mí me gustan poco hechos.

Sonrió.

–Ya lo sé.

–Sabes demasiadas cosas, sobre todo cuándo estoy a punto de comer. ¿Cómo lo haces, Nicholls? ¿Tienes poderes psíquicos?

Se encogió de hombros.

–Pura casualidad.

–¿Por qué no estás trabajando? –inquirí.

–Ya lo he hecho; éste es el primer descanso que me tomo.

–Como yo. –Observé cómo cascaba los huevos con gran pericia. He aprendido a no buscar fallos a un buen cocinero–. ¿Qué has estado haciendo?

–Primero comamos, y después te contaré lo que quieras.

Capté un retintín familiar, que normalmente significa que no me gustará lo que piensa explicarme. Traté de imaginar qué podía haberle ido mal a Nicholls esa mañana. Quizá se había tropezado con un incendiario de verdad en medio de la calle.

Degustamos el festín culinario de Nicholls, y poco después, al acordarme de la bolsa de basura que había dejado en el armario de la entrada le pregunté si ya había localizado a Drury. En lugar de responder, se dispuso a preparar más café.

–¿Significa eso que sí o que no? –inquirí.

Él carraspeó, evitando mi mirada.

–Ninguna de las dos cosas. Escucha, lamento desilusionarte, pero estaré ocupado la mayor parte de la noche.

–¿Ah, sí? –repliqué fríamente–. ¿De modo que nuestra cita está cancelada y no me llevarás a cenar al McDonald's? Menudo disgusto… no creo que pueda soportarlo.

–Ya he dicho que lo lamento –repuso con rigidez–. Es una desgracia que no pueda elegir cuándo y dónde deben aparecer los cadáveres.

Eso despertó mi interés.

–¿Cadáveres?

–Debo acudir a la sala de autopsias. –Bajó la voz ligeramente para agregar–: Preferiría estar contigo.

¡Eso era muy amable! ¡Prefería mi compañía a la de un cadáver! Después de semejante cumplido, juzgué una grosería mencionar que no me disgustaba en absoluto que él no pudiera pasar la noche conmigo. Yo debía meditar y para ello necesitaba estar sola. En esos instantes un baño caliente y largo y una sesión de vagancia en solitario se me antojaba tan atractivo como tratar de ser una compañera de cena divertida. Consideré si debía comentárselo. Al contemplar sus expresivos ojos azules, decidí suavizarlo un poco.

–Es una verdadera lástima –dije, consolándole con unas palmaditas en la mano–. Pero entiendo que lo primero es el trabajo. –Me lanzó una mirada recelosa, como si intentara discernir si yo hablaba realmente en serio o si le tomaba el pelo–. No te preocupes. Telefonéame cuando no estés ocupado.

–Mañana –dijo precipitadamente.

–De acuerdo. Mientras tanto, ¿puedo conocer la identidad del cadáver?

Cuando el café comenzó a borbotar, cogió la jarra, llenó las tazas y se sentó. Entonces me miró a los ojos y me estropeó el día.

30

Apenas daba crédito a la noticia que Nicholls acababa de comunicarme.

Durante unos minutos permanecí en silencio, con la mirada perdida. Después exploté.

–¡Mierda! –exclamé–. ¡No me lo creo! Drury no sería tan estúpido. ¿Cómo sucedió?

Se encogió de hombros y se removió incómodo.

—Todos los indicios apuntan a que intentó destruir pruebas y le salió mal.

—Oh, vamos. Drury no sería tan estúpido.

—Sí, bueno, eso habría pensado yo también. Lo cierto es que todo encaja con tu teoría de fraude al seguro. El almacén le pertenecía y estaba repleto de alfombras de primera calidad. Al parecer, sacó toda la mercancía valiosa antes del incendio de Venta Rápida. Provocar incendios constituye un trabajo arriesgado, incluso para expertos, y dudo de que Drury lo fuera. Quizá el fuego lo alcanzó debido a una ráfaga de viento, o tal vez se propagó demasiado deprisa. En cualquier caso, está muerto. —Nicholls frunció el entrecejo—. Maldita sea, no sé por qué pones esa cara. Has estado pregonando que Drury intentaba defraudar al seguro, y esto demuestra que tenías razón.

—¿Ah, sí? Bueno, se me ocurren formas mejores de hacerlo. ¿Y cómo te has enterado tan rápidamente, si el almacén se halla en Leeds? No me digas que el Departamento de Investigación Criminal de Bramfield también vigila la ciudad de Leeds.

—Habíamos solicitado colaboración general para localizar a Drury. No te entiendo, Leah. Ahora recuperarás tu trabajo.

—Lo habría recuperado de todas formas —repliqué con acritud—. Todo esto apesta. Alguien le tendió una trampa. Tengo la impresión de que alguien se inquietó por el interés que había despertado el caso de Billy y decidió cargar las culpas en las espaldas de Drury. Se trata de un truco, Nicholls. —Me miró con extrañeza—. No estoy paranoica. Simplemente sé reconocer una maquinación.

—Claro, alguien animó a Drury a incendiar su propio almacén y luego le persuadió de que se quedara dentro para que se asara. ¿Cómo supones que lo hicieron? Tu hipótesis es buena, Leah, pero la juzgo poco probable.

–¡Oye! ¿Acaso no has visto películas en que un malvado pone una pistola en la mano de un muerto?

–Eso es ficción.

–¿Quieres decir que no podría funcionar en la realidad?

–No he dicho eso.

–Muy bien, entonces admites que es posible.

–La autopsia demostrará si estaba muerto antes del incendio –gruñó–. A menos que sospeches que el médico forense también está compinchado.

Intercambiamos miradas asesinas.

–Pulmones dañados –espeté–. Conozco el tema; de hecho diría que no hay que ser un experto para saberlo.

Apurando el café, se levantó.

–He de marcharme.

–¿Tan pronto? Aún no has escuchado mi teoría de la conspiración.

Se encaminó hacia la puerta.

–De acuerdo –dije–, pero cuando se demuestre que tengo razón, no te molestes en disculparte porque será demasiado tarde.

Nicholls se volvió.

–¿Demasiado tarde para qué?

–Para que parezca que tú elaboraste la teoría sin ayuda.

–¡Ah! –exclamó, antes de salir al rellano.

–Si quieres tratar de resolver el caso tú solo –le dije dulcemente–, busca información sobre la banda de Leopold Harris. ¿Quieres que te apunte el nombre?

Empezó a bajar por las escaleras. Cuando llegó al descansillo de Marcie, me asomé por encima de la barandilla.

–¿Nicholls?

Miró hacia arriba.

–¿Qué?

–Gracias por venir a decírmelo.

—No sé por qué me he molestado.

—Quizá tiene algo que ver con el cacao.

Su rostro se iluminó.

—Mañana iremos a la ciudad —dijo, bajando por las escaleras.

—¿McDonald's?

—Demasiado caro —contestó, agitando una mano.

Regresé a mi nido chamuscado y examiné la ventana. Cayó un poco más de pintura quemada. Sentándome en el suelo con las piernas cruzadas, comencé a pensar cómo decoraría la sala. A las cuatro en punto sonó el teléfono. Pete no se anduvo con rodeos.

—Leah, los investigadores quieren hablar contigo mañana por la mañana. ¿Qué tal a las nueve y media?

—Depende del motivo —respondí—. ¿Han encontrado una suma mal hecha, o quieren disculparse?

—Nueve y media —repitió.

—Mejor a las diez en punto. Estar sin trabajo resulta realmente agotador y tengo que dormir hasta tarde. —Me pareció que Pete había tapado el micrófono.

—Leah, la reunión se celebrará en la sala de conferencias, a las… diez en punto. Yo también estaré allí.

—Será agradable —dije—. Podremos intercambiar chismorreos. Te contaré, por ejemplo, quién me envió una bomba incendiaria.

—¿Qué?

—Mañana te lo explicaré.

En las conversaciones cara a cara resulta más fácil interpretar los sentimientos de los interlocutores, pues una mirada o una expresión determinada pueden revelar los pensamientos. Hablar por teléfono es distinto.

Traté de descubrir qué me tenían preparado para el día siguiente analizando el tono de Pete. Al final me di por vencida. El problema con Pete es que, después de tanto tiempo desempeñando su trabajo, ha adquirido la habilidad de adoptar una actitud neutral y reservada que no revela ni un ápice de información. Traté en vano de disipar la preocupación diciéndome que había llegado la hora de las disculpas, que él y los investigadores reconocerían su error. Bien, estaba segura de que no podrían encontrar nada negativo en mi actuación profesional, pero con Drury muerto resultaría difícil persuadirle de que retirara la demanda.

A las ocho en punto Dora telefoneó para interesarse por la situación. Aseguré que todo iba bien, que parecía que todo se resolvería y le pregunté por Jude. Dora empleó el mismo tono cariñoso que utiliza cuando habla de *Óscar*, de modo que deduje que ambas se llevaban muy bien. Dora afirmó que cuando regresaran yo no reconocería a la muchacha. Me alegré mucho. No le recordé que sin duda las autoridades ingresarían a Jude en un centro municipal cuando descubrieran su paradero. La idea me inquietaba... debía de existir un modo de mantenerla alejada de esos lugares.

A las diez, después de atender las necesidades de *Óscar*, me acosté. En lugar de dormir, permanecí allí tumbada, con el oído aguzado como un perro guardián, tratando de captar el más leve sonido. A las diez y media me levanté, comprobé los cerrojos y eché un vistazo por las ventanas. El patio trasero estaba lleno de sombras, y la calle, desierta y tranquila; casi todas las casas tenían encendidas las luces de la planta baja. Nadie acechaba. Volví a deslizarme bajo el edredón. En un par de ocasiones conseguí dormir para despertar bruscamente, pues en mi cerebro se agolpaban imágenes de Drury.

Di vueltas en la cama durante un rato, hasta que me dirigí a la cocina para calentar un poco de leche. Tras añadir una cucharada de miel, me llevé el dulce bebedizo a la cama, donde lo sorbí lentamente con la esperanza de que el efecto soporífero de la miel funcionara. Encendí la radio, que emitía relajante música nocturna, suave y tranquila. Me acurruqué de nuevo en el calor del edredón, dormitando y despertándome sin cesar. Alrededor de las dos de la madrugada admití qué me mantenía despierta. ¡Me preocupaba que alguien apareciera e intentara eliminarme de nuevo! Golpeé la almohada con rabia, enojada conmigo misma.

¿Qué esperaba que sucediera? ¿Que un intruso irrumpiera a través de la ventana, dejándose caer desde el tejado con una cuerda como un héroe? Tendría que ser por una ventana, porque desde luego estaba segura de que por la puerta no podrían entrar.

Unas luces barrieron la ventana del dormitorio. Me sobresalté y, con el vello erizado, miré al exterior. Al otro lado de la calle, un vecino trasnochador y su esposa se apeaban del coche y se dirigían a casa para irse a la cama. Envidié el calor que se darían sus cuerpos; en ese momento unos brazos cariñosos supondrían un verdadero consuelo para mí.

La brisa nocturna tejía complicadas formas en las copas de los árboles. Completamente despierta, me apoyé en el alféizar y observé cómo se movían las ramas. Dos gatos cruzaron la calle y desaparecieron; un minuto después oí unos felices maullidos. Corrí las cortinas, encendí las luces, me puse el chándal y zapatillas de deporte y salí silenciosamente del edificio. Fuese lo que fuese lo que me atemorizaba se hallaba ahí fuera; yo podía enfrentarme a ese temor o bien llevarlo a cuestas y permitir que aumentara. Ninguna de las alternativas me gustaba demasiado, pero siempre he odiado el exceso de equipaje. Tras echar un rápido vistazo alrededor, emprendí una carrera de cinco kilómetros por las calles desiertas. En Maybush Road un policía que patrullaba en un Panda se detuvo para preguntarme qué estaba haciendo. Mientras daba pequeños saltitos para mantener los músculos en forma, respondí que no podía dormir. El entrometido agente que iba al volante me pidió mi nombre y dirección.

–Soy una ciudadana honrada que ha salido a correr; no llevo equipo para allanar moradas, ni bolsa para el botín. –Levanté las manos y di una vuelta–. ¿Lo ve?

El tipo se apeó del coche; era unos veinte centímetros más alto que yo y parecía malhumorado.

–Nombre y dirección –repitió–, y deje ya de saltar.

–No puedo. Tengo que mantener la circulación en marcha –aduje antes de facilitarle la información que me había pedido. La comprobó por radio, subió de nuevo a su automóvil y se alejó. Pensé que habría sido cortés por su parte darme las buenas noches. ¿Cómo podía él saber que yo no era una terrorista disfrazada de mujer indefensa?

Regresé a casa alrededor de las tres, bebí medio litro de zumo, tomé una ducha rápida y, en cuanto caí en la cama, me dormí como un tronco. Desperté a las ocho y media y me felicité por haber concertado la entrevista con Pete para las diez en punto.

31

Pete parecía satisfecho. En cuanto entré por la puerta, se puso en pie y señaló una silla al otro lado de la mesa, frente a él y sus dos colegas. No me había molestado en llamar, pues me pareció más divertido interrumpir su cháchara. Cabían dos posibilidades; que me reintegraran a mi puesto, o me despidieran. Fuera cual fuera el resultado, yo estaba demasiado enojada con todo el maldito procedimiento para preocuparme por comportarme con educación. Me coloqué en el punto de tiro, alisándome la falda.

–Leah, éstos son Ben Nesbitt y Allan Bridges, del Departamento de Auditoría Interna –informó Pete.

Asentí con la cabeza sin sonreír. Había visto a Nesbitt en un par de ocasiones; una en un seminario para el personal y otra vagando por el edificio. Lo observé detenidamente. En el último año se había descuidado bastante, y unas sesiones de gimnasia harían maravillas con su floreciente barriga. ¿Debería comentárselo? Él revolvió unos papeles, evitando mirarme. Bridges no mostraba tales inhibiciones, y sus ojos no perdían detalle. Habían observado cómo yo inspeccionaba a Nesbitt y no pensaba permitir que hiciera lo mismo con él. Intercambiamos unas miradas.

Me recosté en la silla, relajada, asegurándome de que percibieran el lenguaje corporal correcto. Habría odiado que pensaran que me sentía acorralada.

—Muy bien —dije con suavidad—. ¿Quién empezará? ¿Estoy despedida o readmitida?

Nesbitt levantó la cabeza para mirarme.

—Señorita Hunter, usted es la última persona a quien esperaba someter a una inspección interna, pero recibimos una queja y estas cosas deben llevarse a cabo. Lo comprende, ¿verdad? —Asentí, y él se inclinó—. El señor Innes me ha comentado que a usted le gusta ir al grano, de modo que así procederemos. Le diré francamente que cuando empezamos pensé que usted no conseguiría salir de ésta sin un dilatado proceso, a menos, claro está, que el demandante retirara la denuncia, y no confiaba en que lo hiciera, pues de ese modo nos invitaría a examinar más detenidamente sus asuntos… algo que al parecer usted ya estaba haciendo.

Lancé una mirada a Pete, que tenía la vista clavada en el techo.

—No estaba demasiado conforme con la reclamación que Drury había presentado a su compañía aseguradora —expliqué.

—Eso no es competencia de Hacienda, ¿verdad, señorita Hunter?

—Ya lo creo que lo era —me defendí—. Drury estaba llevando a cabo un importante fraude. Nosotros perdíamos el cobro de impuestos cuando él expedía material de buena calidad para que fuera vendido en otro sitio y no declaraba las ganancias. Para colmo reclamó al seguro una cantidad fraudulenta. Investigar sus asuntos me pareció una prioridad.

Bridges se inclinó para susurrar al oído de Nesbitt, quien asintió con la cabeza.

—Mi colega se pregunta por qué no planteó usted sus sospechas a los aseguradores de Drury.

—¿Han comprobado si lo hice?

Nesbitt miró a su compañero. Bridges empezó a hojear papeles, se detuvo en uno y lo señaló con el dedo.

—Hablamos con una tal señorita Mills, de Asociados Saxby. Tengo entendido que ellos actuaban como tasadores de pérdidas. La primera vez que contactó con ella, usted pretendía confirmar la dirección de Drury y no mencionó el fraude —dijo Nesbitt—. ¿Es eso así?

—Sí. En aquellos momentos necesitaba algo consistente antes de poner en marcha el mecanismo para bloquear su demanda. Estoy segura de que ella les informó de que traté de hacerlo un poco más tarde.

—Entonces usted ya estaba suspendida.

—Eso no me impidió intentar cumplir con mi deber —repliqué—. Y la acusación de Drury era falsa; supongo que la formuló porque le asustó que pudiera investigar sus negocios.

—La señorita Mills comentó que usted ha sido como una espina para su jefe desde entonces. —Nesbitt se relajó y clavó la mirada en la mesa—. Sus archivos, señorita Hunter, están en orden, y el señor Innes la ha apoyado enérgicamente.

Eché a Pete otro vistazo y esta vez conseguí que me mirara. Le dediqué una mirada cariñosa, y él se ruborizó ligeramente.

—Gracias, Pete —dije—. Te lo agradezco de verdad.

Nesbitt añadió:

—De todas formas, usted continuaría teniendo un grave problema si el señor Drury pudiera llevar adelante la demanda judicial. ¿Lo entiende?

—Lo entiendo. Supongo que los dos nos hemos enterado de la noticia.

—La muerte de Drury no anula la demanda, pero sin pruebas que la corroboren no tengo intención de seguir adelante con la investigación. —Recostándose en la silla, esperó a que me mostrara agradecida. Sentí mucho decepcionarle, pero desde mi punto de vista yo merecía una disculpa, no una insinuación de que quizá era culpable, aunque ellos no pudieran demostrarlo.

Expresé mis pensamientos sin demasiada amabilidad y luego derivé la conversación a mi terreno.

—Supongo que saben que Drury murió cuando trataba de incendiar un almacén lleno de alfombras. Y si eso no demuestra cuál de los dos mentía, me temo que pierdo el tiempo aquí.

Nesbitt ordenó los papeles, cerró la carpeta de golpe y se reclinó en su asiento.

—Acepte que la investigación ha terminado y dejémoslo así —dijo.

—¡No! —espeté airada—. No, maldita sea; no tengo la menor intención de dejarlo así. Lucharé hasta que mi expediente vuelva a estar en orden. No me conformaré con que en mi hoja de servicios consten una suspensión y una demanda sin resolver. Eso no me basta; quiero un expediente limpio.

—Entonces quizá volvamos a examinarlo cuando la policía haya culminado sus investigaciones. Recomendaré que mientras tanto le permitan reincorporarse a su trabajo.

—¡Y una mierda! —exclamé groseramente.

—Ese comportamiento no ayuda en absoluto —indicó Nesbitt.

—¿No ayuda a quién? —pregunté con tono desafiante–. ¿A mí? Le diré algo; ¡ese comportamiento me ayuda mucho!

Pete observaba la escena pálido y tenso. Se rebulló en su silla y dejó el oído helado a Nesbitt.

–Éste es mi departamento –dijo, pronunciando claramente cada palabra–. Y no me gusta que me engañen. Antes de esta reunión me comentó que el nombre de la señorita Hunter estaba limpio. Ahora le dice usted lo contrario. Cuando ella presente una queja por el resultado de esta entrevista, mi nombre figurará junto al suyo.

Nesbitt se encogió de hombros.

–Si usted quiere dar la cara por ella, hágalo –replicó–; por lo que a mí respecta, la señorita Hunter muestra una actitud equivocada, y es hora de que la corrija. Si la investigación policial demuestra su inocencia, su expediente será depurado. De lo contrario, se quedará como está. –Se puso en pie y recogió los papeles. Bridges hizo lo mismo, exhibiendo una sonrisa que me habría encantado borrar de una bofetada.

Aparté mi silla, dispuesta a marcharme.

–No te vayas, Leah –pidió Pete–, quiero hablar contigo.

Volví a sentarme y observé cómo acompañaba a los otros dos fuera de la habitación. Cuando los tres hubieron salido, Pete se desahogó. Sonreí mientras lo oía. Pete no suele perder la templanza, pero, cuando se irrita, el espectáculo es digno de ser visto. El problema con los del Departamento de Auditoría Interna estriba en que todos ellos se creen Dios. Al cabo de un par de minutos, la discusión concluyó y Pete entró en la sala.

–Me gustaría que te reincorporaras, Leah –dijo–, pero depende de ti. Por lo que a mí respecta, todo esto ha sido una farsa.

–Quizá me tome unos días libres. Me gustaría ver resuelto el asunto de Drury antes de volver al trabajo.

Estoy desilusionada con todo el procedimiento, Pete. ¿Desde cuándo se ha vuelto tan imbécil Nesbitt?

Movió la cabeza.

—Siempre lo ha sido. Sigue mi consejo; presenta una queja ahora que aún estás lo bastante enfadada. Esta vez te respaldaré, Leah. Se suponía que Nesbitt debía anunciarte que estabas fuera de toda sospecha.

—Mira, Pete, hemos de reconocer que la investigación policial puede tardar meses en terminar. ¿Qué debo hacer yo entretanto? Y cuando haya concluido, Nesbitt alegará que está demasiado ocupado para cambiar las cosas. —Dejé escapar un suspiro—. De acuerdo, tienes razón; debería ir a por todas. Consígueme un formulario oficial y lo rellenaré.

Cuando Pete salió, me quedé meditando. Quizá debería buscar otro empleo. ¡Y un cuerno! Nunca permitiría que un estúpido como Nesbitt me obligara a marcharme.

Cuando Pete regresó, expuse por escrito el motivo de mi queja en una prosa muy elegante, y Pete lo ratificó con su firma. Parecía contento.

—¿Por qué sonríes? —pregunté.

—Porque Nesbitt no creía que fueses a hacerlo. Pensó que te limitarías a reincorporarte con la cabeza gacha.

—Parece que no me conoce muy bien. ¿Ya ha regresado Arnold?

—Le han alargado la baja por enfermedad otros quince días. —Se encogió de hombros—. Necesitamos que vuelvas; ésa es la verdad.

—Gracias, Pete. Eso casi me compensa del disgusto con Nesbitt, pero necesito un par de días más; la compañía de seguros aún tiene que enviar a alguien a mi piso para evaluar lo daños.

Me miró asombrado y aseguró que había creído que bromeaba cuando mencioné lo de la bomba incendiaria. Cuando le referí lo sucedido, chascó la lengua y dijo que me tomara el tiempo que me hiciera falta y regresara al trabajo cuando hubiera arreglado todo.

Cuando llegué a casa, Bethany telefoneó para pedirme que me pasara por su oficina. Le pregunté para qué, y ella se mostró cautelosa. Acordamos que la visitaría sobre las dos. Me dirigí a la cocina para prepararme un emparedado de queso y un tazón de sopa de tomate. Sin duda a Nesbitt le habría fastidiado mucho saber que no me había estropeado el apetito. Tras fregar los cacharros, tomé una ducha, preguntándome qué habría descubierto Bethany.

Desde luego, si hubiese intuido que ella se proponía servir de tapadera a Stanton, jamás habría acudido, pero mi pequeña bola de cristal me falló una vez más.

32

La recepcionista, una pelirroja con el cabello muy corto, me pidió que esperara en un despacho muy pequeño. Mientras bebía el café de máquina que ella me había ofrecido, enumeré las razones por las que Bethany me habría invitado a pasar por su oficina. Un *tête-à-tête* con Stanton no se contaba entre ellas, pero eso fue lo que me encontré.

En cuanto lo vi entrar en el despacho, me levanté de un salto, dispuesta a salir de allí. Stanton cerró la puerta de golpe y se plantó ante mí. Colérica, observé a mi contrincante y estudié cuál sería la mejor maniobra para apartarlo sin destrozar la sala. Inspeccioné el mobiliario una vez más. ¿Destrozar qué, por el amor de Dios? ¿Una mesa y un par de sillas?

–¡Mire! –exclamé con brusquedad–. No tenemos nada de que hablar. He venido para ver a Bethany, no a usted.

–Señorita Hunter, yo pedí a Bethany que lo arregla-

ra de ese modo. Considere la otra alternativa; si le hubiese solicitado una entrevista conmigo, ¿qué habría contestado usted?

—Un rápido y rotundo no.

—Exacto. Mire, hemos de hablar. Nunca me ha gustado pedir disculpas, pero al parecer a usted le debo una.
—Lo escruté con inquietud, tratando de adivinar qué nueva estratagema había inventado para desembarazarse de
mí. Por fin se apartó de la puerta e hizo un gesto con la
mano—. Si no quiere escucharla, es libre para marcharse.

Me encogí de hombros.

—Adelante, le escucho. Crecí con los cuentos de
hadas.

—Si fuese usted menos mordaz… —Se tragó el resto
de la frase y adoptó de nuevo un tono cortés—. Cometi-
mos un error al aceptar el incendio de Venta Rápida
como un fuego fortuito.

Hundiendo la mano derecha en el bolsillo del pantalón, hizo sonar la calderilla. Se mostraba terriblemente
incómodo, lo que me produjo un gran placer.

—El caso es, señorita Hunter —prosiguió, muy tenso—,
que los acontecimientos recientes parecen confirmar que
se efectuó una demanda fraudulenta al seguro, como usted muy bien había sugerido. Me disculpo por haber
añadido dificultades a una situación ya difícil al desechar
la idea de antemano.

—¿Eso es todo? —pregunté—. Muy bien, nos hemos
reconciliado y dado un beso, ¿puedo irme ya a casa? Por
cierto, le agradecería que me explicara dónde encajaba
usted en el juego de Drury. ¿Cenas tranquilas e íntimas,
llamadas telefónicas amenazadoras? ¿De quién partió la
idea de mandarme una bomba incendiaria? ¿De él o de
usted?

Compuso una expresión de desconcierto. Si hubiese sido un poco más tonta, habría jurado que era auténtica.

—No sabía nada de una bomba incendiaria. ¿Cuándo sucedió?

—Hace un par de días. Ahora que Drury está muerto, le echaremos toda la culpa a él. Si tiene usted suerte, podría incluso quedar impune.

—Señorita Hunter, yo no sé nada de ese asunto.

Me acerqué a la puerta y la abrí.

—En cualquier caso, prepare una buena coartada para cuando la policía de Bramfield venga a verlo. —Stanton se mostró preocupado. Esta vez tuve la certeza de que no fingía—. Ha sido un placer hablar con usted, señor Stanton. Y por favor, no me envíe más flores —añadí antes de marcharme.

A esas alturas yo ya debería haber aprendido a no presionar tanto a la gente, pero no era así; una vez más me había precipitado temerariamente. Abandoné el edificio con paso enérgico. Una disculpa de Stanton era como una palmada en la espalda de Brutus.

Caminé por las calles y entré en el edificio que albergaba la Gold Star para averiguar quién había examinado mi demanda por incendio. Según me informaron, no lo había hecho nadie porque no habían conseguido contactar conmigo. Acordamos que alguien pasaría por mi piso esa misma tarde.

Apenas hacía veinte minutos que había llegado a casa cuando se presentó un tipo rechoncho, de unos treinta años, que tardó medio minuto en evaluar los daños. Supongo que su actuación podría calificarse de eficiente.

Me puse ropa cómoda y permanecí tendida en el sofá durante un rato, hasta que, poco antes de las cinco, Nicholls telefoneó para anunciarme que pasaría a recogerme a las siete y media. Le pedí que no se retrasara porque teníamos muchas cosas de que hablar.

Alrededor de las siete me duché, me arreglé el pelo y me vestí con trapos elegantes. Nicholls acudió cinco minutos tarde. Tras echar un vistazo a mi pequeño vestido negro con una sonrisa de aprobación, me llevó hasta su coche. Me abroché el cinturón de seguridad y tiré del dobladillo del vestido para colocarlo a un nivel más decoroso.

—Me gustaba más de la otra forma —dijo él.

—Limítate a mantener la vista fija en la carretera, Nicholls. ¿Qué tal la autopsia?

—El cuerpo parecía un bistec carbonizado —contestó—. Preferiría no hablar de ello hasta que hayamos comido.

—Por supuesto —dije amablemente—. ¿Dónde vamos a cenar? ¿En La Barbacoa? —Suspirando, me miró con aire sombrío.

A Nicholls no le entusiasma la comida italiana, por eso, cuando aparcó junto al Bella Napoli, supuse que la experiencia de la autopsia le había afectado de verdad. Considerando que no debía aprovecharme de ello, no volví a mencionar a Drury hasta que hubimos terminado de comer. Cuando bebíamos un café exprés, dije:

—Si el cadáver estaba en semejante estado, ¿cómo sabes que se trataba de Drury?

—¿Quién si no podía ser? Era su almacén, y su coche estaba estacionado al otro lado de la calle; por tanto, es una suposición bastante lógica. ¿Por qué me preguntas eso?

Me encogí de hombros.

—Era sólo una idea. Olvídalo. —Dejando la taza en la mesa, me miró de hito en hito—. Maldita sea, Nicholls —añadí enfadada—, ¿por qué siempre prestas atención a lo que no debes?

—¿De dónde ha salido esa idea?

—Oh, no lo sé. En las películas antiguas siempre cambian los cuerpos para confundir a la policía. —Me incliné sobre la mesa—. Ahora ese truco no funcionaría, ¿verdad? Nunca conseguirían engañar a la policía. —Hice una seña al camarero—. ¿Te apetece más café? Sí; por supuesto que sí. Dos expresos más –pedí sin esperar a que Nicholls opinara.

Detesta que lo atosiguen de esa manera, y yo esperé que el enojo apartara de su mente otras cosas. Aún no le había hablado de los criminales que habían visitado a Jaz porque no había encontrado la manera de hacerlo sin mencionar a Jude.

–Bien –dijo él–, hablemos de quién podría haberse churruscado en lugar de Drury.

–Nicholls, eres un pesado. ¿Cómo quieres que lo sepa?

El camarero nos sirvió las bebidas y se batió en una inteligente retirada.

–¿Has leído algo sobre Leopold Harris? –pregunté.

–Lo he hecho.

–Un fraude limpio, ¿eh?

–No aplicable.

–De acuerdo –concedí–, como quieras. Me rindo. Billy provocó todos los incendios menos el de Venta Rápida y luego se mató de forma muy oportuna. Jaz se quemó por jugar con cerillas y Gavin sufrió un inesperado accidente; sólo una serie de coincidencias. ¿Qué dijo el experto de Suzuki?

–Leah, ¿por qué no vuelves a tu trabajo y dejas esto en mis manos? Te han devuelto tu puesto, has demostrado en parte la inocencia de Billy; no sé qué más quieres.

–¿Cómo te has enterado? –inquirí–. ¿Quién te ha dicho que me han readmitido? –Él pareció sentirse culpable–. Has hablado con Nesbitt, ¿verdad? Bueno, muchas gracias, pero no me has hecho ningún favor. ¿Quieres saber qué ha sucedido? Que el cargo de corrupción permanecerá en mi expediente –dije acaloradamente–. Adiós a cualquier esperanza de ascenso.

–Hablaré con él otra vez.

–No te molestes… ya he presentado una queja. –Vacié de un trago la taza y la aparté–. Sólo te pido un favor;

comprueba la cuenta bancaria de Drury. Así averiguaremos con cuánto dinero llegó y cuánto hay ahora.

—Treinta y cinco mil —dijo—. Ése es el saldo actual. Vendió el negocio de Loughborough por noventa mil libras y compró Venta Rápida por ciento treinta mil. Cincuenta mil libras del precio de compra eran dinero propio, y el resto lo consiguió con un préstamo bancario.

—Así, pues, has estado ocupado —observé.

Me miró con solemnidad.

—Yo también cumplo bien mi trabajo, Leah. ¿Qué tal si esta vez me dejas que lo haga?

—Nicholls, cualquiera pensaría que me paso la vida tratando de fastidiarte.

—De vez en cuando podrías intentar no inmiscuirte en asuntos que no te incumben.

—Dímelo cuando estén machacándote la cabeza a patadas —dije de manera poco amable—. De todos modos, ya procuré no entrometerme y mira lo que le ocurrió a Billy. —Me cogió la mano y empezó a examinarme la palma. Yo la liberé de un tirón—. ¡Maldita sea! Mi línea de la vida es asunto mío. Si Drury está muerto, y tú tienes razón, ¿por qué había de acortarse? —Nicholls se puso muy serio.

Después de pagar a medias la cuenta, me llevó a casa y me dio las buenas noches; ambos necesitábamos calmarnos y meditar. Nicholls se preocupa demasiado por las cosas que no debe. Si hubiera dedicado menos tiempo a tratar de alejarme de los problemas, quizá se habría percatado de que su razonamiento fallaba, sobre todo cuando se empeñaba en culpar a Drury de las muertes de Billy, Jaz y Gavin. Desde mi punto de vista, esa idea no encajaba de ninguna manera. Si el incendio del almacén de venta de alfombras había sido una excepción, un salto oportunista sobre el rastro de otro incendiario, ¿cómo sabría Drury a quién contratar para cometer un asesinato?

Quizá Nicholls albergaba las mismas sospechas que yo y prefería no compartirlas conmigo. Subí por las escaleras deprisa, deseosa de dejarme caer en la cama.

Un minuto antes de hacerlo recordé que tenía que dar de comer al maldito gato.

33

Me levanté alrededor de las siete, tomé una ducha y preparé unos huevos revueltos y un suculento montón de tostadas. El teléfono sonó cuando untaba la última con mantequilla. Suspirando, me dirigí a la sala de estar.

¿Sería Dora para informarme de sus progresos, o Nicholls, para desalentarme un poco más?

Era Redding, que dijo alegremente:

–Espero no haberla despertado. He conseguido la información que usted buscaba. Ya puede pasarse por aquí. Es mejor que lo haga hoy; si no tendrá que esperar hasta el lunes.

–¿Qué tal a las nueve y media?

–Mejor a las nueve.

Acabé de desayunar, me vestí y fui a atender a *Óscar*. ¿Eran imaginaciones mías o ese gato gordinflón había ganado peso? Acariciándole, le anuncié que Dora pronto regresaría a casa. *Óscar* me lanzó una mirada de enojo y arqueó el lomo. Los felinos distinguen una mentira a la legua.

Conduje a través de la ciudad para entrevistarme con Redding; un par de minutos antes de las nueve crucé la puerta trasera del parque de bomberos y todos los hombres se giraron para mirarme. Les dediqué mi mejor sonrisa y subí por las escaleras hasta la oficina de Redding; llamé educadamente a la puerta antes de entrar. Cuando hubimos intercambiado saludos y un par de comentarios sobre el buen tiempo, él cogió un sobre marrón y lo agitó en el aire.

—Espero que aprecie la gran cantidad de jabón que tuve que emplear para conseguir esto, y confío en que el esfuerzo haya valido la pena.

—Así ha de ser; de lo contrario ganarán los malos. —Tomé el sobre y hojeé rápidamente el contenido para luego repasarlo con mayor atención—. Esto es fantástico —dije—. ¿Le importa que anote algunos datos?

—Son fotocopias. Lléveselas, con la condición de que me las devuelva cuando haya terminado. —Rodeó la mesa, me arrebató el sobre de las manos y lo guardó en una carpeta más grande de color azul con las palabras «Plan de Trabajo» impresas en la parte delantera—. Ojos que no ven, corazón que no siente. La acompañaré fuera.

—No quiero crearle problemas.

Redding dio unas palmaditas sobre la cubierta azul.

—¿Quién va a enterarse?

Cuando salía del edificio, Dan Bush levantó una mano, y yo le saludé con los dedos sin dejar de andar. Avanzó hacia mí.

—¿Qué tal si quedamos para tomar algo?

—Podría ser divertido. Aunque ahora mismo no puedo; estoy muy ocupada.

—Tú dirás cuándo.

—Quizá la semana que viene. ¿Quieres que te llame aquí?

—Sí, de acuerdo. Si no estoy, deja un mensaje. Yo... siento lo de la última vez —balbuceó—. No creí que Redding quisiera interrumpir su trabajo.

—Ya lo he olvidado —aseguré—. Lo lamento, debo irme.

Dan echó una mirada a Redding.

—¿Algo en que yo pueda ayudar? —preguntó.

Inventé una mentira rápida.

—No. Asuntos oficiales, cosas de Hacienda. —No se

mostró muy convencido, pero ¿desde cuándo tenía yo que dar explicaciones sobre mis actividades?–. Hablaré contigo la semana que viene, ¿de acuerdo?

–De acuerdo. –Se disponía a alejarse cuando se volvió de repente–. ¿Alguna novedad acerca de Billy?

–¿Qué novedad podría haber acerca de Billy? –pregunté–. Además, he estado demasiado ocupada para pensar en ello.

Echando otro vistazo a Redding, se encogió de hombros.

–Tal vez sea mejor dejar las cosas como están.

–No podemos resucitarle. Ahora tengo que irme; el trabajo se amontona.

Alcancé a Redding, y me devolvió la carpeta. Tras darle las gracias de nuevo, subí al híbrido. Él observó cómo salía marcha atrás del patio y levantó una mano para despedirme. Le respondí agitando la mía y me sentí bien. Era agradable que el destino se hubiera decidido a ayudarme.

Conduje hasta el centro de la ciudad y aparqué en un edificio de varias plantas; permanecí sentada en el automóvil durante un rato, clasificando los informes de incendios y sintiéndome como una niña con una piruleta. Desempeñar el papel de detective no resulta tan fácil, aunque podría dar esa impresión al ver a Spencer enderezar entuertos en cuarenta y cinco minutos. La televisión tiene la culpa de muchas cosas. En realidad conseguir información sin una placa policial es casi tan fácil como escalar una montaña corriendo de espaldas.

Por supuesto, Nicholls podría haber descubierto la verdad si alguna vez se le pasara por la cabeza considerar posibilidades aparentemente ilógicas. Me saca de quicio que siempre tenga que hacer las cosas a su manera.

Guardé los informes en la carpeta, cerré el coche con llave y fui a sacar partido de la información recién adquirida. Resulta extraño comprobar cómo las empresas de un mismo sector tienden a concentrarse en una parte de la ciudad; supongo que tiene que ver con la competencia, pero jamás he sido capaz de comprender la lógica del asunto. Tomemos como ejemplo las compañías de seguros; casi todas ellas están apiñadas alrededor de Cheapside. En todo caso, la proximidad me ahorró tiempo.

Sabiendo lo que sabía de Venta Rápida, no juzgué necesario visitar Northern Alliance, de modo que crucé la calle para dirigirme a las oficinas de Pilgrim. Esta compañía había tenido la mala suerte de pagar tres demandas por incendio, lo cual parecía injusto cuando el resto de las agencias sólo habían atendido una cada una. Afortunadamente para Pilgrim, las cantidades habían sido pequeñas. La fachada, al estilo de los años veinte, escondía una moderna preocupación por la seguridad. Un largo mostrador de roble con una alta pantalla de seguridad de cristal protegía una oficina sin paredes internas. Dudé de que eso detuviera a una poderosa banda de asaltantes armados con ametralladoras. Esbozando una sonrisa profesional, mostré la pequeña tarjeta que me identificaba como inspectora fiscal y pregunté el nombre de sus tasadores de pérdidas. Contar con una carpeta llena de informes sobre incendios representó una gran ayuda para mí; los documentos con aspecto oficial tienden a aflojar las lenguas.

Finalmente un alma eficiente buscó un poco en los archivos y regresó con el nombre de Bickerstaffe & Tenby de Leeds. Comprobé que la misma compañía se hubiese ocupado de los tres incendios, anoté el nombre y di las gracias con amabilidad. Al cabo de unos minutos, entré en las oficinas de Tritón General, cuyos empleados me hicieron ascender un par de escalones en la jerarquía antes de que el tercer individuo, más complaciente, me facilitara el nombre de Asociados Saxby. Sentí un escalofrío. Tritón, al igual que Northern Alliance, se había enfrentado a una reclamación muy cuantiosa; si la firma de Stanton no hubiese actuado como tasadora de pérdidas, mi teoría se habría desmoronado.

Dediqué una cálida sonrisa al tipo con gafas que se hallaba detrás del mostrador.

—Dígame; ¿se suele cambiar de tasador de pérdidas cuando se presentan las demandas, o normalmente tienen contrato con una sola firma?

—Tritón trabaja siempre con el mismo tasador —respondió—, pero no todas las aseguradoras funcionan igual. Algunas compañías alternan tres o cuatro firmas.

—¿Qué sistema es mejor?

—No creo que haya mucha diferencia.

Tras agradecerle su colaboración, salí del edificio.

Hasta pasado el mediodía no logré engatusar al resto de las compañías para que me proporcionara la misma información; algunas personas tienen los labios tan apretados que me intriga lo que puedan esconder.

Efectué algunas compras antes de entrar en el coche y puse rumbo a casa pensando en cuánto me divertiría ver la cara de Nicholls cuando le comunicara mi interesante descubrimiento. Él insistía en que quería pruebas, no especulaciones, y pruebas eran exactamente lo que yo había conseguido. La firma en que trabajaba Stanton había actuado como tasadora de pérdidas en tres de los incendios más importantes, y entre los tres siniestros se había recaudado más de un millón de libras en pagos del seguro. Me pregunté qué porcentaje habría ido a parar a la banda incendiaria. ¿Un diez por ciento? También me cuestioné que Asociados Saxby resistiera el trauma de haber empleado a un estafador.

Me detuve en casa de Dora, di de comer a *Óscar* y cometí la gran estupidez de descorrer el cerrojo de la puerta trasera y dejarle salir al jardín. El animal cruzó el umbral pavoneándose como un Mick Jagger peludo, con la cola levantada.

Sentada en el banco del jardín comí un bocadillo

mientras contemplaba cómo jugueteaba el gato. Le ofrecí un pequeño bocado de salmón y pan integral que él tomó con delicadeza. Después le acaricié las orejas.

–Que no se te ocurra ninguna idea brillante, ¿eh? Los límites son las paredes del jardín.

Quizá debí haberme callado. *Óscar* parpadeó como si tuviera sueño, dio una pequeña y tranquila vuelta restregándose en mis piernas y a continuación me demostró con cuánta rapidez podía avanzar.

¡Mierda, no podía dejar que el maldito gato escapara!

Me levanté del banco como una verdadera atleta, pero no con la suficiente celeridad. Cuando alcancé la valla, el minino estaba en otro jardín, retozando placenteramente. Saqué la tumbona de Dora y la coloqué al sol, maldiciendo a los felinos en general y a *Óscar* en particular.

Quedarme dormida no entraba en mis planes, pero la brillante luz del sol, los dulces olores de las plantas aromáticas del jardín y los trinos de los pájaros me sumieron en un sopor del que desperté malhumorada a las tres y media. *Óscar* seguía de paseo.

Voceé su nombre y unas cuantas lisonjas. Plegué la tumbona y la dejé en el cobertizo, enojada con *Óscar*. No consigo comprender por qué a la gente le gustan los gatos, cuando resulta imposible confiar en ellos. Puse un plato con leche en el suelo de la cocina, dejé abierta la gatera y me marché a casa.

Encontré a Jude sentada en el último rellano, con la espalda encorvada, abrazándose las rodillas. Oí que el teléfono sonaba. Ella me miró con timidez y saludó:

–Hola, Leah.

Abrí la puerta.

–Pasa.

Se levantó ágilmente y entró en el piso. Cerré dando un portazo y descolgué el auricular.

—Leah —dijo Dora—, Jude se ha marchado y no la encuentro. Estoy muy preocupada.

Miré a la muchacha con el entrecejo fruncido.

—Está bien, Dora; acabo de regresar a casa, y ella estaba esperándome. La obligaré a subir en el próximo tren de vuelta. —Jude avanzó hacia la puerta, y la agarré del brazo—. Te llamaré más tarde —dije antes de colgar. A continuación miré a Jude muy irritada—. Muy bien, explícate.

34

Observé el nuevo atuendo de Jude: Levi's azules, camisa blanca y cazadora vaquera; se notaba la mano de Dora. La pobre niñita abandonada que vestía faldas floreadas se había convertido en una bonita muchacha con el pelo brillante y mejillas sonrosadas. Una alimentación normal y el aire respirable le habían sentado muy bien, y así se lo dije. Ella tenía la mirada fija en el suelo.

—Mira, ¿qué tal si empiezas por contarme cómo has llegado aquí?

Me miró de reojo.

—Autostop —informó.

Yo clavé la vista en el techo.

—Vaya. Espero que no te sintieras obligada a pagar por el viaje.

Jude se ruborizó.

—No he tenido que hacerlo. —Sin duda notó que me sentía aliviada—. Creí que nadie se preocuparía —murmuró—. Aparte de Jaz, nadie... Quiero decir que...

—Quieres decir que antes de que tú y él vivierais juntos, no le importabas demasiado a nadie —terminé por ella. Jude asintió—. Las cosas han cambiado —dije—. Dora parecía a punto de echar a llorar. Supongo que eso demuestra que se preocupa por ti.

—Yo no pensé en eso.

—Me dijiste que nunca abandonabas a los amigos.

—Tenía que escapar porque no pienso dejar que vuelvan a encerrarme en un hogar infantil. Antes que eso... —apretó los labios con fuerza.

Imaginé las alternativas que Jude había decidido omitir, y no me gustó ninguna de ellas.

—Jude —dije—, tienes que aprender a ser un poco más confiada. ¿Qué tal si preparamos algo de comer mientras piensas en ello?

Se apartó de la pared contra la que estaba apoyada, me siguió a la cocina y permaneció con las manos en los bolsillos de la cazadora mientras yo registraba la nevera.

—¿Qué tal un poco de *musaka*? ¿Te gusta?

—No está mal. Necesito ir al baño.

—Adelante. ¿Recuerdas dónde está?

—Sí.

Salió de la cocina y cerró la puerta tras de sí. ¡Estupendo! Ya no podía ver qué dirección tomaba. Esperé oír el picaporte de la puerta del piso... Jude ya había huido antes, y si lo hacía de nuevo quizá la perdería para siempre. La idea de que regresara a las calles para buscar clientes me producía náuseas. La puerta del cuarto de baño se cerró.

Puse la *musaka* en el microondas y procedí a preparar una ensalada. La cisterna del retrete se vació; un par de minutos más tarde oí unos pasos suaves y lentos. Aguzando el oído, empecé a cortar un pepino en rodajas y traté de aparentar tranquilidad, contando los segundos de indecisión mientras ella se demoraba al otro lado de la puerta de la cocina. Cuando llegué a diez, dejé el cuchillo. Al contar dieciocho, ella empujó la puerta de la cocina, y yo reanudé mi tarea al tiempo que le preguntaba si le gustaba el aliño a la francesa.

Ella levantó un hombro.

—Depende. No me gusta esa porquería embotellada. —Haciendo una mueca, señaló una botellita de cuello esbelto con un aderezo preparado que yo había dejado sobre la mesa–. El de Dora me gusta porque no le echa mostaza. ¿Quieres que prepare un poco? Ella me enseñó a hacerlo.

–¡Por supuesto! Me encantan las cosas caseras, pero yo… simplemente no tengo tiempo. –Hice un gesto con la mano–. Los utensilios están abajo, a la izquierda, y la comida, arriba, a la derecha; si no encuentras algo, pregúntame.

–Me apetece con un poco de vinagre. ¿Tienes?

–De vino tinto. A la derecha… exacto, ahí dentro; el aceite está debajo. ¿De acuerdo?

Observé cómo buscaba todos los ingredientes y cacharros que necesitaba antes de empezar a trabajar en ello. Me pregunté qué más habría aprendido de Dora y esperé que quizá un poco de sentido común. Más parlanchina que de costumbre, explicó:

–Salimos un día en barco; nunca había subido en uno antes. Creí que me marearía.

–¿Y no te mareaste?

–Fue estupendo… una pasada. Dora dijo que volveríamos a hacerlo otro día.

–No sé cómo, si te has largado, dejándola plantada –reproché.

–Sí, bueno; en realidad no me he escapado. Dije que lo haría, pero no ha sido así. He venido para averiguar qué ha sucedido últimamente; eso es todo. Tenía intención de regresar allí haciendo autostop. Te lo juro.

–Ya. Entonces ¿por qué trataste de huir cuando estaba hablando con Dora?

Bajó la mirada hasta el bol, con el entrecejo fruncido.

–Porque no quería que me enviaras de vuelta enseguida, por eso. Habría sido una pérdida de tiempo, ¿no? No habría averiguado nada, y Dora no quiere contarme ni una palabra.

–Tal vez no haya nada que contar. –Eché todos los

ingredientes de la ensalada en un bol y arrojé los desperdicios a la basura–. Jude, la policía aún investiga el incendio; además hay otras complicaciones. No existe una
respuesta instantánea.

–¿Qué complicaciones?

Una de ellas era que no había quedado lo suficiente
de Jaz para identificarlo, pero prefería no comentárselo
a Jude.

–Gavin, el de la unidad de seguridad… ¿le recuerdas? Bien, murió en un accidente, y a la policía le resulta
difícil interrogar a un cadáver.

–No me da pena; se lo merecía. –Interrumpió su tarea–. No sólo he venido por eso. No me gustaría que
enterrasen a Jaz sin estar yo presente. No creo en todas
esas pamplinas del cielo, pero tendría que acompañarlo
alguien que lo conociera, y ésa soy yo, ¿no? ¿Quién si
no acudiría a su funeral?

Nadie, excepto Julie y tal vez algún pariente que se
presentara para darse un poco de publicidad. La posibilidad de que hubiera una cámara de televisión los haría
aparecer al instante, como por arte de magia, con lágrimas y todo.

–Jude, te prometo que te informaré de cuándo se celebrará el funeral. Entretanto, debes regresar con Dora.
Y en tren, no haciendo autostop –añadí.

–Entonces ¿puedo pasar aquí la noche? –preguntó,
adquiriendo de pronto su antigua apariencia de niña
abandonada–. No huiré. Te lo prometo.

Tras sacar dos latas de coca-cola de la nevera, serví
la *musaka*.

–¿Qué hay de malo en volver esta noche? –inquirí.

–No lo sé.

Pinché un bocado de ensalada con el tenedor y mastiqué un poco.

–El aliño está bueno –alabé–. Tendrás que dormir en
el sofá… y tomarás el tren a primera hora.

–¡Gracias! ¿Crees que a Dora le importará que vaya a ver a *Óscar*?

–No, si el gato está en casa. Decidió dar un paseo. Cuando terminemos de comer bajaré para averiguar si ha regresado. Puedes acompañarme si quieres.

–Dora me comentó que se las arregla muy bien en la calle.

–Espero que así sea; no sé cuántas vidas le quedan.

Compartimos lo que quedaba del helado de nueces y caramelo. Mientras Jude fregaba los platos me informé del horario de trenes y telefoneé a Dora. Después llamé a Nicholls para explicarle que no podría pasarse por mi casa porque una amiga mía había venido de visita. Cuando preguntó por qué no podía presentarse para conocerla, respondí que no quería que ella se encandilara de sus preciosos ojos azules. A Nicholls le encanta creer que yo me pongo celosa. Después de charlar un rato sobre banalidades, le conté las últimas noticias sobre Stanton. Tras permanecer callado unos momentos, afirmó que él ya lo sabía, y que eso no demostraba nada. Le increpé por no habérmelo explicado antes, con lo que me habría evitado perder toda una mañana para averiguarlo. Irritado, replicó que había estado tratando de mantener mi nariz fuera del asunto, no de darme más alicientes para que la metiera. Tras agradecer su delicadeza, aseguré que la próxima vez que me enterara de algo me cuidaría mucho de compartirlo con él. Me recordó lo que había sucedido la última vez que yo había actuado así.

Cuando colgué Jude se hallaba en la sala de estar, contemplando con el rostro demudado y el entrecejo fruncido la pintura chamuscada y levantada y la moqueta pulcramente agujereada.

–No te preocupes por eso –dije–. No es tan grave como parece. Aprovecharé para comprar una moqueta nueva y redecorar la sala.

—Podrías haber acabado como Jaz. Es culpa mía, ¿verdad?

—Fue un incendio muy pequeño. Lo apagué en un abrir y cerrar de ojos. Habían planeado ensuciarme un poco la casa, no matarme —mentí—. Te prometo que no tuvo nada que ver contigo ni con Jaz. Lo hicieron porque yo había estado preguntando cosas sobre Billy.

—Si me quedara unos días, podría ayudarte a arreglarlo.

—Es un ofrecimiento muy amable, Jude. Quizá dentro de un par de semanas, cuando reciba el pago del seguro.

—Supongo que para entonces Dora y yo ya habremos vuelto.

Se produjo un incómodo silencio mientras las dos pensábamos en qué ocurriría entonces. Dora conocía a mucha gente, tenía buenos contactos. Yo esperaba que accediera a pedir algunos favores para evitar que Jude fuera encerrada en un hogar infantil.

Óscar no había acudido a la casa de Dora. Tras registrar el jardín, Jude dijo:

—Dora me contó que tiene un amigo que vive más abajo; un gato rojizo al que el médico también hizo un apaño. Habrá ido de visita.

—¡Estupendo! Será mejor que vaya a buscarlo antes de que se larguen de juerga.

—No creo que lo hagan estando capados —repuso ella con tono erudito—. Yo iré a buscarlo si quieres.

—Me gustaría ver adónde suele ir.

El sol estaba a media altura y calentaba lo bastante para mantener felices a un par de gatos dormilones. Lo miré agriamente; uno rubio rojizo y el otro atigrado. Jude apoyó los codos sobre la pared de ladrillo.

—Oh, míralos, ¿no son tiernos?

—Depende de cómo lo mires —repliqué—. ¿Vas a llamarlo?

En lugar de eso, cruzó la verja y lo cogió. Yo pensaba que *Óscar* sacaría las uñas; supongo que después de todo el minino y la chiquilla congeniaban pues él se limitó a yacer en sus brazos como un bebé mientras Jude le susurraba palabras dulces al oído.

Ya en casa de Dora, eché el cerrojo de la gatera, reprendiendo a *Óscar* por su mal comportamiento. El gato me miró desdeñosamente. Le puse un poco de leche y dejé el plato en el suelo.

Maldito gato.

35

Antes de acostarnos, expliqué a Jude que al día siguiente, sábado, saldría temprano porque tenía una cita y le pregunté si le importaría quedarse sola en el apartamento durante una hora. Ella me tranquilizó diciendo que una promesa era una promesa y que seguiría allí cuando yo regresara.

Me levanté temprano a la mañana siguiente y me arreglé, procurando no hacer mucho ruido. Jude aún dormía cuando salí de puntillas del piso. Recogí el coche del garaje de Dora y conduje hacia la casa de Susie, esperando haber elegido un buen momento. Cuando hablamos olvidé preguntarle a qué hora regresaba del trabajo por las mañanas; pequeños detalles como ése pueden resultar muy útiles.

Deseé encontrarla levantada; me sentía mal por visitarla tan temprano para formularle unas preguntas insignificantes.

¿Insignificantes? Después de cuatro muertes sospechosas, averiguar si Drury conocía a Stanton antes de llega a Bramfield no era una tontería. Susie me había comentado que la asesoría financiera que Drury había dirigido en Loughborough incluía una agencia de seguros. Si hubiera conocido a Stanton entonces… Maldita sea, ¿por qué no había preguntado a Bethany a qué se había dedicado Stanton antes de trabajar en Asociados Saxby?

Reflexioné más sobre el hecho de que Drury hubiese vendido seguros y me pregunté cuántos incendios intencionados habrían tenido lugar en Loughborough y alrededores.

Cuando enfilé hacia la calle de Susie tuve la impresión de que las familias que allí vivían poseían dos o tres coches, pues al lado de las puertas de los garajes se veían automóviles estacionados que ocupaban la zona de aparcamiento junto a la acera. Dejé el mío cuatro edificios más abajo y me encaminé hacia la casa de Susie. Observé que las cortinas estaban corridas y no oí ningún sonido procedentes del interior. Quizá no era la mejor hora para hacer una visita. Incluso los reabastecedores nocturnos tienen días libres. Me dirigí a la parte trasera y hallé el mismo silencio. Me planteé si debía llamar. Si Susie había pasado la noche en casa, tal vez no se levantaría tarde. Aposté por esta posibilidad y regresé a mi vehículo, diciéndome que si a las ocho no se había producido ningún movimiento, abandonaría para regresar más tarde, cuando Jude hubiese tomado el tren. Encendí la radio para olvidar la espera con la música.

No hay nada más aburrido que esperar. Juraría que sólo cerré los ojos por un segundo, pero cuando los abrí eran las ocho y cuarto, y un coche situado delante del mío arrancó el motor y comenzó a alejarse.

Me enderecé, enojada por mi descuido, abrí la portezuela y miré el retrovisor mientras me apeaba del automóvil. En ese instante la puerta delantera de la casa de Susie se abrió y apareció Stanton, seguido de Susie. Sorprendida, me acomodé de nuevo en el asiento del conductor y moví el retrovisor de tal modo que pude verlos junto a un Mondeo negro, comportándose como un par de enamorados. Susie negó con la cabeza y se encogió de hombros. Stanton la besó con pasión antes de subir al coche. Me agaché inmediatamente, y un minuto después su automóvil pasó junto al mío. Cuando miré de nuevo por el retrovisor, Susie había regresado a la casa, y yo tenía una perspectiva completamente nueva de la situación. Los hechos que me había esforzado por encajar hasta entonces habían cobrado perfiles muy interesantes; los conspiradores habían intercambiado posiciones en una macabra traición.

Susie y Stanton.

Vaya, mi antigua compañera de colegio me había contado un cuento chino, y yo había creído hasta la última palabra… Aunque quizá su relato contenía parte de verdad. Tal vez Drury había sido realmente un canalla infiel, y Stanton había ofrecido consuelo a Susie.

Una lección sobre cómo librarse de un marido y obtener a la vez unas ganancias rápidas. Me pregunté cómo habrían planeado todo y cómo se habrían sentido cuando el asunto comenzó a desorbitarse. Traté de convencerme de que quizá Susie no sabía nada de las muertes de Billy, Jaz o Gavin, consciente de que me empeñaba en aferrarme a una vieja imagen. Las cosas y las personas cambian, y no siempre para mejor. Este pensamiento me entristeció.

Conduje hacia casa llena de rabia. Cogí la leche del portal y, al entrar en mi piso, encontré la aspiradora en medio del recibidor. Todo estaba en silencio.

Me había ausentado durante casi dos horas, tiempo que Jude había aprovechado para adecentar la casa; había recogido su nido del sofá, fregado los cacharros sucios de la cena, colocado las rebanadas en la tostadora y puesto la mesa de la cocina. Lo único que me faltaba en todo aquel orden era la propia Jude.

¡Mierda!

Me dolía el estómago de hambre y preocupación.

Me maldije por haber cometido la estupidez de dejarla sola. Pensaba en cómo explicaría lo sucedido a Dora, puse la tetera a hervir y conecté la tostadora para a continuación registrar todo el piso en busca de una nota que me indicara adónde había ido. Desde mi punto de vista, era lo mínimo que Jude podía haber hecho.

Después de diez infructuosos minutos me di por vencida y preparé una taza de té, unté con mantequilla unas tostadas frías y las mastiqué sin entusiasmo. No podía creer que me hubiese dejado plantada otra vez. Después de lo de Susie, era demasiado. Incluso el maldito gato me había borrado de su lista de amigos.

¡Óscar!

Cogí mi bolso y saqué las llaves de Dora, convencida de que encontraría a Jude y al gato atigrado juntos. Fui corriendo a casa de Dora, abrí la verja, y vi a *Óscar* en el alféizar de la ventana, solo.

Tras atender las necesidades de *Óscar*, subí al coche para rastrear las calles de la ciudad en busca de Jude. Conduje hasta la casa quemada de la calle Turpin, tapiada tan sólidamente después del incendio que se habría precisado una brigada de demolición para entrar. Al cabo de un par de horas de búsqueda infructuosa, admití que estaba perdiendo el tiempo. Me asaltó la inquietante convicción de que aquello era algo más grave que una simple huida.

Empezaron a sudarme las palmas de las manos cuando sospeché que algo había sucedido mientras Jude estaba sola en el apartamento, algo que la había obligado a interrumpir las tareas.

No sé por qué cuando las cosas van mal, el factor «si» entra en juego; como, por ejemplo, si yo no hubiese tenido tanto interés por visitar a Susie esa mañana, nada de eso habría ocurrido. Supongo que es un truco de la conciencia para provocar un rápido sentimiento de culpabilidad. Recostándome en el respaldo del asiento, clavé la mirada en el techo.

Sin duda algo se me había pasado por alto. Las cosas no suceden sin una causa. Arranqué el híbrido y puse rumbo a casa, pasándome como una bala los semáforos en ámbar para llegar a mi piso cuanto antes y registrar cada maldita habitación hasta encontrar una respuesta.

Resulta difícil resignarse al fracaso.

Ensartando una serie de tacos que mi distinguida madre se habría avergonzado de oírme pronunciar, me precipité hacia el teléfono para llamar a Dora. En cuanto le comuniqué la noticia, anunció que regresaba a casa. Me ofrecí a recibirla en la estación. Ella me dijo tajantemente que me olvidara de la estación, que me limitara a seguir buscando a Jude.

Colgué el auricular, sin saber cómo empezar. Miré de reojo la aspiradora y me puse en pie para hacer lo que ya debería haber hecho. ¡A veces soy tan estúpida!

Un detective eficiente como Spenser habría tenido el sentido común de echar un vistazo al maldito armario enseguida. Yo, en cambio, había perdido el tiempo recorriendo la ciudad.

Mi estupidez me irritó.

Había guardado la caja con las pertenencias de Billy en el armario del recibidor, al fondo sobre un par de botes de pintura; la encontré pulcramente colocada en la parte delantera. Adiviné qué había sucedido. Jude había sacado la aspiradora, y la caja había caído. La imaginé de rodillas sobre la moqueta del recibidor, apilando todo de nuevo en el interior y descubriendo algo en que yo no había reparado, para a continuación escribir un mensaje que yo había sido demasiado torpe para encontrar.

Cogí la fotografía en que aparecía Billy con los bomberos y miré el dorso: «Dan Bush, as de los bomberos.» El héroe de Billy.

Hasta ese momento yo no había concedido ninguna importancia a esa frase; Jude había subrayado el nombre de Dan tres veces y escrito debajo: «Éste es el cabrón que llevaba la bolsa de plástico. ¿Comprendes?» Se me formó un nudo en la boca del estómago cuando intuí adónde había ido Jude. Se suponía que yo era quien debía mantener a la chiquilla a salvo y, en lugar de eso, le había proporcionado los medios para seguir a Jaz y Gavin a la tumba.

Dejé un mensaje para Nicholls en su contestador y, cogiendo el bolso y la chaqueta, bajé presurosa por las escaleras. Subí al híbrido y, con el estómago oprimido por el miedo y la culpabilidad, conduje a toda velocidad hacia el parque de bomberos, sin respetar las normas de tráfico.

Cuando irrumpí allí, abordé al primer individuo con que me topé. El pequeño distintivo con su nombre indicaba que se trataba de Brian Hind, y le exigí que me dijera dónde se hallaba Dan Bush. Por la expresión de su rostro, supuse que me mostraba un poco alterada. Retrocediendo, respondió:

—No está aquí.

—¿Dónde está entonces?

—No lo sé, querida; estuvo aquí, pero se ha largado.

—¿Cuánto hace que se marchó?

—Un par de horas. —Consultó su reloj—. No, cerca de cuatro. Comentó que no se encontraba muy bien y se fue. —El tipo ladeó la cabeza, examinándome—. No creo que le apetezca tener compañía ahora mismo.

Me asombra que los hombres siempre piensen en lo mismo; como ése, que creía que yo perseguía a Bush para tirarme encima de él.

¿Cuatro horas? Borré imágenes que prefería no ver.

—¿Ha visto a una muchacha rondar por aquí? Una chica rubia, con camisa blanca y pantalones y cazadora vaqueros.

—Sí, sí, la he visto. También buscaba a Dan.

—¿Habló con él?

El hombre se encogió de hombros.

–No sabría decirle. Yo estaba atareado.

–¿Alguien más la vio?

–Oiga, ¿a quién busca?, ¿a Dan o a la chica?

–A los dos. ¿Se fueron juntos?

–¡Eh, vamos! Ella es una niña.

–Ya lo sé. Tengo que cuidar de ella y… –improvisé rápidamente–. Mire, la chica me ha oído hablar de Dan…, ¿me entiende? Estoy un poco preocupada por lo que ella pueda decirle.

Me guiñó el ojo con aire pícaro.

–Lo entiendo. ¿Quiere que pregunte a los chicos?

–Se lo agradecería.

Observé cómo se movía por allí formulando preguntas. Muchas cabezas se volvieron hacia mí, y se oyó un par de carcajadas. Comenzaba a impacientarme. ¡Vamos! ¡Debía salir de allí y localizarla! Por fin el individuo regresó acompañado por un tipo de cabello rubio y rizado que, tendiéndome la mano, dijo:

–Hola, soy Kevin. ¿Está buscando a la preciosidad de los vaqueros?

Le estreché la mano educadamente mientras mi primer confidente subía lentamente por las escaleras hacia la oficina vacía de Redding. Habría apostado a que se proponía telefonear a Bush. Centré mi atención en Kevin.

–¿Sabe qué pasó con ella? –pregunté.

–Sé que no estaba por aquí cuando Dan se marchó a casa; hacía un rato que se había ido.

–¿Sabe por qué vino?

–Me parece que quería hablar de Billy…, ya sabe, el chico a quien acusaron de los incendios provocados. –Asentí–. La muchacha estaba enterada de que él solía venir por aquí para aprender cosas. Se dirigió a Dan para comentarle que Billy le había contado lo bueno que era con los incendios. Dan le dijo que estábamos ocupados y que ella no debería estar aquí.

–¿Y se marchó?

–No. Él empezó a azuzarla para que se fuese. A mí me pareció que se mostraba muy severo con ella, de modo que le enseñé los camiones, le conté qué solía hacer Billy cuando venía…

–¿Cuánto tiempo estuvo usted con ella?

Se encogió de hombros.

–Media hora, no más, luego tuve que salir a hacer un servicio.

–¿Bush también salió?

Negó con la cabeza.

–No estamos en el mismo equipo. De todos modos, fue una broma pesada de algún gracioso, una pérdida de tiempo y energía. Cuando regresé, Dan estaba aquí pero la muchacha se había marchado. Así pues, no está con él.

–¿Y nadie la vio marchar?

–Hay mucho trabajo aquí dentro.

–¿Cree que Bush podría haberla echado? –Se encogió de hombros–. ¿Cuántas personas quedarían en el edificio cuando usted salió a atender la emergencia?

–Ocho o nueve. Yo la he visto a usted antes aquí… ¿hablando con Redding? No sabía que fuera tan amiga de Dan. ¿Tanto le preocupa lo que la muchacha pueda decirle?

–No. Me preocupa dónde pueda estar. El resto es una conclusión que sacó su compañero. –Vi con el rabillo del ojo cómo Brian bajaba de nuevo por las escaleras y se alejaba–. Mire –añadí–, Jude tiene problemas y podría meterse en cualquier lío. Necesito encontrarla.

–¡Eh!, Stu, ven un momento –exclamó Kevin. El interpelado se apartó de mala gana del camión contra el que estaba apoyado y se acercó–. Dile cuándo se marchó la chica –pidió.

–¿Para qué? No se fue con Dan; de eso estoy seguro.

Dejé escapar un suspiro.

–Créame, no estoy interesada por Dan.

Stu miró a Kevin.

–Es verdad. No lo está –corroboró Kevin.

–Y realmente me gustaría escuchar lo que sucedió –dije.

–No ocurrió nada, excepto que Dan se hartó de que la chica lo siguiera a todos lados y la echó.

–¿Por dónde?

–Por la puerta lateral.

–¿Salió él con ella?

–No lo sé. No presté atención. De todos modos, lo dudo, porque él estaba tomando un café en la cantina cinco o diez minutos después. Comentó que no se encontraba bien… que le habría sentado mal algo que había comido. Media hora después se marchó a casa.

–¿Alguno de ustedes sabe dónde vive Bush?

Intercambiaron miradas que me indicaron que se disponían a proteger a uno de los suyos.

–No podemos facilitar su dirección –dijo Stu–. Está prohibido.

–Muy bien, entonces, ¿cómo puedo ponerme en contacto con Redding?

–No podrá hasta el lunes.

–Usted podría telefonearle para preguntarle si quiere hablar conmigo –sugerí. Stu negó con la cabeza–. Por favor –supliqué amablemente–, estoy metida en un verdadero lío. Efectuar una llamada no perjudicará a nadie.

–No veo ningún mal en ello –terció Kevin.

Stu accedió a regañadientes. Tras dar las gracias a Kevin, seguí a Stu por las escaleras de hormigón hasta arriba. Se disponía a descolgar el auricular cuando todas las sirenas del infierno se dispararon y él salió de la oficina a toda prisa. Eché un vistazo alrededor y se me ocurrió examinar los archivos del personal. Cerré la puerta cuidadosamente y avancé hacia los archivadores, que estaban abiertos; un verdadero descuido por su parte. Los motores de los camiones rugieron. Encontré rápidamente lo que buscaba y memoricé la dirección de Bush antes de cerrar el cajón.

Cuando eché una ojeada al otro lado de la puerta, sólo quedaba un camión en el gran patio y Stu se dirigía de nuevo hacia las escaleras. Me topé con él al pie de ellas.

—Mire —dije—, no sabía que estaría usted tan ocupado. No se preocupe por la llamada.

Su rostro se iluminó.

—Espero que encuentre a la chica.

—Oh, lo haré. Puede apostar la cabeza.

Salí a la calle y deseé estar tan convencida como parecía.

36

Cuando salí del parque, sólo quedaban otros ocho bomberos, que, junto con Stu, cerraban las enormes puertas rojas y con cara de no haber sido elegidos para el equipo de la escuela. Quizá tuvieran suerte y algún pobre irresponsable con una sartén de patatas fritas les permitiera tener su turno. El 80 por ciento de las salidas de los bomberos atiende incendios domésticos, y el 20 por ciento de éstos empiezan con sartenes de freír patatas, lo que demuestra que los atracones de patatas fritas entrañan otros peligros, aparte del exceso de colesterol.

La última puerta se cerró con estrépito. Consulté el reloj y comprobé que había perdido otros veinte minutos. Mi cerebro me recordó que Billy no había tardado más de cinco minutos en morir, y Jaz quizá menos. Prefería no pensar lo que podía haberle sucedido a Jude mientras yo había estado desperdiciando el tiempo. Entré en una cabina telefónica y marqué el número de Nicholls. Esta vez contestó.

—Ni…

–¡Leah! ¿Dónde demonios estás? –atajó.

–Si hubieses escuchado la cinta del contestador, ya lo sabrías. Estoy en el parque de bombeee… –Lancé un breve chillido cuando el brazo de Bush me rodeó con fuerza por los hombros y algo duro se clavó dolorosamente en mis costillas.

Con la boca pegada a mi oído, masculló:

–Me han dicho que me buscabas. Cuelga el teléfono.

El objeto que Bush empuñaba me presionaba en el punto donde el año anterior había recibido una bala. Oí por el teléfono los sonidos de una cinta y deduje que Nicholls estaba grabando. Él preguntó tranquilamente:

–¿Qué ocurre, Leah?

–Hola, Dan –dije–. Supongo que uno de tus compañeros debe haberte avisado. ¿No es una suerte que estuvieses en casa?

Bush me empujó contra la pared de la cabina para conseguir entrar. Quizá debería mencionar que me magullo fácilmente.

–Cuelga –repitió.

Encogiéndome de hombros, obedecí.

–¿Vas a matarme ahora mismo o esperarás un rato?

–Ahora saldremos y caminaremos hasta tu coche. Pórtate bien y procura no complicar las cosas.

Bush salió de la cabina de espaldas, arrastrándome con él, y me estrechó contra su costado. Cualquier transeúnte nos hubiese confundido con un par de tortolitos, bien juntitos y acaramelados.

–Deberías pensártelo mejor –dije–. Si yo desaparezco, tú encabezarás la lista de sospechosos.

–¿Ah, sí?

–Sí. Uno de tus buenos camaradas podría vernos. Stu, por ejemplo. Estaba subiendo a la oficina cuando yo salía.

Tras echar un vistazo a la ventana, inclinó la cabeza hacia mí.

—No tengo mucho que perder, de modo que pon cara de felicidad.

Tensé los labios en una sonrisa forzada. Echando pestes, Bush me arrebató las llaves, abrió la portezuela y me empujó hacia el interior del coche con tal brusquedad que me golpeé contra la palanca de cambio de marchas y di con medio cuerpo en el asiento del conductor. Mierda, eso me dolió. Me coloqué como pude tras el volante, y él entró, se abrochó el cinturón como un buen ciudadano y me entregó las llaves. Entonces vi qué sostenía en la otra mano.

Al contemplar el pequeño y elegante revólver, casi me desmoroné.

—Hoy en día resulta difícil distinguir una de juguete de una de verdad —dije, escuchando la voz de la abuela, que aconsejaba a una Leah de ocho años no se dejara intimidar por el matón de la escuela.

—Conduce.

—Claro, ¿hacia dónde? ¿A Disneylandia? ¿A la comisaría de policía? Yo me decanto por la última.

Bush se mantenía bastante tranquilo, demostrándome que no era un hombre a quien podría incitarse a cometer una imprudencia. Lo sentí mucho; provocar a la gente es casi mi única arma.

—Conduce —repitió.

Nuestro destino fue un almacén de grano abandonado, ubicado en la parte sur de la ciudad. Era un edificio lúgubre, medio derruido, sin ventanas y con los ladrillos ennegrecidos, cuya demolición preveía el plan de remodelación de la ciudad. El muro delantero terminaba en una punta de la que colgaba una oxidada rueda de polea. No era la clase de edificio que yo hubiese sentido deseos de explorar. Ya sabía que encontraría en el interior: tablas del entarimado medio podridas, arañas y ratas; todas ellas cosas que prefería eludir. Rodeé la construcción hasta la parte trasera, tal como Bush ordenó. Había elegido aquel almacén medio desmoronado para evitar la presencia de testigos.

–¡Sal! –ordenó.

–No me gustan los lugares como éste –manifesté con calma–. ¿Qué tal si charlamos en otro sitio un poco más decente?

–Sal –repitió, esta vez agitando su juguetito– y deja las llaves donde están. No las necesitarás.

–¿Piensas volver en él a la ciudad? ¿O acaso Stanton pasará a recogerte? –Él sonrió–. Te propones impedir que yo salga de este almacén, ¿verdad? –Asintió lentamente con la cabeza, y volví a sentir un nudo en el estómago. Me apeé del coche, cerré la portezuela y miré a Bush por encima del techo–. Tú, Stanton y Drury. Drury olfatea los negocios que tienen problemas (tarea fácil, por cierto, pues era miembro de la Cámara de Comercio), Stanton les propone un modo de salvarlos, y tú te encargas del fuego. Muy astuta la idea de provocar numerosos incendios para encubrir los importantes. ¿A quién se le ocurrió?, ¿a ti o a Stanton? –Sonrió de nuevo, blandiendo el revólver–. Será mejor que tengas cuidado –añadí–. Un agujero de bala sería difícil de explicar.

–¿Qué te hace pensar que lo encontrarían? –se mofó–. Este edificio está esperando una cerilla; volará como un...

–El sueño de un pirómano –interrumpí–. Fue un buen truco acorralar a Billy de esa forma.

–Él mismo se entrampó pasándose por el parque de bomberos y contando su historia a todo el mundo; nos ahorró muchas preocupaciones. –Me dio un empujón–. Entra; hay alguien aguardándote.

–¿Jude? –pregunté.

–¿A quién más buscabas?

–A un psicópata, aunque creo que ya lo he encontrado. ¿Qué se siente... quemando gente? ¿Es excitante?

Temí que me propinara una bofetada cuando movió la mano en un acto reflejo. Sin embargo, no llegó a perder los nervios. Girándome, subí por dos escalones que conducían a una abertura sin puerta y pisé las quebradizas tablas del interior, que presentaba un aspecto desastroso; hojas y desechos competían con escombros y excrementos de pájaro, envuelto todo ello en un hedor repugnante. Me detuve para observar el recinto.

—¿Dónde está Jude?

—En la otra planta. Camina por la izquierda; las tablas de las escaleras están podridas.

—Y tú te disgustarías si me rompiera una pierna, ¿verdad? Es muy amable por tu parte. Todo el mundo alberga algún buen sentimiento interior. ¿O quizá se trata de que no quieres tener que llevarme en brazos?

Empecé a subir, midiendo cada paso cuidadosamente para asegurarme de que la madera soportaría mi peso antes de avanzar hasta el siguiente escalón. No hacía falta ser un genio para saber que tenía más posibilidades de salir del apuro con vida si permanecía en movimiento.

—¡Jude!

Mi voz resonó en el espacio vacío. La niña levantó la cabeza, con los ojos enrojecidos por el llanto. Su imagen me desgarró el corazón.

Un fuerte empellón me lanzó hacia adelante y me hizo perder el equilibrio. Mi rodilla golpeó el duro suelo, y solté una retahíla de maldiciones. Por un instante me balanceé como un velocista, echando una rápida mirada hacia atrás en busca de una oportunidad que no existía.

—Si quieres, acabo con esto ahora mismo —dijo Bush fríamente—. Por lo que a mí respecta, el tiempo no importa.

Me levanté y lo miré a la cara, en un intento más de provocación.

—¿Ah, no? Bueno, tienes problemas, muchachote.

Demasiada gente sabe de ti, incluyendo al inspector con quien estaba hablando cuando me atacaste. ¿No habías pensado en eso, verdad? Pero ¿por qué habías de hacerlo? Tú no eres el cerebro, sólo te encargas de las cerillas.

Contuve la respiración. Si hubiese calculado peor, todo habría terminado. Yo necesitaba actuar; no podía limitarme a dejar que me disparara. Sus ojos, llenos de cólera, me indicaron cuál sería su movimiento, de modo que, cuando alzó la mano para propinarme un puñetazo, me apresuré a girarme, aunque no conseguí zafarme por completo del golpe. Lanzando un grito de dolor, me desplomé en el suelo y eché a llorar.

Apuntándome con el revólver, vociferó iracundo:

—Arriba. ¡Levántate! Por allí.

Allí estaba Jude, sentada en el suelo, con la espalda contra un poste y las manos atadas detrás. Sollozando, crucé el espacio que nos separaba, me hinqué de rodillas y la rodeé con mis brazos mientras le susurraba al oído que el llanto nos serviría de ayuda en esos momentos. Ella aspiró con fuerza un par de veces y rompió a llorar. Bush le ordenó a voces que se callara, y yo comencé a gimotear. De pronto oí el ruido del motor de un coche. ¡Mierda! Si era Stanton, yo no podría hacer nada.

Dejé de emitir sollozos y empecé a juguetear con los nudos. Tirándome del pelo, Bush me puso en pie. El dolor que me provocó aquella pequeña agresión me encolerizó aún más. Cuando me obligó a darme la vuelta y levantó el puño, le propiné una fuerte patada en la rótula y oí cómo crujía mientras él se desplomaba. Aullando lo bastante fuerte para sofocar los sollozos de Jude, Bush se agarró la rodilla, y el revólver cayó junto a los pies de la muchacha. Me apresuré a cogerlo al tiempo que oía un sonido de pasos que se acercaban a las escaleras. Sentado en el suelo, Bush se mecía, apretándose la rodilla y dejando escapar pequeños gemidos. Esperé haberle machacado la maldita rótula. Dejé la pistola en el suelo y traté de deshacer las ataduras de Jude, rompiéndome las uñas y profiriendo maldiciones. Finalmente conseguí liberarla, y en ese instante vi cómo la cabeza de Stanton ascendía lentamente por la caja rectangular de la escalera. Nos miró a los tres con rostro inexpresivo.

—Me ha roto la jodida rodilla —vociferó Bush—. Haz algo con esa zorra.

Según las estadísticas, los delitos con arma de fuego aumentan año tras año; a los criminales cada vez les gusta más jugar con pistolas, de modo que no debería haberme sorprendido ver a Stanton sacar una de su bolsillo y apuntarme con ella. Empujé a Jude hacia un lado y rodé por el suelo cuando él apretó el gatillo. La bala dio en el suelo, justo donde yo había estado. Me arrastré detrás de otro poste.

Había fallado por poco.

Observé el revólver que había recuperado y sostenía en mi mano. La única vez que había disparado un arma había sido en el parque de atracciones, apuntando contra platos de arcilla, pero había visto a Cagney y Lacey hacerlo cada día. Oí que el híbrido arrancaba y adiviné qué papel habían asignado a Susie. Acomodé la culata del revólver en mi mano y eché un vistazo al otro lado del poste.

—¿Adónde lleva Susie mi coche? —pregunté—. ¿A Loughborouhg?

Stanton volvió a disparar, y volaron astillas del poste de madera; luego dirigió el arma hacia Jude. Todavía medio escondida, empuñé el revólver de Bush y dejé escapar dos balas.

Una impactó en Stanton, que giró en redondo y cayó escaleras abajo. Su pistola describió un arco y aterrizó a un par de metros de Bush, quien, retirando una mano de su rodilla, se inclinó hacia el arma. Yo podría haberle disparado sin ningún problema; en lugar de eso utilicé uno de los preciosos trucos de Jack. Me abalancé sobre él con los pies por delante, de modo que mis talones se clavaron en su rostro. Observé que, después del golpe, Bush permanecía inmóvil. Me arrodillé para comprobar su pulso; me alegré de no haberle matado. Con la ayuda de Jude, até a Bush con sus propias cuerdas.

El descenso por las escaleras resultó más difícil que la subida, pues Stanton se había llevado tras de sí la mayor parte de los escalones. Bajamos muy despacio y con mucho cuidado, salvando los huecos, y respiramos aliviadas cuando llegamos abajo.

Eché un vistazo a Stanton y comprendí que no escaparía. Una mancha escarlata se extendía por su hombro derecho, y su pierna izquierda estaba doblada en un ángulo anormal. Comprobé su pulso, y el débil latido y la respiración apagada me preocuparon; no quería ser responsable de una muerte.

Jude y yo salimos del edificio y fui a buscar un teléfono. Después ambas nos sentamos en el borde de la acera y esperamos pacientemente.

A veces Nicholls se excede... Le había pedido que enviase una ambulancia, y apareció con media brigada antidisturbios. Los hombres carecen del sentido de la proporción. Por el ruido que armaban cualquiera habría pensado que había ocurrido allí un incidente de gran magnitud. Contemplando las luces azules que se acercaban por la carretera, Jude y yo compartimos el mismo pensamiento. Nicholls condujo hacia el coche de Stanton, contra el cual estábamos apoyadas, tratando de aparentar serenidad; no tenía sentido hacerle pensar que habíamos pasado un rato muy desagradable. Tras hacer chillar los neumáticos de su automóvil, Nicholls se apeó. De inmediato dos agentes uniformados salieron de un vehículo patrulla, y otros seis hombretones del cuerpo especializado bajaron de una camioneta de policía. La ambulancia se detuvo más sosegadamente.

Nicholls me miró de arriba abajo y, al no encontrar ningún agujero, pareció un poco más relajado. El personal sanitario abrió las puertas de la ambulancia.

—¿Qué ha sucedido? —preguntó Nicholls.

Rodeé a Jude con un brazo.

—Stanton intentó matarnos —respondí con serenidad—, y yo le disparé. No tiene muy buen aspecto; creo que será mejor que se apresuren.

—¡Por Dios! —exclamó—. ¿Cómo demonios te metes en estos líos? —Y se encaminó hacia el almacén.

Pedí a Jude que esperara en el coche de Nicholls y fui tras él. Stanton no parecía haber mejorado. Los sanitarios deliberaron un poco en voz baja, y uno de ellos fue a buscar una camilla.

Nicholls preguntó fríamente:

—¿De dónde sacaste el revólver?

—Se lo quité a Dan Bush. —Alcé la vista hacia las escaleras rotas y astilladas—. Si lo quieres, está ahí arriba… y él también.

—¿Cómo?

—La pistola de Stanton también está allí arriba.

Nicholls comenzó a ascender cautelosamente.

—No podrás bajarlo sin ayuda —avisé—. Quizá sería mejor que trajeras una escalera de mano.

Se tambaleó en el tercer escalón y se volvió para mirarme.

—¿También él necesita una ambulancia?

—Tal vez no le vendría mal un poco de ayuda. Creo que se ha roto la rodilla. —Tras proferir varias maldiciones, Nicholls subió un escalón más—. Bush no puede alcanzar las armas —le tranquilicé—; digamos que está ocupado en otras cosas.

—¿Hay algún otro camino para subir ahí?

Me encogí de hombros. ¿Acaso creía que yo había

tenido tiempo de averiguarlo? Continuó subiendo con los labios apretados; cuando había recorrido un tercio del camino, un peldaño cedió. Al colgar su peso de la barandilla; casi derrumbó toda la escalera.

Reprimí el impulso de exclamar «ya te lo dije», y observé cómo daba media vuelta.

En cuanto llegó abajo de nuevo, conversó en voz baja con uno de sus compañeros. Un par de segundos después su colega salió de allí.

—¿Adónde va? —pregunté.

—Necesitamos una escalera de mano.

¡Eso también se lo había advertido!

Stanton se quejó cuando lo tendieron sobre la camilla. Traté de sentir lástima por él, pero me costaba demasiado.

—¿Por qué no esperas sentada en el coche en lugar de estar aquí estorbando? —propuso Nicholls.

—De acuerdo —dije dócilmente. Eché a andar.

Él me alcanzó.

—Leah, ¿te han hecho daño?

—Casi me arranca el pelo, y si no lo hubiera esquivado, Bush me habría roto la mandíbula; aparte de eso y de que me han disparado, creo que estoy bien. —Sus ojos me miraron con expresión sensiblera—. Guárdalo para esta noche —añadí, y él me dio un abrazo de oso que casi me cortó la respiración.

Cuando nos encaminábamos juntos hacia su coche, me acordé de Susie y el híbrido. Escuché cómo él informaba del robo por radio.

—Nicholls —dije cuando hubo terminado—, tengo mucho cariño a ese coche y… me gustaría que me lo devolvieran de una pieza. Pídeles que prescindan de persecuciones a gran velocidad, ¿de acuerdo?

Tras darle unos golpecitos en el brazo, me senté en el interior del automóvil al lado de Jude y pensé en lo divertido que sería prestar otra vez declaración.

37

Stanton tardó un poco en estar en condiciones de hablar y, cuando Nicholls consiguió por fin interrogarlo, trató de negar todo. Por desgracia para él, Bush había hecho lo posible por cargarle todas las culpas, de modo que su táctica no dio resultado.

Ya se sabe, los maleantes carecen del sentido de la lealtad.

Stanton y Bush habían emprendido el negocio de los incendios provocados ocho años atrás y habían actuado en diversas ciudades, cobrando sustanciosas comisiones. Cuando operaban en Loughborough, Drury se unió a ellos. Él les facilitaba los nombres de posibles clientes, y el negocio había prosperado. Entonces Stanton se enamoró de Susie, y entre los dos planearon el fraude de Venta Rápida. Jamás habían tenido la intención de que Drury viviera lo suficiente para disfrutar de los beneficios.

Las cosas cambian y la gente también; una parte de mí sentía tristeza por la Susie que una vez había conocido.

A Nicholls le resultó realmente difícil hablarme de Billy. Supongo que en cierta forma se sentía responsable, pues había estado completamente seguro de que Billy era el pirómano. Por una vez no me burlé de su error.

Bush admitió que habían considerado al muchacho el chivo expiatorio perfecto. Sin embargo, Billy había sido más listo de lo que nadie imaginaba. Había reconocido la voz de Bush, sabía que era él quien realizaba las llamadas telefónicas, y había confiado su secreto a Jaz. Probablemente jamás se lo hubiese contado a nadie más… Bush era su héroe. Gavin, el descuidado ayudante de vigilancia, había oído la conversación por casualidad y al día siguiente había intentado chantajear a Bush.

Un gran error por parte de Gavin.

Su segundo error fue permitir que Bush entrara a ver a Billy cuando no había nadie por allí. Con ese acto, Gavin Liddell se metió hasta el cuello; no podía ir a la policía sin incriminarse a sí mismo, de modo que se limitó a coger el dinero y guardar silencio. Entonces Bush le pidió que le ayudara a eliminar a Jaz, y también accedió... Otra equivocación. Recibió lo que merecía cuando Bush manipuló su moto. Apuesto a que no llegó a darse cuenta de que nadaba entre tiburones.

Después de eso, cuando Bush sin duda pensó que ya había conseguido acabar con todos los obstáculos, la aparición de Jude representó un golpe desagradable. Se puso muy nervioso... lo suficiente para arriesgarse a meterla en la parte trasera de su furgoneta, utilizando las mismas dotes de persuasión que luego emplearía conmigo. La diferencia radicaba en que a ella la había atado, amordazado y aterrorizado.

Nicholls permitió que Dora se llevara a Jude a su casa, y la mujer tocó todos los resortes. Por suerte, convencer a Servicios Sociales resultó mucho más fácil de lo que habíamos sospechado. Supongo que Jude se había escapado tantas veces de tantos sitios que les encantó la idea de que Dora se hiciera cargo de ella. El nuevo arreglo de adopción funciona de maravilla para las dos.

Quien más me sorprendió fue Bethany.

Yo ignoraba cómo había obtenido Nicholls la suculenta información sobre Stanton y por fin lo descubrí. Bethany se la había facilitado. La investigadora secreta de seguros había temido enormemente que mi entrometimiento desbaratara la operación antes de que ella consiguiera las pruebas de culpabilidad contra Stanton. Es una lástima que Bethany no se quede por aquí... podríamos haber llegado a ser buenas amigas.

Esto resume prácticamente todo, excepto la situación de la familia de Billy, que ha sobrellevado la desgracia muy bien. John Redding los visita con frecuencia y, por lo que cuenta Charlie, está floreciendo un romance. Espero que Billy, esté donde esté, se sienta feliz por ello.

Ayer recibí por fin la disculpa que Nesbitt me debía. Realmente le reventó tener que hacerlo, pero, con el «gran jefe» a sus espaldas, no le quedó otra elección. Le sugerí educadamente que la pusiera por escrito… por si acaso en el futuro surgía alguna duda al respecto. Nesbitt afirmó que nunca caería tan bajo. El «gran jefe» aseguró que estaría sobre mi escritorio a la mañana siguiente.

Tal vez la enmarque.

Jet

BIBLIOTECA DE AUTOR DE

RUTH RENDELL

BIBLIOTECA DE AUTOR DE

ANNE PERRY

BIBLIOTECA DE AUTOR DE

LINDA S. ROBINSON